Né en 1960, **Jean-Luc Fabre** insuffle dans *L'Été des Fontanilles,* publié chez Pygmalion en 2003, un caractère romanesque et un amour de la terre qui ont fait le succès de ce premier roman. Depuis, il a également écrit *Le Colporteur des âmes* qui confirme tout son talent.

L'Été des Fontanilles

Du même auteur

Le Colporteur des âmes, collection Romans, De Borée, 2008.

Imprimé en U.E. en septembre 2009
Dépôt légal : octobre 2009
ISBN : 978-2-84494-977-6

JEAN-LUC FABRE

L'ÉTÉ DES FONTANILLES

De Borée
Terre de poche

Jusqu'à ce que la douleur le lui enseigne, l'homme ne sait pas quel trésor est l'eau.

Lord BYRON

Première partie

LE SANG DE LA TERRE

I

Le mazet

Septembre 1945.

LE CHANT LANCINANT des cigales électrisait l'atmosphère de la plaine, écrasée de chaleur. Comme chaque jour à midi, Lucien s'affairait autour du *mazet*. Il dételait son cheval, avant d'aller s'asseoir sous un olivier.

C'était une pause nécessaire après la fraîcheur de la matinée déjà enfuie et en attente de la brise venue de la mer, qui atténuerait bientôt l'ardeur du soleil. Moment rare où le corps en repos laissait libre cours aux songeries. Lucien attendait avidement cet instant et en jouissait pleinement, non sans avoir au préalable sorti d'un torchon mouillé une bouteille de vin clairet, des légumes cuisinés la veille et un fromage aux formes généreuses.

Le mazet, à flanc de coteau, dominait la plaine. Dessinant une subtile mosaïque, le vert intense des vignes contrastait avec le jaune puissant des champs de céréales mûres et tous deux formaient les deux extrêmes d'un camaïeu qu'adoucissaient les reflets argentés des oliviers et la couleur tendre des amandiers. Mais, malgré sa proximité, cette plaine représentait pour Lucien un monde lointain, auquel il n'appartenait pas et qui lui paraissait presque hostile. Bien sûr, il devait y descendre plusieurs fois l'an, pour le marché, les papiers ou le notaire, mais il ne le faisait jamais sans appréhension. Même si la douce Hélène Vincent y demeurait, il n'éprouvait aucune curiosité pour l'agitation fébrile de ces gros villages, sans cesse traversés d'idées nouvelles qui s'acharnaient à remettre en cause les ordres établis. À quoi bon ! Ceux-ci n'avaient-ils pas été fixés une bonne fois pour toutes ?

Au fil des années, Lucien avait dessiné dans son esprit une frontière. Elle sinuait aux pieds des coteaux et le long du chemin communal et marquait une limite entre la plaine et les collines, puis le plateau et les garrigues. Cette image le rassurait en son for intérieur à chaque fois qu'il regardait, du haut de sa montagne, à l'ombre de son olivier, ce monde auquel il n'appartenait pas. Son univers à lui, c'était le plateau, la garrigue. Forteresse de quelques kilomètres carrés dont un des remparts, le plus sauvage, surplombait, de ses pentes abruptes, les rives du fleuve, lointaines et inaccessibles. Là, la vie semblait réglée par des lois immuables qui éloignaient, autant qu'elles les rapprochaient, les quelques dizaines d'habitants qui y vivaient. Les mêmes familles depuis des siècles. L'endroit était pauvre, hostile, âpre, presque inhumain. La richesse de la plaine toute proche, déroulant son tapis vert, claquait au vent comme une insulte, sinon une provocation.

Lucien venait de passer la trentaine. Il était fils unique. Son père Fernand, âgé de soixante-trois ans, n'avait guère qu'un an de plus que Paulette, sa mère. Quant à son grand-père, Auguste, c'était un grand vieillard qui avait dépassé les quatre-vingt-dix. Les origines de leur famille, aussi loin qu'on s'en souvenait, étaient enracinées dans ce plateau. Et il se sentait comme investi d'une grave mission, celle de la perpétuer, là, en ce lieu même, accroché au bout du monde. Deux hameaux s'étaient bâtis sur le plateau, à quatre kilomètres de distance. Y régnaient des règles séculaires qui étaient scrupuleusement respectées et permettaient la bonne entente entre les deux communautés. De mémoire d'ancêtres, les seuls profonds différends avaient surgi de mésententes liées à des questions de chasse ou, plus graves encore, d'approvisionnements en eau.

Car c'était bien là leur principale préoccupation, cette eau si capricieuse et si fantasque. Abondante et même ravageuse à certains moments, elle savait devenir rare et précieuse à d'autres. De l'eau pourtant il y en avait, en quantité phénoménale, tout le monde le savait. Mais elle disparaissait sans qu'on ait à peine eu le temps de l'attraper : tout juste tombée du ciel, elle s'infiltrait partout dans le sol à toute vitesse et si profondément que personne ne savait où l'intercepter avant qu'on ne la retrouve là-bas, tout en bas, dans le fleuve, puis dans la plaine à laquelle elle livrait sa richesse. Quelle injustice ! De l'impossibilité à trouver les moyens de retenir cette eau était né pour les habitants du plateau un sentiment de frustration incessant, un véritable supplice de Tantale.

Assis à l'ombre de son olivier, Lucien savourait l'instant et songeait aux prochaines récoltes qui s'annonçaient abondantes. Il savait qu'aujourd'hui même, après les travaux de l'après-midi, il remonterait lentement vers le plateau où l'attendait son monde à lui. Le chemin était raide mais régulier et, au son des sabots de son cheval, il parviendrait au mas après une heure et demie. Il achèverait alors paisiblement sa journée dans la tiédeur du soir, bercé par la conversation rassurante du cercle familial, que hantaient les mêmes sujets depuis toujours.

Cependant, il y a peu, s'était formée en son sein une sourde rancœur que, malgré ses efforts, il ne parvenait pas à étouffer. L'eau, toujours l'eau. Pourquoi, à peine venue du ciel, leur était-elle retirée aussitôt pour aller enrichir cette maudite plaine aux reflets d'or et d'argent ? Il aurait aimé le savoir et, pour la première fois de sa vie, l'idée de mourir un jour sans connaître la réponse lui paraissait intolérable. Ce sentiment fut si fort, ce jour-là, qu'il ne le lâcha pas de l'après-midi. Le soir venu, lorsqu'il remonta jusqu'au mas, la même sombre pensée obsédait encore son esprit.

« Lucien ! Viens donc m'aider à porter le lait pour le fromage », lui cria violemment Paulette, sa mère, du fond de la cour du mas, aussitôt qu'elle l'eut aperçu.

II

La source

LE MAS DES EUZES était composé de trois bâtisses basses, aux murs de pierre sèche. L'une constituait la maison d'habitation, les deux autres, la bergerie et la remise. C'était le plus grand mas du plateau, et il jouxtait les bâtisses entremêlées du hameau de la Jalbertasse, où vivaient encore deux familles ainsi que la vieille « Mangeaclou », surnommée de la sorte car elle était maigre comme un clou.

Pour les gros travaux, l'entraide était fréquente et sans ambiguïté, y compris avec les trois familles du hameau de la Calmette, distant de quatre kilomètres, au sud du plateau. Pour le reste, chaque foyer vivait replié sur lui-même et, en règle générale, les visites étaient rares, sauf en période de chasse, où les messieurs de la plaine, et même de la ville, venaient battre le lapin, la perdrix ou le sanglier, sur les terres de l'une ou l'autre famille, moyennant rétribution.

Au mas des Euzes, les deux plus grosses ressources provenaient de la vente du charbon de bois et de la viande de mouton. Le plateau avait été, à l'origine, recouvert de chênes verts, qui fournissaient un excellent charbon de bois. Il était produit dans de multiples charbonnières essaimées un peu partout et qu'on abandonnait lorsque la parcelle avait fini d'être défrichée. Alors, sur ce terrain nu, bientôt recouvert d'une herbe rare mais fort odorante, moutons, chèvres et brebis venaient brouter mille saveurs pour affiner l'arôme de leur lait et le goût subtil de leur viande. Les autres productions du mas étaient variées, mais ne donnaient pas lieu à des ventes régulières ; elles servaient le plus souvent à la consommation ménagère, à l'instar du potager qui, de temps en temps, alimentait l'étal d'un marché. Il en était de même lorsque les porcelets ou les poussins devenaient trop nombreux, ou lorsque la récolte de céréales maigres était abondante. Quelques journées de chasse amélioraient l'ordinaire, et à l'automne, la concession de ce droit à ces « messieurs » permettait de se constituer un petit pécule d'autant plus agréable qu'il n'exigeait aucun effort.

Mais la véritable fierté de Lucien, et avant lui celle de son père et de son grand-père, c'était le mazet, situé au bas des contreforts du plateau et bien près de la plaine. Ses oliviers et ses vignes fournissaient à la famille du vin et de l'huile et leur épargnaient de traiter avec les gens de la plaine, prompts à tirer de substantiels profits avec des produits introuvables sur le plateau.

Ce précieux mazet, c'était l'arrière-grand-père de Lucien qui l'avait acheté, ou plutôt échangé à un riche propriétaire du village. Lors de la signature du contrat chez le notaire, il avait été stipulé que Jean Peyrasse, l'arrière-grand-père de Lucien, ne devenait propriétaire du mazet, des oliviers et des deux vignes, qu'à condition de fournir en viager au vendeur cinquante sacs de charbon de bois de chêne vert ainsi qu'un hectolitre de vin provenant des ceps concernés. L'affaire se révéla excellente car l'ancien propriétaire, M. Vincent, ne franchit pas le seuil de deux hivers et n'eut même pas le temps de finir le premier hectolitre de vin.

Fernand, le père de Lucien, était un être bourru, taciturne et assez borné, qui n'avait pour unique souci que de préserver son patrimoine dans l'état où il l'avait reçu. Hostile à toute nouveauté, il n'avait rien voulu changer aux méthodes d'exploitation. Quant à Paulette, elle était originaire du hameau de la Calmette, et semblait depuis longtemps s'être résignée à son sort. Adoptant la plus parfaite passivité en toutes circonstances, elle se contentait de travailler du matin au soir, afin d'assurer le confort matériel aux habitants du mas, sans jamais imaginer que sa vie pût être différente.

Auguste, le grand-père, avait pour sa part une autre personnalité. Bâti sur le même modèle que son propre père, c'était quelqu'un, comme on dit. Ces deux hommes n'avaient cessé, pendant leur existence, d'innover et d'inventer afin d'améliorer l'organisation du mas, la vie sur le plateau, et d'exploiter ses avantages par rapport à ceux de la plaine. Hélas ! entré dans un grand âge, Auguste était désormais relégué au rang des vieilleries que l'on déplace à travers la maison, au gré des circonstances : l'hiver, au coin du feu, l'été sous le micocoulier contre le mur de la bergerie, le reste du temps au lit. Lucien avait grandi au milieu de ces trois êtres. Il avait passé son enfance à garder les bêtes, à chasser et à « charbonner » ; plus tard, son père, qui rechignait à s'éloigner du mas, lui avait appris à travailler au mazet.

Il traversa la cour et rejoignit Paulette dans la bergerie, où la chaleur rendait suffocante l'odeur du purin.

« Tu rentres tard du mazet. Est-ce que les oliviers portent bien ?

— Je crois que, malgré ce que nous garde le moulin, nous pourrons aller au bout de l'année et même "tremper" beaucoup de fromages pour le marché. Allez, donne-moi les seaux... »

Ceux-ci étaient pleins de lait frais, et leur surface déjà constellée de petites mouches noires. Prenant les anses, Lucien monta lourdement les escaliers menant à la cuisine et les posa sans ménagement sur l'imposante table en bois. Il réveilla au passage le grand-père qui somnolait en grommelant, avachi sur un fauteuil qu'on avait tiré dans un coin sombre de la pièce, à l'abri de la chaleur. Le temps qu'il sorte de sa torpeur, Lucien avait déjà décroché de la cheminée sa musette de toile brune et, sans poser le moindre regard sur lui, était ressorti. En traversant la cour, il cria à sa mère, qui essuyait ses lourdes mains à son tablier :

« Le père est à la charbonnière ?

— Oui et il finira tard ce soir ; c'est la saison de "brûler".

— Je vais le rejoindre ; on préparera le voyage de charbon de la semaine, et en rentrant, je relèverai les pièges que j'ai mis hier. À ce soir ! J'aurai faim... »

D'un pas rapide, Lucien contourna la ferme et s'enfonça dans la garrigue par un sentier à peine visible qui serpentait dans les lapiaz, au milieu des chênes verts. Les pièges étaient sa passion. Bien sûr, il savait bien que la plupart des gibiers étaient plus faciles à tuer avec son fusil, mais depuis son enfance, il prenait un vif plaisir à poser, dans des endroits précis, ses collets ou ses clapettes, qui lui fournissaient régulièrement leur lot de lapins ou de petits oiseaux.

Partir relever ces pièges était pour lui source de bonheur intense. C'était un petit peu retomber en enfance et, surtout, parcourir ce plateau qu'il connaissait si bien. Il en oubliait alors la monotonie de son existence. C'était une des rares activités auxquelles il pouvait s'adonner avec entrain, sans rien en attendre d'autre que du plaisir. À l'ouest, le plateau s'interrompait brusquement et tombait, par des successions d'à-pics, jusqu'au bord du fleuve. Là était son endroit préféré. Et, sans conteste pour lui, le plus giboyeux. À la saison, il s'arrangeait toujours pour en éloigner les messieurs de la ville. Il tenait à préserver ce jardin secret où même les gens du plateau s'aventuraient rarement, tant sa pente abrupte et touffue décourageait les plus audacieux. Comme guidé par une boussole, Lucien arriva au bord du plateau, exactement à l'endroit où il le désirait, et se laissa aller à contempler un paysage qu'il connaissait pourtant à merveille. Un grand canyon s'ouvrait sur plusieurs kilomètres de long. Le fleuve y était encaissé sur plusieurs centaines de mètres, dans la roche calcaire, et formait une vallée sauvage, dépourvue de toute trace humaine. Ne résonnaient que les cris des oiseaux, seuls habitants d'un territoire sur lequel ils régnaient sans partage. Constatant que le soleil, qui étirait les ombres sur toute la vallée, commençait à décliner, Lucien décida de longer la bordure du plateau, puis de s'y enfoncer à nouveau pour retrouver son père qui, depuis le matin, dressait des tas de bois de chêne vert qu'il s'efforçait de transformer en charbon de bois. Quand il arriva, celui-ci achevait de construire l'une de ces étranges pyramides, probablement la dernière de la journée, avec l'indifférence qu'il mettait à tout.

« Ah ! te voilà donc ! lança-t-il à Lucien en guise de bonjour. Aide-moi à monter ce foyer. Et puis ça suffira pour aujourd'hui. »

Sans lui répondre, Lucien posa sa musette sur un rocher plat et commença à aider son père à empiler les bûches avec précaution. Ils se parlaient peu, et Lucien avait appris à passer de longues heures avec son père sans décrocher un mot. Tout dialogue, il le savait, se finissait invariablement par l'énoncé d'un chapelet de plaintes. Son père rendait les autres responsables de tout. La conversation se transformait en un monologue fastidieux et dépourvu d'intérêt.

Quand ils eurent terminé, Lucien annonça qu'il comptait faire un détour par le bord du plateau pour relever ses pièges. Il promit de faire vite afin que son père n'eût pas à attendre pour passer à table. Celui-ci hocha la tête, mi-réprobateur, mi-indifférent, tourna les talons et se dirigea d'un pas lourd vers le mas. En quelques enjambées, Lucien rejoignit le bord du plateau et commença à descendre sur le versant abrupt qui surplombait le fleuve, maintenant englouti par l'ombre. Il releva délicatement chacun des petits pièges, enfourna dans sa musette les *oucelous* et les remplaça en déposant avec précaution une *alude* au centre du clapet. Sur la pente raide où il se déplaçait avec agilité d'un arbre à l'autre, il ne pensait à rien et s'amusait d'imaginer ce que serait la prochaine prise, le prochain piège. Il en oubliait jusqu'au temps qui recouvrait peu à peu d'obscurité tous les reliefs de la vallée.

Soudain, parvenu à mi-pente, il s'arrêta net. Tout au fond de la *rabaste,* plus aiguë que le roulement de l'eau sur le fleuve, tinta le chant léger de la source des Fontanilles. C'est par elle que s'écoulait toute l'eau infiltrée sous le plateau, le vidant de son sang dans une hémorragie sans fin.

La source des Fontanilles était une grotte blottie au bas des contreforts du plateau, un trou creusé au ras du fleuve d'où jaillissaient les eaux de pluie infiltrées par le plateau. Elle était aussi un mystère qui évoquait immanquablement l'existence invisible de milliers de galeries et de fissures qui devaient canaliser l'eau pour la conduire jusque-là. Car, lors des grosses pluies d'orage, un jet se mettait à surgir avec une puissance extraordinaire. Lucien connaissait bien la musique qui s'élevait alors et qu'on entendait surtout au printemps et à l'automne. Cette mélodie lui mettait la rage au cœur, comme si les flots qui s'en évadaient lui étaient volés alors que lui et les siens s'apprêtaient à subir cruellement la sécheresse de l'été.

La nuit descendait peu à peu. Sa collecte terminée, Lucien rebroussa chemin et se dirigea vers le mas d'un pas rapide, le dos tourné au vent frais du nord qui se levait rapidement. Son esprit vagabondait quand il arriva au portail de la cour.

Il gravit les quelques marches du perron, pénétra dans la cuisine et trouva sa famille déjà attablée devant une soupe fumante. Sans un mot, il retourna sa musette sur un coin de la table et répandit un monticule de petits oiseaux. Quelques plumes voletèrent dans la lumière tremblotante de la lampe à pétrole. Puis il se mit à table et commença à émietter une grosse tranche de pain dans l'assiette de soupe que lui servit sa mère. Seul le grand-père parut s'intéresser au gibier. Étendant le bras, il en saisit une poignée, qu'il ramena vers lui pour mieux les examiner de ses yeux fatigués. Ceux-ci se mirent à briller de curiosité.

« Vous devriez manger votre soupe tant qu'elle est chaude. Ils ne s'envoleront pas ! lui dit gentiment Paulette.

— J'en veux pas de cette soupe… toujours la même, tiens ! On dirait un bouillon de vieille femme, comme si ça devait me faire venir plus vieux ! »

Imperturbables, Lucien et son père poursuivirent leur repas tandis que Paulette, les yeux rivés sur son assiette, se mordit les lèvres d'avoir trop parlé. Elle s'enfonça un peu plus dans sa solitude. Le papé se mit à soupeser les oucelous et, soulevant les plumes, apprécia attentivement la fermeté de leur chair. En frappant soudain du poing sur la table, il fit sursauter la maisonnée :

« Petit, tu chasses comme un "estivant" ; tes oiseaux, « eh bé ! » ils ont jamais vu la graine.

Ils mangent comme nous autres… les pierres du plateau et le mistral finit de les sécher… »

Mi-surpris, mi-agacés par cette intervention inattendue, Lucien, Fernand et Paulette restèrent bouche bée, les yeux rivés sur l'ancien qui poursuivit :

« Ceux de la ville, qu'on voit trois fois l'an, pourraient tuer les mêmes, rien qu'en se mettant sous un arbre ; mais eux, ils connaissent la chasse comme moi je connais les automobiles. Les oiseaux, c'est en bas qu'il faut aller les chercher, au bord du fleuve, sous les Fontanilles ! Là-bas, c'est la cocagne !… Des oucelous gros comme des merles et des merles gros comme des pigeons ; et toi, tu les regardes d'en haut sans rien faire, comme un “couillon”. »

Piqué au vif, Lucien répliqua :

« Et pourquoi ils seraient plus beaux aux Fontanilles ?

— Parce que, là-bas, tout est beau. Pas de mistral l'hiver, pas de sécheresse l'été et, pas loin, les cultures de la plaine.

— Et pourquoi personne ne va les chasser alors ?

— Parce que cet endroit, c'est le symbole de notre malheur à tous, de notre égoïsme et de notre bêtise. Il finira bien par tous nous faire crever un jour. Depuis belle lurette, plus personne ne veut descendre aux Fontanilles. Tu penses, on a trop peur de réveiller de vieilles colères.

— Comment ça, papé ? demanda Lucien, abasourdi.

— Tu veux le savoir ? Eh bien ! je te le dirai. Mais d'abord, mon gars, aide-moi à m'installer dans la cheminée. »

L'énorme foyer occupait quasiment un pan entier du mur de la cuisine. De chaque côté, sous le manteau, on pouvait mettre une chaise. Dans tous les mas du plateau, cette place était réservée au papé ou à la mamé, qui passait là tout l'hiver. C'était l'endroit le plus chaud de la maison, surtout quand soufflait le froid mistral ou le *marinas*, propre à réveiller les rhumatismes. Ragaillardi, le papé étendit ses mains noueuses pour les réchauffer à la flamme des bûches, que venait de disposer Paulette. Lucien, impatient d'entendre l'histoire, avala coup sur coup son pélardon sans ménagement, puis un verre de vin cul sec. Il vint alors s'asseoir en face du papé, dans la cheminée. Paulette finissait de ranger les restes du repas tandis que Fernand se dirigeait vers l'escalier, peu enclin à écouter ce qu'il considérait comme des histoires à dormir debout, rabâchées par un vieux gâteux.

« Écoute, petit, ce que je vais te raconter, personne n'en est fier. C'est une triste histoire et sa fin, c'est peut-être même toi qui l'écriras… »

De plus en plus interloqué, Lucien en vint à se demander si le grand-père avait gardé toute sa tête et si tout ça n'était pas du délire pour se rendre intéressant. Il en avait peut-être assez d'être considéré comme une *roupille*. Le vieillard prit un air grave, qui ne lui était pas habituel, et parut déterminé à parler longuement.

« Tu sais, au siècle dernier, de mon temps, c'était pas comme aujourd'hui entre la plaine et le plateau. Oh ! bien sûr, on n'était pas pareils et on disait autant de mal d'eux qu'ils en disaient de nous. Mais l'important au fond, c'est qu'on avait tous besoin les uns des autres ; et puis, les gens de la terre, ça finit toujours par parler la même langue. Ils nous payaient, et même bien parfois, pour faire leur vendange. En retour, ils n'étaient pas mécontents d'avoir notre charbon de bois et nos moutons. On n'était pas malheureux et même on se sentait fiers vis-à-vis d'eux, un peu supérieurs même, car on les dominait sur notre plateau. Et puis tout a été chamboulé. Ça a commencé avant la Grande Guerre, mais ça s'est accéléré après. Ils ne se contentaient plus de ce que nous leur apportions, ils voulaient autre chose de plus beau ! »

Dans la lumière des flammes, les yeux du papé parurent s'éteindre, comme si son esprit s'était enfui pour un long voyage dans les temps reculés de sa longue vie. Or, Lucien voulait à tout prix recueillir la fin de l'histoire, qui était celle de son pays, de sa famille. Personne, jusqu'à ce jour, ne la lui avait laissé soupçonner et il brûlait de la découvrir à trente ans passés. Il prit tout à coup conscience qu'il avait grandi sans jamais réfléchir au passé ni à ce qui l'entourait.

« D'abord, reprit le grand-père, nos produits ne les ont plus intéressés. Tout ce qui venait de la ville était moins cher, c'était meilleur et mieux présenté, disaient-ils. Au marché, on était avec des marchands qui jacassaient comme des pies et qui étalaient à chaque fois quelque chose de nouveau. Rien n'allait plus, on vendait de plus en plus mal, et dans les mas où il y avait plusieurs garçons, les plus jeunes devaient partir pour se louer. C'est comme ça qu'on a tourné le siècle. Peu à peu, on s'est replié sur le plateau en ressassant sans arrêt de la rancœur pour la plaine. Elle se transforma lentement en haine.

« C'est à ce moment-là que sont arrivés des ingénieurs de la compagnie des eaux, des messieurs de la ville, qui nous ont regardés comme des bêtes curieuses. Ils se promenaient toujours avec des habits propres comme des sous neufs. Ils ont cherché quelqu'un par ici qui pourrait, contre un bon salaire, leur tracer un sentier qui descendrait du plateau jusqu'aux Fontanilles. Puis, de temps en temps, ils sont venus voir comment la source coulait en bas. Jamais ils ne nous ont expliqué ce qu'ils cherchaient... Personne ne le savait. Ils disaient que le maire était au courant et qu'ils étudiaient le débit du fleuve quand on leur posait trop de questions.

« Ici sur le plateau, la colère des gens grondait, car depuis l'ancien temps, les Fontanilles, c'était comme leur propriété. Oui, parce qu'au temps des rois, il y a plus de cent ans, les paysans du plateau avaient le droit de semer quelques arpents, tout en bas, près du fleuve, lorsque les dernières crues du printemps étaient passées. Ils s'organisaient pour se relayer et, durant tout l'été, faisaient pousser des céréales qu'ils s'empressaient de récolter avant les premières crues de l'automne. Ensuite, ils remontaient leur bien à dos d'homme sur le plateau. Avec ce grain qui ne pouvait pas pousser chez nous, ils pouvaient se nourrir tout l'hiver. Puis la grande révolution est venue, les terres du plateau ont été partagées entre les paysans maintenant nouveaux propriétaires ; les Fontanilles sont devenues terrain communal, mais ceux du plateau ont pu continuer à l'utiliser comme avant. Ils étaient trop accrochés à leur prérogative ancestrale. Mais c'était plus pareil. Le labeur leur parut trop pénible et trop hasardeux ; ils préférèrent acheter le grain poussé dans la plaine. Il était de bien meilleure qualité et on le leur livrait en charrette. Mais, malgré tout ça, ils considéraient que les Fontanilles restaient encore à eux, et pas à ceux du village. »

Lucien écoutait avec tristesse et avidité, ne comprenant pas pourquoi on ne lui avait jamais rien raconté.

«… Puis, à la fin de l'hiver, on n'a plus vu les ingénieurs. Soudain, au milieu du printemps, en plein conseil municipal, Julien Jalas, le maire, a eu une attaque d'apoplexie. Oh ! on n'était pas trop étonnés, vu qu'il avait toujours été rouge comme une tomate et gourmand comme une chèvre. On l'a vite ramené à sa maison, couché dans sa chambre, et là, en attendant le docteur, il a attrapé le bras du Maurice de la Calmette, qui était le seul du plateau à faire partie du conseil municipal. Alors, il a levé un regard piteux, comme pour demander pardon, et il a murmuré en le regardant dans les yeux : "Votre eau, j'ai vendu votre eau, pour qu'on puisse en avoir au village…"

« Là-dessus, il a hoqueté plusieurs fois et il a perdu connaissance. Malgré les soins du docteur, il est mort la nuit suivante. Maurice, lui, est remonté sur le plateau et a raconté à qui voulait l'entendre ce que lui avait dit Julien Jalas, en ajoutant qu'à son avis il avait probablement perdu la boule. C'est vrai qu'ici tout le monde s'était posé des questions sur les visites des ingénieurs, mais de là à les rapprocher des derniers mots du maire… Mais voilà, le doute était installé et maintenant, il fallait savoir tout ce que cela voulait dire. »

Le grand-père semblait s'être transformé pendant son récit. Depuis de nombreuses années, il n'avait jamais autant parlé. En faisant remonter des souvenirs enfouis dans sa mémoire, sa voix était devenue méconnaissable et l'éclat de ses yeux avait rajeuni de vingt ans. Il poursuivit fiévreusement :

« Quand le conseil municipal s'est réuni pour élire le remplaçant de Jalas, on est tous descendus du plateau et on a déboulé dans la grande salle de la mairie pour demander des explications. Lorsque nous sommes entrés, ils nous ont regardés comme si la Vierge leur apparaissait ! Et le Maurice de la Calmette, il avait l'air encore plus couillon que les autres, vu qu'il savait pas de quel côté se ranger. Mais le plus grave, c'est que personne ne savait au fond ce que Julien Jalas avait tramé avec les ingénieurs. Personne n'était au courant ! De toute façon, c'était pas vraiment étonnant vu que, depuis quinze ans, il les menait tous par le bout du nez. Il promettait en catimini à chacun une chose ou une autre et lui faisait jurer de n'en parler à personne.

« Le nouveau maire fut Justin Vivens. C'était un brave type. Bien entendu, on lui demanda de tirer l'affaire au clair le plus rapidement possible et d'en informer tout le monde. Il agit promptement car, deux mois plus tard, il nous fit savoir qu'une réunion se tiendrait le lendemain à la Calmette, sur l'aire de battage et qu'il aurait bien des choses à nous révéler. Nous nous sommes donc tous retrouvés par une belle fin d'après-midi d'été, en plein air. Justin Vivens se hissa sur un tombereau de paille et nous dit : “Julien Jalas vous a trompés. Il avait promis à la Société des eaux de la ville le droit de capter l'eau des Fontanilles, en présumant de votre accord ; il voulait la canaliser vers la plaine pour irriguer les cultures et alimenter le village. En échange, la Société, qui aurait amassé un bon pactole en vendant les droits d'irrigation, se serait engagée à installer gratuitement des tuyaux pour alimenter certaines maisons du village en eau potable… En priorité, sans doute, celles dont les propriétaires auraient appuyé le projet”, ajouta-t-il en baissant la tête, comme s'il se sentait coupable.

« “Nous avons de l’eau aux fontaines du village. Quant aux Fontanilles, elles sont trop loin pour nous profiter vraiment. Mais nous avons certainement mieux à faire que de nous séparer de cette source. Je vais demander au conseil municipal de ne pas voter pour ce projet.”

« À ces paroles, l’assemblée tout entière s’anima, à la fois pour acclamer le nouveau maire et pour conspuer l’ancien. Depuis ce jour, mon petit, les Fontanilles sont devenues un endroit maudit. Car elles détiennent la richesse, mais une richesse gaspillée, à laquelle personne n’ose toucher, comme une pomme de discorde à la beauté insolente. De cet épisode, on n’est pas sortis fiers et personne n’a envie d’aller aux Fontanilles bien que le terrain appartienne à tout le monde. On aurait trop peur de se voir accuser de profiter de l’eau des autres. Voilà, tu sais tout. Si ton père ne t’en a jamais parlé, c’est parce qu’au fond il n’a jamais compris le sens et la leçon de cette histoire. Maintenant, tu comprends pourquoi les oiseaux, c’est en bas qu’il faut aller les chercher, parce qu’ils n’ont encore jamais vu un chasseur et qu’ils s’engraissent sur notre bien, pendant que nous crevons de faim. »

Lucien, totalement absorbé par ses pensées, ne vit même pas son grand-père se lever péniblement et essuyer furtivement, du coin de sa manche, une larme qui alla se perdre dans sa moustache broussailleuse. Il s'avança en claudiquant vers son lit, isolé de la pièce par un rideau ; il y parvenait tout juste lorsque Lucien sortit de sa torpeur et le rejoignit. Il l'aida à se déshabiller et à se coucher avec une affection et une tendresse nouvelles qui le surprirent. Puis il monta se coucher à son tour, s'enfouit sous son édredon et s'endormit, étourdi par le tourbillon de ses pensées.

III

Le village

QUAND LUCIEN ouvrit les yeux, le lendemain matin de très bonne heure, des pensées confuses encombraient son esprit. Il s'habilla aussitôt et descendit dans la grande cuisine pour remplir sa musette de quelques victuailles entreposées dans une grande armoire en bois massif servant de garde-manger.

Un oignon, une tranche de jambon découpée à la hâte, un pélardon et un gros *crouste* constitueraient son repas de midi. Le grand-père dormait encore profondément derrière son rideau. En refermant doucement la porte d'entrée, Lucien jeta un dernier coup d'œil aux tentures jaunies par la fumée, comme pour se convaincre de la réalité de ce qu'il avait entendu la veille. Dehors, la nuit n'était pas encore dissipée et, en cette fin d'octobre, la température était fraîche. Il détela son âne dans la remise et entendit le plancher craquer dans la chambre de ses parents. Ils étaient en train de se lever.

Lucien devait passer la journée au mazet pour ramasser des olives vertes dont il irait vendre une petite part le lendemain au marché. Comme chaque année, à cette époque, il fallait délicatement les cueillir avant qu'elles ne noircissent. Le reliquat serait jeté dans la saumure qui les conserverait croquantes et charnues jusqu'à l'année suivante. En effet, outre l'huile qu'elle fournissait d'abondance, l'olive était utilisée comme un véritable légume. On la hachait finement pour confectionner les tapenades, qu'on étalait sur de grosses tranches de pain, mais on la jetait aussi dans les ragoûts de mouton, mélangée aux carottes et aux côtes de blettes. Il y en avait de plusieurs sortes. Certaines, très grosses et bien charnues, emplissaient la bouche. Les petites, que l'on appelait les picholines, avaient un goût prononcé. Il y avait enfin les *lucques*, les vraies reines. Malgré leur forme irrégulière et leur petite taille, elles possédaient une saveur exquise et très recherchée.

Lucien marchait sans se presser au côté de son âne, dont les bâts, débordant de marchandises, alourdissaient la démarche. Au-devant, l'horizon du plateau blanchissait avant le lever du soleil, qui découvrirait bientôt la vaste plaine viticole parsemée de villages. Ensommeillé, il se laissait bercer par le bruit des cailloux qui roulaient sous ses pas et ceux de l'âne. Lorsqu'il parvint enfin au bord du plateau, la grosse boule rouge du soleil effleurait l'horizon. Il s'arrêta quelques secondes pour contempler un spectacle dont il ne se lassait pas.

Maintenant seulement, il avait la sensation que la journée commençait. Reprenant son chemin, il attaqua la descente vers le mazet, en attrapant son âne par la bride. Il veillait à n'emprunter que les meilleures sentes, afin de ne pas le faire trébucher ou tomber en déversant le contenu des bâts. Rapidement, tous deux parvinrent à la lisière de la chétive forêt de chênes verts, ajourée de lapiaz d'un blanc éclatant. Puis ils cheminèrent encore quelques centaines de mètres en bordure des vignes avant d'arriver au mazet.

Sans traîner, Lucien se mit à l'ouvrage après avoir attaché l'âne au tronc d'un olivier. Il savait exactement quels arbres fournissaient les plus belles olives qu'il fallait ramasser vertes. La plupart s'attrapaient facilement en étendant la main, tant les arbres, au fil des années, s'étaient laissé façonner. Rares étaient les branches trop hautes qui obligeaient à grimper le long du tronc ou à utiliser une petite échelle. Pour les vendre au meilleur prix, il fallait attendre le moment où leur chair serait devenue mûre à point, mais pas trop, afin d'arriver le premier sur le marché. Le reliquat irait au pressoir. Le mazet, orienté au plein sud à mi-pente, était un lieu idéal pour obtenir ces fruits en primeur. Il était exposé au soleil, abrité du vent du nord, assis sur un terrain caillouteux, et sa récolte était prête bien avant celles des autres oliveraies, plantées dans la plaine. Lorsque midi sonna, Lucien avait déjà obtenu une belle récolte. Satisfait d'en voir bientôt la fin, il s'installa pour déjeuner devant la porte, sous un olivier. Lorsque son regard tomba sur un fagot de sarments qui traînait, il regretta de ne pas avoir une bonne côtelette d'agneau à griller. Puis il se mit à repenser au récit de la veille, repassant la chronologie d'événements qui lui parurent à la fois anciens et actuels. L'après-midi commençait lorsque Lucien se remit au labeur. Il l'acheva bien avant la tombée de la nuit. Soulagé et stimulé par l'astre d'automne qui répandait une clarté limpide, il décida de profiter des dernières heures pour cueillir dans les vignes proches les petits grappillons, qui s'accrochaient aux sarments avant l'arrivée de l'hiver. C'étaient des grappes gorgées de sucre, trop petites pour être vendangées. Abandonnées, elles se balançaient comme autant de friandises offertes aux oiseaux. Lucien avait l'habitude d'en remplir de grands sacs de toile qu'il apportait à sa mère. Celle-ci les faisait cuire longuement sur un grand feu de cheminée, dans un immense chaudron de cuivre, pour en obtenir du raisiné, une confiture très sucrée, que l'on conservait dans d'épais bocaux en verre. Tartinée sur de grosses tranches de pain qu'elle transformait en gâteau, elle adoucissait les longues soirées d'hiver. Lucien poursuivit fébrilement sa cueillette jusqu'à la tombée de la nuit, puis rangea dans le mazet les sacs suintants de sucre odorant. Envahi par la fatigue, il alluma une flambée dans la cheminée, avala un rapide repas, s'enroula dans sa couverture et s'endormit aussitôt sur la paillasse, à la lumière tremblotante des dernières flammes.

Ce fut le froid qui le réveilla le lendemain. L'air vif qui circulait entre les tuiles parvenait à s'infiltrer sous la couverture. Il frissonna et se leva rapidement. Il contourna le mazet pour aller se débarbouiller à la citerne, dressée contre le mur. Le ciel était gris et un vent du nord âpre apportait un air humide et glacé. Il lui fallait marcher une heure pour atteindre le village. Une fois parvenu à destination, il devrait payer son droit d'étal, s'installer à l'endroit imparti puis déballer ses marchandises sur la terre battue. Attaché à un arbre, l'âne formait l'arrière de son échoppe improvisée.

Lucien prit rapidement la route avec son âne lourdement chargé et, à travers les vignes, se dirigea vers le village. De loin, on aurait dit que les toits bruns s'agrippaient frileusement au clocher et à sa tour ancestrale. Sa pointe se dressait au milieu de la plaine comme un signal. À chaque fois qu'il faisait la route, il éprouvait la sensation bizarre de s'enfoncer dans un pays étranger et redoutait confusément les rencontres qu'il risquait de faire, comme si celles-ci étaient maléfiques. Sans doute à cause de l'heure matinale et de la lumière grisâtre qui devait en rebuter plus d'un, il ne croisa personne avant d'aborder les faubourgs du village. En revanche, dès qu'il les eut atteints, il rencontra l'agitation propre aux jours de marché. Il se sentit mieux car il pouvait se fondre dans la foule et s'arranger pour éviter des connaissances.

Alors qu'il ne s'y attendait pas, le garde champêtre de la commune l'interpella soudain en le faisant sursauter. Bien qu'il se prénommât Raoul, on l'appelait « Bonbonne » à cause de son volumineux physique, tout en rondeur, qui le faisait paraître presque aussi large que haut. Il était bon à tout faire pour la municipalité. Elle l'avait recruté, il y a plusieurs années, pour le remercier de ses bons et loyaux services dans l'armée. Il n'avait pourtant jamais connu autre chose que les cantines où il avait été affecté au ravitaillement. Les mauvaises langues disaient qu'il s'était surtout intéressé au sien. De retour au pays, il avait fait valoir ces quelques années de service pour se faire engager. Depuis lors, il s'occupait de tout, l'air martial et le verbe haut, veillant toutefois à s'éclipser lorsqu'un travail un peu pénible risquait de lui être confié. Au village, tout le monde connaissait ses manœuvres et personne ne le prenait au sérieux.

« Ho ! Lucien ! Je suis sûr que c'est moi que tu cherchais, lança-t-il d'un ton railleur, en exhibant le carnet où il enregistrait les règlements dus à la location des emplacements, sur la place du marché.

— Salut, Raoul ! C'est toujours 15 francs pour la place entre ces deux arbres ? Tiens, prends-les.

— Ben dis-moi, t'es bien comme tous ceux du plateau, toi ; on ne vous voit que les jours de marché pour vendre vos produits mais, pour la conversation, il ne faut pas compter sur vous. Sûr qu'il ne se passe jamais rien là-haut, mais quand même… »

Peu enclin à parler, Lucien lui lança un regard attristé. Baissant les yeux, il se dirigea vers son emplacement. Il se sentait si mal à l'aise sur cette place, au milieu de cette foule, qu'il ne trouvait jamais rien à répondre quand des gens qu'il n'aimait pas s'adressaient à lui. Installé entre ses deux arbres, il déballa ses paniers d'olives et ses fromages à vendre. Il ne se sentait pas plus à sa place dans ce rôle mercantile. Pourtant, pour la plupart des paysans, venir à la ville un jour de marché était toujours un moment de fête, car on y rencontrait du monde. Et à travers sa production, on montrait un peu de quoi on était capable. À midi, quand tout était fini, on se réunissait par petits groupes. Chacun apportait ce qu'il avait gardé de meilleur pour l'occasion, et le festin commençait. C'était mieux que ceux des mariages et des fêtes traditionnelles au milieu des familles où l'ambiance était souvent convenue. Là, après le marché, les laguioles tranchaient à vif d'énormes miches de pain que venaient vite napper différentes couches de charcuteries appétissantes et variées. On les avalait au milieu de conversations bruyantes, où s'entremêlaient les anecdotes locales, les appréciations politiques et les habituelles jérémiades sur l'état du commerce. Bien entendu, chacun y allait de sa piquette et toutes les fatigues accumulées pour « venir faire le marché » s'évanouissaient comme par miracle. On communiait à la vie sans se soucier du lendemain. Bien sûr, jamais Lucien ne participait aux agapes. Lorsque sonnait midi, il rangeait soigneusement ce qui lui restait, achetait quelques marchandises que le mas ne pouvait pas produire, et reprenait aussitôt le chemin du retour. Autant dire qu'il passait pour un sauvage aux yeux de tous.

En cette matinée d'octobre, Lucien se tenait, comme à l'accoutumée, debout derrière son étal. À l'inverse des autres commerçants, il se faisait discret et ne hélait jamais le passant à la façon des camelots. Il préférait attendre qu'on l'interroge sur le prix de ses olives ou de ses fromages. Par bonheur, la qualité de ses produits et les petites quantités qu'il vendait ne l'obligeaient pas à faire de la surenchère. La situation s'accordait avec sa passivité. Aujourd'hui, plus encore qu'à son habitude, il se tenait en retrait et son esprit vagabondait. Il ressassait principalement la sombre histoire que lui avait contée son grand-père.

Quand les douze coups de midi sonnèrent au clocher, il avait vendu presque tout. Il ne lui restait que quelques kilos d'olives faciles à charger sur son âne avant de quitter la place. À ce moment, la foule se dispersait. Chacun se préparait au joyeux repas qui l'attendait et à déguster les produits frais qu'il avait pu se fournir le matin même. Laissant l'animal attaché à un arbre, Lucien emporta sa gibecière pleine d'une douzaine de pélardons et de quatre des oucelous qu'il avait attrapés la veille, et se dirigea au cœur du village. C'était un dédale de ruelles remplies de bruits et d'odeurs, que ce soit celle de la friture du poisson ou celle de la soupe de légumes mijotant depuis le matin. Les cris aigus des femmes à l'intention de leurs enfants trop turbulents se mêlaient à la voix forte et bourrue des hommes. Lucien trouvait prodigieux qu'on puisse vivre dans cette promiscuité, entassés dans ces ruelles dont l'horizon, dans la plupart des cas, se heurtait à un mur distant d'à peine quelques mètres.

C'est d'un pas sûr que Lucien parcourut plusieurs petites rues avant de s'arrêter devant une porte massive, juchée en haut de trois marches de pierre, polies comme des meules. Là demeurait Hélène Vincent, l'arrière-petite-fille de M. Vincent, auquel Jean Peyrasse, l'arrière-grand-père de Lucien, avait jadis acheté le mazet en viager. C'était une vieille fille d'à peu près trente-cinq ans, bien assise sur la fortune que lui avaient léguée ses aïeux, de gros propriétaires terriens. Elle ne s'était jamais mariée pour se consacrer au service de ses parents qu'elle avait soignés jusqu'à leur mort. Elle s'était ensuite tournée vers les activités paroissiales qu'elle animait sans relâche, tant pour ne pas rester oisive que pour aider les autres paroissiens. Après la vente du mazet, les liens entre les deux familles ne s'étaient jamais relâchés. Si Jean Peyrasse avait finalement réalisé une bonne affaire à la suite du décès prématuré de M. Vincent, il n'en avait pas moins conçu une sorte de remords. Il n'avait donc jamais manqué, lorsqu'il descendait au village, d'aller saluer sa femme puis leurs héritiers. Cette habitude s'était perpétuée chez ses propres descendants et les échanges se poursuivaient toujours, plus symboliques qu'autrefois, mais néanmoins réels. Hélène Vincent était, pour cette raison, la seule personne du village que fréquentaient les habitants du mas des Euzes.

Au fil des années, Hélène Vincent avait appris à bien connaître Lucien, peut-être mieux que ses propres parents auxquels il ne se livrait guère. Elle éprouvait pour lui une affection sincère, lentement forgée par le temps. Ils étaient pourtant si différents, lui l'homme retiré du plateau et elle, fille de notable, imprégnée de la vie villageoise depuis sa plus tendre enfance. Ce qui semblait les réunir était la constante discrétion et la distance commune qu'ils mettaient, chacun à sa façon, entre eux-mêmes et les autres. Ayant toujours peu à se dire sur le fond, ils aimaient, les jours de marché, passer quelques heures ensemble pour s'écouter mutuellement.

Comme à l'accoutumée, Lucien mania le heurtoir en bronze de la lourde porte. Un bruit sourd résonna dans le couloir de la maison. Ce bruit sinistre, comparable au roulement du tonnerre à l'intérieur d'une caverne, était pourtant agréable à Lucien. Il le percevait comme le prélude à quelques instants de rêve et d'évasion, dans un monde qui n'était pas le sien mais où il était accueilli avec chaleur et simplicité.

La porte s'ouvrit sans grincer et Hélène apparut. Du haut des trois marches, elle enveloppa Lucien de ce sourire bienveillant dans lequel il lisait d'emblée toute sa bonté d'âme et qui l'apaisait instantanément. Tenant maladroitement sa casquette roulée entre ses mains, il répondit à son bonjour en baissant la tête avec un profond respect.

« Entrez, Lucien, quel bonheur de vous voir ! » souffla-t-elle doucement.

Sans répondre, Lucien s'engagea dans un long couloir sombre. C'était le rituel auquel ils se livraient depuis des années. À chaque jour de marché, Hélène se préparait à cette visite en confectionnant un repas inhabituel. Lui, de son côté, ne se présentait jamais les mains vides ; il préparait un petit cadeau original, qu'il s'efforçait de rendre à chaque fois différent. Chacun feignait la surprise, comme s'ils cherchaient à entretenir un plaisir précieux dont ils n'auraient jamais voulu se lasser.

La bâtisse était grande et, bien qu'elle ne fût pas moderne, elle se dressait dans la rue comme une traditionnelle et vénérable maison de maître languedocienne. Sur les murs s'affichaient l'aisance, mais aussi le goût cultivé avec soin par de nombreuses générations. Les Vincent avaient représenté pendant des décennies un modèle en ce domaine pour tous les habitants du village. On les respectait. En franchissant le seuil, Lucien avait l'impression de pénétrer à la fois dans une caverne d'Ali Baba, où brillaient le cuivre et l'étain, et dans un sanctuaire secret où il s'étonnait, à chaque fois, d'être admis puisqu'il n'avait aucun mérite ni aucun titre. Arrivée au bout du couloir, Hélène Vincent lui proposa, comme toujours, d'abandonner sa veste, sa casquette et sa musette et de les lui confier. Il s'exécuta avec des gestes malhabiles comme s'il les accomplissait pour la première fois. Elle le regarda faire d'un regard doux qui ne trahit aucun signe d'impatience. En tendant sa musette, il bredouilla :

« Je vous ai apporté quelques oucelous de plateau, ils ne sont pas gros mais devraient être bons.

— Comme c'est aimable à vous, Lucien. Je les ferai confire, et puis nous les dégusterons ensemble à votre prochaine visite.

— J'ai apporté aussi des pélardons et je vous ai gardé dix kilos de lucques que j'ai laissés sur l'âne.

— Oh ! Lucien, vous savez combien tous ces cadeaux m'embarrassent même si c'est un grand plaisir de vous voir si gentil avec moi. »

Lucien demeurait pétrifié jusqu'à ce que, se laissant mener comme un petit enfant, Hélène lui propose de se laver les mains et de rester à déjeuner avec elle. Comment refuser ? Il en était d'autant moins question que la table était déjà dressée. Depuis le matin, Hélène Vincent avait tout organisé. La bonne de la maison, Marthe, savait que les jours de marché étaient ceux qu'il fallait consacrer au nettoyage en grand de la maison. La cuisine devait être récurée à fond et l'argenterie, sortie du placard, briller de mille feux.

Quel luxe pour Lucien, habitué à la rudesse de la vie aux Euzes ! Voilà qu'on le dorlotait ouvertement, malgré ses airs gauches ! Il n'aurait manqué ces instants pour rien au monde. Un doigt de muscat en apéritif et c'était parti pour une heure de bonheur à table, pendant laquelle ils ne parlaient guère et où, plus que le menu, le berçait cette ambiance dans laquelle il se glissait sans retenue, comme dans un bain tiède. Dans sa vie sans surprise, c'était parmi les moments les plus enivrants. Traditionnellement, à la fin du repas, Hélène et lui passaient dans le salon où, installés face à face dans des fauteuils au velours patiné, ils commençaient réellement leur conversation.

« Lucien, vous m'avez l'air bien rêveur aujourd'hui ; il me semble que vous causez encore moins que d'habitude.

— Oh ! vous savez, mademoiselle, que sur le plateau il n'arrive pas grand-chose.

— Oui, mais cela ne date pas d'aujourd'hui. Vraiment, je vous trouve plus sombre. Ne voulez-vous pas m'ouvrir votre cœur ? »

Tout entier enveloppé par le regard d'Hélène, à la fois pesant et caressant, Lucien se sentit fondre. Abandonnant toute velléité de résistance, il reprit :

« J'ai mal dormi dans le mazet cette nuit ; il faisait froid. Je repensais sans cesse à ce que m'avait raconté le papé, la veille.

— Qu'a-t-il donc pu vous raconter de si préoccupant ? »

La voix d'Hélène parut se teinter d'une légère inquiétude.

« Il m'a parlé des Fontanilles », laissa tomber Lucien, non sans gêne.

À ces mots, Hélène hocha gravement la tête et se recala dans son fauteuil. Son pressentiment était bon : elle connaissait Lucien mieux que personne et avait deviné qu'un trouble violent l'agitait.

« Vous savez, lui répondit-elle, combien les Fontanilles sont une vieille histoire dont peu de gens aiment à parler, et encore de nos jours. Mon père lui-même répugnait à répondre à mes questions. Mais qu'a pu donc vous raconter votre grand-père pour vous inquiéter à ce point ?

— Il m'a d'abord raconté l'histoire de toute cette bonne eau dont personne n'a jamais pu profiter à cause des magouilles de Julien Jalas. Puis il a versé quelques larmes en me disant que toute cette affaire avait causé un beau gâchis parce que maintenant on ne savait plus comment s'en sortir.

— Eh oui ! c'est ainsi. Que voulez-vous y faire, mon brave Lucien ? Tout le monde s'accommode de la situation, cahin-caha, et personne n'en souffre vraiment. Elle est désolante, je vous l'accorde.

— Songez-y, mademoiselle. Si je mets à l'écart votre maison où tout est si paisible, je ne me sens bien que sur mon plateau, là-haut. Je déteste le village et le genre de gens qui y vivent. Imaginez mon bonheur si l'eau des Fontanilles pouvait rester sur le plateau et non se fondre dans le sol ! Je me sentirais alors si heureux, je n'aurais plus besoin ni de l'aide de la plaine ni d'avoir à descendre pour vendre ma marchandise. Je suis sûr que certains habitants viendraient même me solliciter pour se procurer de l'eau à la saison sèche.

— Allons, Lucien, vous ne devez pas souhaiter du mal aux autres. Ce n'est pas digne de vous. Il y a assez de ce qui a déjà été fait et ce n'est pas avec ces méchantes pensées que vous vous sentirez mieux parmi nous. Avez-vous réfléchi à l'avenir ? Pensez-vous que vous continuerez à vivre aux Euzes comme un ermite, lorsque vos parents ne seront plus sur cette terre ? Vous imaginez-vous à demeure sur votre plateau avec des moutons pour seuls compagnons ? C'est absurde. Aucun homme n'est capable d'endurer une pareille vie. »

À ces mots simples et raisonnables, Lucien se retrouva totalement désemparé. Jamais encore il n'avait songé à cette sorte d'avenir qu'Hélène Vincent lui jetait brutalement. En lui parlant doucement, elle venait de le propulser en face de réalités qu'il n'aurait jamais été capable d'imaginer tout seul, anesthésié par les rites monotones de sa vie quotidienne.

« Allons, Lucien, reprit-elle, les temps changent et le passé nous paraîtra bientôt lointain. Que sera-t-il advenu de vous alors ? C'est l'estime que je vous porte, mon bon ami, qui me conduit à me soucier de pareilles choses et à m'en ouvrir à vous. J'espère ne pas vous avoir froissé ni donné l'impression de me mêler d'affaires qui ne me regardent pas. »

Bien qu'anéanti, Lucien s'empressa de répliquer, comme s'il avait peur de perdre le charitable secours d'Hélène.

« Vous, me froisser ? Oh ! non, mademoiselle Vincent, vous y voyez tellement plus clair que moi et vous savez si bien deviner l'avenir ! Je sais bien que tout change et qu'ici on me regarde, tous les jours un peu plus, comme un original. Mais voilà, il me manque du courage et de l'intelligence pour savoir ce que je devrais faire. Je ne sais que répéter la même chose à chaque jour qui passe.

— Allez, calmez-vous, ne vous tourmentez pas ainsi. Il est inutile de se faire du mal. Mais la seule chose dont vous devez vous souvenir, c'est que si trop de questions roulent à nouveau dans votre esprit, vous devez m'en avertir et vous confier à moi. N'hésitez pas. Vous avez eu raison de me parler aujourd'hui. Il est bon de se soulager. Un homme ne peut garder ses misères pour lui seul. Faites-moi toujours confiance, je ne vous trahirai pas. »

Sur ces dernières paroles, le silence s'installa dans le grand salon. On n'entendit plus que deux mouches se cogner au vitrage de la fenêtre. Durant un long moment, chacun parut méditer sur les paroles qu'ils venaient de prononcer. Puis Lucien rappela qu'il était temps pour lui de partir. Son chemin était long et, en cette saison, la rapide tombée de la nuit risquait de le surprendre avant qu'il n'arrive. Il rejoignit son âne, resté attaché à l'arbre depuis le matin. Marthe, la servante d'Hélène, l'accompagna jusque-là. Il lui remit les dix kilos de lucques puis, lentement, toujours absorbé dans ses lourdes pensées, il prit le chemin du mazet qu'il atteignit juste au soleil couchant. Chargeant les sacs de grappillons récoltés la veille, il se mit en route vers le mas des Euzes, alors qu'une pénombre légèrement rosée recouvrait la garrigue.

IV

Le fleuve

LE FLEUVE roulait inlassablement ses galets. Il était tout à la fois capricieux et immuable, acteur et décor dans le paysage. Naissant de la rencontre du ciel et de la terre dans les montagnes, il se nourrissait, quelques dizaines de kilomètres en amont, de la neige et du brouillard qui le recouvraient l'hiver venu. Plusieurs fois par an, au printemps et à l'automne, il se gonflait démesurément et étalait son flot boueux, sans se soucier de ses riverains, à qui il arrachait sans pitié ce qu'ils avaient laissé imprudemment à sa portée. Ensuite, très vite, ses eaux reprenaient leur couleur vert émeraude et regagnaient sagement leur lit pour s'étirer nonchalamment, bordées par une frange de galets d'un blanc éclatant.

Cette danse rituelle, au rythme des saisons, était un éternel sujet de conversation pour les villages du voisinage, aussi fascinés qu'inquiets devant ses sautes d'humeur.

Lorsqu'il passait sous les Fontanilles, le fleuve avait accompli la moitié de son parcours. Il émergeait de profondes gorges calcaires, avant de déboucher quelques kilomètres plus loin dans la plaine. Il paraissait alors rassembler ses forces dans un ultime sursaut avant de se jeter au milieu des vignes, en contrebas de villages qui avaient eu la sagesse de se bâtir hors de sa portée. Au fond de leur cœur, les habitants de la plaine n'aimaient pas leur fleuve. Depuis bien longtemps, ils avaient appris à s'en méfier et à se tenir loin de ses eaux traîtresses et dévastatrices. D'ailleurs, comme pour mieux manifester leur hostilité, ils n'hésitaient pas à déposer sur ses berges, en période de basses eaux, toutes sortes de détritus qu'ils ne voulaient plus voir, trouvant commode de s'en débarrasser au gré des crues. Au moins, le fleuve se montrait-il un peu utile en leur faisant le ménage.

Ce comportement irrespectueux, reconduit de génération en génération, avait poussé les esprits à se désintéresser de ce fleuve et surtout de son eau, d'une couleur particulièrement douteuse qui ne leur inspirait guère confiance. Chaque village, chaque hameau possédait quelques sources, qu'il préservait jalousement, et n'utilisait l'eau du fleuve qu'à des fins d'irrigation ou de nettoyage.

Pourtant, ces villages, qui fleurissaient dans la plaine et prospéraient rapidement, voyaient leur réserve d'eau s'amoindrir au fil du temps. Et la population devenait de plus en plus exigeante tant sur la qualité que pour la quantité qu'elle consommait. Les fontaines, situées au centre des bourgs et épuisées par l'abondance des demandes, tarissaient depuis plusieurs années dès les premiers jours de chaleur. La sécheresse roussissait impitoyablement les paysages de la garrigue. Boire pendant les mois secs de l'année devenait un souci de plus en plus préoccupant car, dans cette plaine formée d'alluvions, les sources n'abondaient pas. L'eau, comme rebelle à se laisser prendre, allait se nicher dans les nappes souterraines qui bordaient le fleuve. Il aurait fallu la pomper à partir de forages dont le coût était dissuasif, et le fonctionnement aléatoire car il n'existait pas de force motrice suppléant à l'absence d'électricité. Alors, chaque année, c'était pareil, il fallait économiser !

Les plus avertis et les plus prévoyants prédisaient que l'eau constituerait un frein au développement de la population locale et qu'il fallait craindre une grave pénurie pour les prochaines années. L'heure était grave.

Paroles en l'air, pensait l'écrasante majorité qui raillait ces propos sitôt qu'elle voyait rouler, aux premiers jours de l'automne, les flots impétueux du fleuve qui se gonflait sous l'effet des premières crues. Cette montée cyclique, malgré les dégâts qu'elle pouvait causer, réconciliait tout le monde car elle nettoyait les berges des tonnes d'immondices qu'elles avaient reçues et, lors des vendanges, emportait les innombrables déchets nauséabonds de la vinification.

Ainsi vivait le fleuve, traité comme un égout ; ainsi fonctionnait la courte mémoire de ses riverains qui oubliaient en quelques jours les affres du manque d'eau potable jusqu'à ce que l'année suivante le cauchemar revienne.

Deuxième partie

LE HASARD DES DESTINS

I

La dispute

Janvier 1946.

L'HIVER était maintenant installé sur le plateau. Chaque année, il était étonnamment beau car l'air était intense et lumineux. Les courtes journées pouvaient être très froides, notamment quand soufflait le vent du nord, mais les chênes verts gardaient leurs feuillages qui ondulaient à perte de vue sous un ciel d'un bleu profond.

Lucien descendait très peu au village, encore moins que le reste de l'année. Il partageait son temps entre les différents travaux du mas, parlait peu, comme les autres membres de sa famille, et semblait totalement inaccessible. On l'aurait cru retranché dans un monde de mélancolie dont il avait seul la clé. Peut-être s'y retrouvait-il en compagnie d'Hélène Vincent. Son image surgissait dans ses pensées dès que la solitude devenait trop pesante. Il était dans une de ces périodes de flottement où le temps paraît s'être immobilisé et où rien ne semble devoir changer. En fait, il s'ennuyait profondément et commençait à comprendre combien la remarque d'Hélène Vincent, lors de leur dernière rencontre, avait été pertinente.

Il découvrait la monotonie de sa vie au mas des Euzes. Son acharnement à vouloir vivre pour toujours sur le plateau ne le mènerait qu'à la solitude absolue et au désespoir. Pourtant, il éprouvait toujours la même angoisse et la même répulsion à l'idée de s'installer dans la plaine. Sa vie était vide, désormais il le savait. Mais quoi faire ? Il se sentait inéluctablement aspiré par un néant dont la perception l'effrayait.

Après plusieurs semaines passées dans cet état de dolence et d'apathie voisin de la dépression, il se remit à penser aux Fontanilles, et se décida un beau jour à descendre jusqu'au bord du fleuve, pour observer le flot de la source souterraine. Ce projet le sortit brusquement de sa léthargie et, bien que cette balade n'eût aucun but précis, elle l'enthousiasma fortement. Lucien décida de garder secrète sa résolution et se contenta, par un lumineux matin d'hiver, de déclarer qu'il avait aperçu, la veille, des *tourdres,* et qu'il allait essayer d'en tirer quelques-uns pour changer l'ordinaire de la maisonnée.

Les mains enfouies dans les poches de sa canadienne, le béret profondément enfoncé sur le crâne, il marcha rapidement dans l'air glacial, foulant de ses pieds encore gourds l'herbe givrée qui craquait sous ses pas. Il se hâtait alors que rien ne le pressait. Seule l'envie de descendre aux Fontanilles l'excitait. Il n'avait aucune raison pour l'expliquer, il sentait juste au fond de lui une force et une constance qui ne faiblissaient pas au fur et à mesure qu'il approchait. À ce moment-là, il comprit ce que signifiait un désir en mesurant le bouleversement qu'il éprouvait devant sa vie rongée par l'absence de passions et de sentiments. Parvenu au bord du plateau, Lucien s'arrêta pour contempler longuement la profonde gorge qui s'ouvrait devant lui. Au fond flottaient des lambeaux de brumes qui masquaient le lit du fleuve. Puis il commença à descendre lentement, zigzaguant entre les formations dolomitiques qui dessinaient un paysage irréel et étourdissant de beauté.

Fouetté par les hautes bruyères, Lucien se frayait un chemin vers cette eau émeraude qui miroitait tout en bas. Une demi-heure plus tard, il prit pied sur une sorte de prairie recouverte d'une herbe verte bien grasse et bien épaisse qui contrastait fortement avec celle, jaune et rase, du plateau. À partir de ce moment-là, une sensation étrange l'étreignit. Il n'était plus chez lui comme là-haut, mais une irrésistible envie le saisit de fouiller chaque recoin des berges du fleuve, chaque anfractuosité au pied des falaises. Une soudaine frénésie s'était emparée de lui.

Il marchait maintenant sur une terre molle et sans cailloux, il éprouvait du plaisir à sentir ses pas s'enfoncer dans la tourbe souple et docile. Lentement, les sens aux aguets, il remonta, sur quelques centaines de mètres, en direction de la résurgence, le cours du fleuve qui coulait silencieusement. À ce moment de l'hiver, alors que la pluie n'était jamais tombée en grande quantité depuis plusieurs semaines, les flots n'étaient pas épais et Lucien dut approcher tout au bord de la rive pour entendre leur murmure étouffé. En revanche, il fut saisi du spectacle qui s'offrait à lui et en resta foudroyé pendant un long moment. Des Fontanilles s'échappait une eau turquoise, qui se répandait avec majesté et caressait avec volupté les longues tiges souples des plantes aquatiques qui se balançaient mollement dans leur lit de fraîcheur. Tout autour, dans les branches des grands arbres qui surplombaient le paysage, une multitude d'oiseaux gazouillait. La vie bruissait de toute part dans ce lieu où tout paraissait faire contraste avec ce que Lucien côtoyait quotidiennement sur le plateau et le réconfortait.

Étourdi par cette explosion de vie, il ne résista pas à l'envie de s'asseoir sur une pierre et d'observer en détail tout ce qu'il voyait et entendait. Mais, déposant machinalement la crosse de son fusil sur le sol, le bruit métallique le rappela soudain à l'ordre. N'était-il pas venu pour chasser le tourdre ? Comment avait-il pu l'oublier si vite ? Retrouvant son bon sens, il fouilla dans sa musette et en retira une cartouche de petits plombs qu'il engagea dans la culasse du fusil. Mais peu désireux de passer tout de suite à l'action, il déposa l'arme sur ses genoux.

Pourtant, au bout de quelques minutes, il dut bien sortir de sa torpeur. Deux tourdres surgirent, qui se mirent à danser dans les branches effeuillées du plus haut des aulnes. Il s'amusa à les voir virevolter en toute insouciance. Ils piaillaient à qui mieux mieux et leurs silhouettes graciles se découpaient sur le bleu du ciel matinal. Alors les paroles de son grand-père affluèrent dans sa tête. Et il constata combien ces oiseaux étaient dodus, d'une belle taille. Oui, ce pays était bien un mât de cocagne ! « Des oucelous gros comme des merles et des merles gros comme des pigeons », avait susurré le vieil homme avec des éclairs dans le regard.

Pourtant, Lucien ne tira pas car il ne voulait en rien troubler la sérénité matinale des lieux. Il laissa son fusil posé sur ses genoux, continuant tranquillement à se laisser imprégner par les bruits ambiants. Ils étaient si nouveaux pour lui. Au bout d'un long moment, et comme revenant d'un évanouissement, il voulut se lever. Le contact de la pierre froide avait transi sa chair. Debout, il posa à nouveau son regard sur l'eau, à l'endroit où elle resurgissait par une multitude de petits écoulements pour se répandre dans le fleuve. Il était fasciné par le phénomène et ne pensait à rien d'autre. Levant les yeux, il constata que le soleil était déjà placé haut au-dessus du plateau. Comment le temps avait-il pu filer aussi vite ? Il dut faire un violent effort de volonté pour s'arracher à ce paradis et il s'engagea rapidement dans les broussailles sans se retourner. La remontée vers le plateau fut rapide et, malgré le froid piquant qui lui cinglait le haut des oreilles et le bout du nez, la sueur ourlait son front. Il reprit pied sur la lande qui lui était si proche, retrouva les parfums et les bruits familiers avec l'impression qu'il venait de vivre un rêve.

Tout au long des jours suivants, Lucien sentit croître des sentiments qui lui étaient jusqu'alors inconnus. Ils l'agitèrent dans son sommeil, lorsque au mas des Euzes, durant les longues nuits, le vent du nord s'engouffrait sous les tuiles.

Peu à peu la solitude lui devenait de plus en plus éprouvante et, effaré, il voyait croître un fossé entre lui, ses parents et son grand-père. Déjà peu disert, il ne leur adressait quasiment plus la parole et se bornait à quelques échanges quotidiens. Il trouvait leur comportement d'un autre temps. Pour lui, c'était comme s'ils étaient des morts vivants, des êtres qui avaient renoncé à leur humanité. Ensuite, il était obsédé par les Fontanilles, ou plutôt par ce qu'elles représentaient à ses yeux, un endroit tellement différent, où s'ouvrait un nouvel horizon, d'une amplitude qu'il n'avait jamais soupçonnée jusque-là.

À ce moment, il sut qu'il ne vivrait plus sur le plateau que comme un naufragé accroché à une épave. Il lui fallait vite gagner le rivage s'il ne voulait pas se noyer. Ses activités quotidiennes ne suffisaient plus à remplir sa vie et, quelle que soit la crainte qu'il éprouverait à les abandonner, il s'y déterminerait bientôt car il avait pris en horreur l'idée de reproduire le comportement de ses parents. Enfin, il brûlait de revoir Hélène Vincent afin de lui exposer ses doutes et ses aspirations, afin de solliciter cette clairvoyance qu'il admirait tant chez elle et qui l'orienterait vers le bon chemin. Oui, tel un enfant, il comptait ardemment sur ses conseils pour y voir plus clair et décider ensuite de son devenir. Il voulait s'évader de cette prison solitaire que les grands espaces lui avaient si habilement masquée. Il devait embrasser de nouveaux horizons. Mais serait-il si simple de parler à Hélène ? En serait-il capable ? Et que penserait-elle alors de lui, de ses divagations ? Enfin, quitter le pays, ce serait aussi s'éloigner d'elle... Sans se l'avouer vraiment, il voyait mal comment il pourrait le supporter. Il était enferré dans un réseau de contradictions qui le déchiraient. Mais, peu à peu, chaque pensée le ramenait à Hélène. Il devait au plus vite s'ouvrir du trouble qui l'envahissait, il devait retrouver apaisement et lucidité.

Il décida de descendre. Comme il le faisait toujours, il devait apporter un présent. Mais il le voulait plus important que d'habitude, qu'il fût à la hauteur de l'occasion. Pendant la semaine qui suivit, il consacra tout le temps dont il disposait en dehors des travaux du mas à attraper des tourdres sur le plateau. Le froid qui s'était installé et avait gelé toutes les flaques d'eau lui apporta un précieux concours dans sa tâche. Il lui suffit de poser des pièges garnis de quelque céréale au bord des *lavognes* et de casser la glace à l'aide d'une grosse pierre. Le soir, avant la tombée de la nuit, il n'eut plus qu'à accomplir sa tournée pour remplir sa besace de petites boules de plume encore tièdes et presque palpitantes, victimes de leur appétit.

À plusieurs reprises, il songea à descendre aux Fontanilles mais, à chaque fois, il y renonça au dernier moment, tant cet endroit était devenu pour lui symbolique. Chaque soir, sitôt arrivé au mas, il se déchargeait de ses oiseaux et demandait à sa mère de les lui confire dans de la graisse de porc afin de les conserver. Une fois plumés, elle faisait légèrement rôtir leurs petits corps dodus à la chaleur du foyer, alors allumé en permanence. Elle les vidait puis les garnissait de branches de thym et de morceaux de girolle. Une fois dorés, les tourdres parfumés étaient plongés dans de petits récipients en terre cuite, de la forme d'un verre, et recouverts de graisse fondue. Une fois refroidi, le gibier se retrouvait isolé de l'air par une épaisse couche blanche qui permettait de le conserver jusqu'à l'hiver suivant. Les petits pots de terre étaient recouverts à leur tour d'un couvercle de papier paille, fixé par un morceau de ficelle. C'était un véritable délice, dans les grandes occasions, lorsque les tourdres avaient disparu depuis plusieurs mois, que de faire fondre cette graisse et de laisser mijoter dans une casserole le petit oiseau fourré de thym et de champignons, entouré par les légumes frais de la saison.

Le père de Lucien, s'étonnant de voir son fils s'acharner à faire confire autant d'oiseaux, lui demanda un soir, en bougonnant comme à son habitude, s'il comptait malgré tout s'arrêter avant d'avoir attrapé tous les tourdres du plateau. Irrité par la question, Lucien répliqua simplement que, n'ayant pas revu Hélène Vincent depuis l'automne, il voulait descendre la voir et, qu'en cette saison, il ne voyait pas ce qu'il pouvait lui apporter d'autre.

« Eh bé ! vingt-cinq tourdres pour elle qui est toute seule, là tu exagères ! laissa-t-il tomber tout à trac.

— J'aime lui faire plaisir quand je vais la voir, parce qu'au village il n'y a qu'avec elle que je me sens bien.

— Tu pourrais lui en donner une dizaine que ça serait déjà pas mal, et vendre les autres aux marchés du printemps. On aurait des sous pour changer la lame de la faux et acheter quelques moules à fromage. Ce serait mieux que de nourrir ceux qui n'en ont pas besoin. »

Lucien reçut cette réflexion comme une gifle. Il savait que les civilités rares et raides de son père envers Mlle Vincent étaient effectuées plus par routine et par crainte d'on ne sait quoi que par véritable déférence. Mais tout de même, il y allait un peu fort en la circonstance.

« Écoute, si tu vois ainsi les choses, j'irai attraper d'autres tourdres pour aller les vendre, mais je veux faire ce cadeau à Mlle Vincent, parce qu'elle est très gentille avec moi. Et puis, elle me comprend, ajouta-t-il comme une provocation.

— Elle comprend quoi, à ton avis ? Elle comprend qu'elle fait une bonne affaire en t'invitant à manger tous les trente-six du mois, parce qu'ainsi, elle est sûre que tu lui garniras le garde-manger sans débourser un centime. Évidemment, une femme comme elle ne sait pas la peine que donnent les choses. D'ailleurs, tu veux que je te dise, c'était bien une idée de l'ancêtre que de donner ces habitudes de cadeaux à une famille de nantis. Elle était pas maligne, ça leur a mis dans la tête qu'on leur devait des excuses pour avoir fait une bonne affaire avec le mazet. »

Pour la première fois de sa vie, Lucien éprouva une furieuse envie de se révolter. S'il n'avait jamais apprécié les propos toujours négatifs de son père, il sentait que la coupe était maintenant pleine. Mais il préféra se taire et un silence épais et pesant envahit la pièce. L'aïeul n'avait pas bougé d'un pouce, le regard perdu dans les flammes de la cheminée. Quant à sa mère, elle n'avait pas cessé de plumer un tourdre et s'était contentée d'enfoncer la tête juste un peu plus dans les épaules. Lucien, lui, avait serré les dents. Il regardait fixement la table. Tout à coup, il se leva et, sans prononcer un mot, monta dans sa chambre qu'il referma en claquant la porte. Dans la pièce d'en bas, le silence s'alourdit davantage encore et le repas se déroula sans Lucien dans une atmosphère sinistre. Ensuite, tandis que tout le monde s'en allait au lit, la mère de Lucien se mit à faire la vaisselle. Elle pleurait doucement lorsqu'elle entendit son fils descendre silencieusement l'escalier. Sans prononcer le moindre mot, il puisa une assiette de soupe au chaudron qui se balançait dans la cheminée, s'assit au coin de la table, et commença à manger avec une mine renfrognée.

« Tu sais, il dit ça depuis longtemps, dit-elle, mais je crois qu'il ne peut pas comprendre parce que lui, il n'aime pas les sentiments. »

Lucien, impassible, poursuivait son repas.

« Regarde, Lucien, tous tes confits sont prêts, lui annonça-t-elle en désignant une jolie caissette en bois où étaient alignés les petits pots appétissants.

— Merci, maman, dit Lucien en levant les yeux vers elle. Tu sais, moi, je l'aime bien Mlle Vincent, mais, lui, je crois que je ne l'aime plus. »

À ces mots, elle fondit en larmes et, pour la première fois depuis longtemps, s'assit à côté de lui. Elle posa affectueusement la main sur son bras.

« Demain, je descendrai au village et j'irai chez Mlle Vincent. D'abord j'irai porter les tourdres et puis au moins, je serai seul, sans lui, parce qu'en ce moment, j'ai besoin de réfléchir ; je ne sais pas ce qui m'arrive, mais la vie n'est plus aussi simple qu'avant. »

Paulette, prise au dépourvu, lui jeta un air à la fois incrédule et inquiet. Sentant des interrogations muettes bouillonner en elle, il posa à son tour sa main sur la sienne et lui souffla avec un élan de tendresse, comme il n'y en avait pas eu depuis bien longtemps dans la maison :

« Tu sais, ne t'inquiète pas pour moi. »

Avant de s'endormir, Lucien pensa longuement à sa journée du lendemain. Il se tournait et se retournait dans ses couvertures, incapable de trouver le sommeil. Jusque-là, il ne s'était jamais laissé envahir par ce genre de préoccupations. Il pourrait se mettre en route de bon matin, comme d'habitude, parvenir au village à la fin de la matinée, se voir proposer par Hélène Vincent de rester à déjeuner et puis, comme les jours sont courts, il lui faudrait rapidement remonter au mas. Quelle dure journée en perspective pour un si petit moment de bonheur ! Est-ce que cela en valait la peine ? Alors que, s'il y songeait bien, les choses pourraient se dérouler autrement. Il lui serait tout à fait possible de ne descendre au village que dans l'après-midi afin d'arriver seulement à la tombée du soir, et s'arranger pour passer une soirée entière dans la maison douillette où il était sûr déjà d'être choyé. Il s'étonna lui-même de l'audace de ses pensées. Après ? Eh bien ! il remonterait de nuit jusqu'au mazet où il s'allumerait une belle flambée. Et il s'endormirait alors à la chaleur des flammes, enroulé dans d'épaisses couvertures. Il y serait beaucoup mieux qu'au mas, en face de son père muré dans le mutisme le plus complet et ressassant son insupportable amertume. La perspective de cette escapade, qui bouleversait si fort ses habitudes, excita Lucien au plus haut point. Tout valait mieux que l'ennui dans lequel il s'était enfermé à son insu depuis de si longues années. Au moment même où il sombra dans le sommeil, il songea qu'il s'ouvrait à la vraie vie.

Lorsque le froid réveilla Lucien, le jour pointait à peine. Tirant brutalement les grosses couvertures de laine jusqu'au menton, il se sentit déterminé à effectuer ce à quoi il avait songé, la veille en s'endormant, non sans éprouver un trouble important. Il ne voulut pas se lever mais dormir encore afin que le temps passe plus vite. En bas, dans la cuisine où il devrait bientôt descendre, Fernand se montrait plus sombre que d'habitude. Il buvait un plein bol de café bouillant, sa casquette plantée sur la tête, sans piper mot. Il faisait grise mine. En fait, il n'acceptait pas la visite au village que son fils projetait, à la fois à cause des vingt-cinq tourdres, mais également parce qu'il ne supportait pas de voir Lucien faire autre chose que s'atteler à son travail de bourricot sur le plateau. Il voulait inconsciemment le voir s'enfermer dans son destin, comme lui-même l'avait fait, afin de noyer dans la répétition de gestes quotidiens sa profonde médiocrité.

Paulette beurrait d'épaisses tartines de pain brun, auxquelles elle ôtait la croûte, et les tendait ensuite au grand-père qui les mâchait avec ses chicots jaunis. Le vieillard était tapi au coin de la cheminée, enroulé dans une couverture, et tenait dans ses mains tremblantes un bol de café au lait où ses pensées paraissaient se dissoudre. Paulette tartinait inlassablement, à la fois admirable dans sa dévotion et pitoyable dans sa soumission. Devinant que son fils ne paraîtrait pas tant qu'il serait là, Fernand se leva bruyamment, attrapa sa canadienne et ouvrit la porte sur un ciel gris et bas, avant de disparaître dans les escaliers. Durant toute la matinée, Lucien ne donna pas signe de vie. Il dormit à poings fermés. Il n'ouvrit un œil qu'en fin de matinée et se décida enfin à descendre. Il trouva Paulette affairée dans la cuisine. Sur un coin de la table étaient posés les vingt-cinq tourdres confits, délicatement emballés dans un sac de toile de jute et prêts à être emportés. Elle lui sourit doucement et lui apporta un bol de café. Elle sentait que le moment était déterminant, que leur vie risquait de changer de direction. Jamais Lucien n'avait fait preuve d'une telle volonté. Il lui expliqua en quelques mots son projet ; elle ne lui rétorqua rien, selon son habitude.

Dehors, le ciel blanchissait. Un halo de soleil n'arrivait pas à dissiper le froid vif qui engourdissait la garrigue. Pour éviter de croiser son père, ce qui lui aurait causé beaucoup de déplaisir, Lucien se hâta. Il prit un peu de nourriture pour son déjeuner, puis enfourna délicatement les tourdres dans son sac à dos. Il remonta dans sa chambre afin d'y chercher deux grosses couvertures de laine, qu'il serra entre les lanières du sac. En voyant le harnachement, Paulette s'essuya machinalement les mains avec son torchon. Elle roula des yeux exorbitants car elle ne comprenait rien aux plans de son fils. Lucien, lui, décida de ne pas finasser. Il n'avait aucune raison d'aller dormir au mazet en pareille saison où il risquait même d'attraper la mort. Le froid y était intense.

« Lucien, tu t'en vas ?

— Eh oui ! tu le vois bien !

— Mais non, je veux dire... tu vas dormir ailleurs ?

— Oui, au mazet... lorsque je reviendrai de chez Hélène Vincent.

— Par un froid pareil ? Tu es fou ! Pourquoi le mazet ?

— Du village, en marchant bien, même de nuit, les chemins sont bons. Je peux l'atteindre en une heure. S'il me fallait rentrer ici par le chemin caillouteux, il me faudrait au moins deux heures de plus. Et je pourrais me tordre une cheville car je n'y verrais rien. Je ferai un bon feu au mazet. Ne t'inquiète pas, il n'y a rien à craindre. »

Paulette sembla complètement affolée par sa détermination. Elle tordait de plus belle son torchon. Même le grand-père, qui n'avait pas tout compris, sentait qu'un événement était en train de se produire. Il posait sur Lucien un regard interrogateur.

« Mais enfin, je ne comprends pas pourquoi tu veux aller chez Mlle Vincent aussi tard. Demain, ce sera bien assez tôt ! Et puis ton père, qu'est-ce que je vais lui dire, quand il va arriver ? Tu crois que c'est le moment d'aller se rendre malade en allant dormir au froid ? »

Elle mélangeait tout, l'essentiel et l'accessoire, les causes et les conséquences... De toute façon, à la seule question qui méritait d'être posée : Pourquoi Lucien bousculait-il ses habitudes avec tant d'opiniâtreté ? ce dernier n'aurait pu réellement répondre. Une fois passée sa stupeur, Paulette se résigna ainsi qu'elle l'avait fait toute sa vie. Revenant à ses préoccupations quotidiennes, elle glissa dans le sac de son fils la moitié d'un gros saucisson et une inhabituelle tablette de chocolat, au cas où... Lucien, qui remarqua son geste du coin de l'œil, l'embrassa et lui susurra à l'oreille :

« Je te l'ai dit hier soir, ne t'inquiète pas pour moi. »

Il disparut brutalement dans l'encadrement de la porte, alors que deux ou trois flocons de neige tombaient en se balançant lentement. Au fur et à mesure qu'il avança, ceux-ci devinrent plus denses et plus serrés. Ils commençaient à poudrer les parties herbeuses des chemins. S'il avait été un tant soit peu raisonnable, Lucien aurait remis sa visite à un autre jour. Pourtant, il n'y songea même pas. Pas une seconde, il ne fut tenté de rebrousser chemin, il n'eut aucune pensée pour sa mère, qu'il aurait pu imaginer pleine d'inquiétude, déroutée par son entêtement, affrontant les commentaires parcimonieux, vindicatifs et stériles de son père, qui ne manquerait pas cette occasion pour se montrer plus désagréable et grossier que d'habitude.

II

L'invitation

LUCIEN MARCHAIT, il allait à l'aventure, vers la première aventure de sa vie. Il s'était jeté à l'eau sans savoir ce qu'il adviendrait. Il ne réfléchissait même pas, il s'amusait tout simplement à regarder voleter autour de lui les flocons de grésil qui s'accrochaient aux feuilles des chênes verts. La neige tombait rarement au pays, ou lorsqu'elle tombait, une ou deux fois par an, elle ne tenait guère plus de quelques heures. Pourtant, certaines années, il arrivait que le plateau se couvrît d'une couche de dix à vingt centimètres qui tenait pendant quelques jours.

Après avoir descendu les lacets du chemin qui conduisait du bord du plateau aux premières vignes, Lucien passa devant le mazet. Il y pénétra pour déposer les couvertures qu'il avait emportées, ainsi que les provisions que contenait son sac. Il en profita aussi pour rentrer un tas de bois, avant qu'il ne soit englouti par la neige. Il fit attention à ne pas traîner car la neige tombait de plus en plus dru et recouvrait le sol d'un épais tapis. Bien qu'on ne fût qu'au milieu de l'après-midi, il faisait déjà très sombre. En quittant le mazet, Lucien eut la sensation qu'il s'engageait enfin résolument dans le projet qu'il avait mûri. Maintenant qu'il était parti, il n'était plus possible de changer d'avis. Serrant contre lui le panier de tourdres, il pressa le pas en direction du village. Lorsqu'il aperçut les premiers toits, tout était calme. Il y avait longtemps que tout un chacun avait regagné son domicile ; le crépuscule ne tarderait pas à venir. Dans les ruelles, que la neige commençait à transformer jusqu'à les rendre méconnaissables, Lucien ne rencontra que des groupes d'enfants emmitouflés jusqu'aux oreilles, jouant bruyamment à glisser sur les pentes les plus inclinées.

Rapidement, il se retrouva devant la lourde porte de la maison d'Hélène Vincent et ce fut le seul moment où il faillit faire demi-tour, tant ce lieu chargé d'émotions l'impressionnait. Il resta sur le seuil, immobile, un bon moment, puis brusquement, comme pour ne plus pouvoir reculer, il manipula le heurtoir de la porte et fit résonner le couloir. Au bout d'un long moment, ce fut Marthe, la bonne, qui surgit, roulant de gros yeux étonnés, tant lui parut incongru de voir Lucien se dresser ainsi devant elle un soir qui n'était pas un jour de marché, alors que la neige tombait à gros flocons. Se ressaisissant quelque peu, elle finit par bégayer :

« Il n'est pas arrivé un malheur là-haut au moins ?

— Oh ! non, Dieu merci. Je viens juste apporter quelque chose à Mlle Vincent. »

À ces mots balbutiés, Marthe songea que Lucien était un peu dérangé, comme elle le soupçonnait depuis longtemps. Rester célibataire, sur le plateau, à cet âge, ça cachait forcément quelque chose. Tous deux se regardaient sans rien dire, comme pétrifiés, tandis que l'air glacé s'engouffrait dans la maison. L'une était clouée dans l'encadrement de la porte, l'autre immobile sous la neige. C'est alors que, du fond du couloir, surgit Hélène Vincent, intriguée par l'absence prolongée de sa servante.

« Marthe, eh bien ! faites entrer, voyons. Qui est-ce ? »

Sans répondre, celle-ci s'effaça et la silhouette de Lucien se découpa dans l'encadrement du chambranle. Hélène Vincent reprit sans une hésitation :

« Oh ! c'est vous, mon cher Lucien, entrez vite ! Vous allez geler sur pied. Marthe, débarrassez-le de toutes ses affaires : elles sont couvertes de neige. Et faites-nous vite du thé. Allez, Lucien, venez au salon me dire ce qui vous amène ici par un temps pareil. Aucune mauvaise nouvelle j'espère ? » ajouta-t-elle avec une inquiétude dans le regard.

Comme pour justifier cette arrivée impromptue, Lucien tira à la hâte de son sac le panier contenant les tourdres confits. Il le posa sur la table du salon où elle l'avait introduit, essayant d'arranger tant bien que mal le tas de petits pots de terre dérangé par les secousses du voyage.

« Cet hiver, avec le froid, il y a beaucoup de tourdres sur le plateau. J'ai pensé que ça vous ferait plaisir d'y goûter, alors on a fait des confits. »

Hélène ne se montra pas surprise par un type d'attention à laquelle son éducation l'avait habituée. Mais elle était beaucoup trop fine pour penser que Lucien eût agi spontanément. Avant même de le remercier, elle décida de ne pas le ménager et de lui faire avouer la raison profonde de son déplacement. Elle avait un caractère entier et aimait à toucher le fond des choses. Elle savait que la visite de Lucien était motivée par des non-dits et ne voyait pas comment tous deux pourraient passer une soirée comme si de rien n'était. D'ailleurs ce dernier n'était-il pas venu dans ce but ? Il lui fallait être honnête et ne pas jouer la comédie. Elle décida qu'elle devait le questionner et lui faire dire ce qu'il n'était pas capable de reconnaître tout seul. Elle l'invita à s'asseoir.

« Ces jolis oiseaux me semblent se trouver bien à l'abri pour passer l'hiver, dit-elle en saisissant l'une des boîtes ; il n'était pas si pressé de me les apporter, surtout avec ce temps. Et puis, je trouve qu'il y en a beaucoup.

— Oh ! ne vous bousculez pas pour les manger ; ils peuvent se conserver toute l'année, répondit naïvement Lucien.

— Puisque c'est vous qui le dites… Oh ! regardez comme la neige continue à tomber. La nuit ne va plus tarder. Comment allez-vous faire pour rentrer chez vous, mon pauvre Lucien ?

— Ne vous en faites pas, je dormirai au mazet, s'empressa-t-il de répondre, comme pour s'excuser de sa présence. J'y ai déposé des couvertures et rentré du bois.

— Croyez-vous que vous deviez vous donner toute cette peine pour m'apporter si vite ce panier ? » lui assena-t-elle, en le regardant droit dans les yeux, sans aucune complaisance.

Son regard pétrifia Lucien qui ne l'avait jamais vu aussi déterminé. Il ne s'y attendait pas mais, au fond de lui-même, que pouvait-il espérer ? Un accueil identique à celui des autres fois, lors des jours de marché, aurait été incongru. C'était lui qui avait choisi de se fourvoyer dans cette situation embarrassante, il était naturel qu'il donnât des explications à son hôtesse. Comme d'habitude, incapable de se décider par lui-même, il eut l'impression de rétrograder au stade de l'enfant qui venait d'être pris en faute.

« Euh… non… oui, c'est vrai, bégaya-t-il.

— Alors, pourquoi l'avez-vous fait ? »

En demeurant tête basse comme un chien battu, Lucien sentit qu'il était en train de provoquer l'exaspération chez Mlle Vincent. Il s'en voulut immédiatement, et ce sentiment lui insuffla le courage qui lui manquait.

« Je suis venu aujourd'hui, à cette heure et par ce temps, parce que ma vie sur le plateau me rend fou. J'avais envie de parler à quelqu'un et il n'y a qu'avec vous que je peux le faire. Quand je suis descendu vous voir lors du dernier marché, une de vos phrases m'a fait réfléchir et, depuis ce moment, les idées noires tourneboulent dans ma tête. Je me suis rendu compte que je ne suis pas heureux parce que, dès que je me trouve aux Euzes, je n'ai qu'une envie, celle de m'enfuir dans l'un des deux seuls endroits où j'aime à me trouver, les Fontanilles et chez vous. Vous savez, c'est difficile à expliquer, je ne me sens pas chez moi lorsque je me retrouve dans la plaine et dans ses villages, mais, là-haut, je me trouve tout aussi malheureux. Dites-moi ce que je peux faire ; je sais que vos conseils m'ont toujours porté bonheur. »

Il avait débité tout cela d'un trait, d'une manière qui ne lui ressemblait pas. Pour qu'elles sortent aussi brutalement, ces idées avaient dû faire à son insu leur chemin dans sa tête au cours de tout un hiver de solitude sur le plateau. Maintenant qu'elles étaient mûres, la présence de Mlle Vincent leur servait d'exutoire. Cette dernière se pencha en avant de son fauteuil. Délicatement, elle prit une de ses mains entre les siennes et la tapota affectueusement.

« Mon cher Lucien, regardez-moi s'il vous plaît ; ce que vous dites est très dur à entendre. Il faut absolument que vous vous construisiez une vie bien à vous, une vie qui vous permettra de vivre dans un endroit qui vous plaira et qui vous apportera le bonheur qui vous manque aujourd'hui et auquel vous avez droit, comme tout un chacun. Voulez-vous que nous y réfléchissions ensemble ? »

Effondré par les aveux qu'il venait de faire, pétrifié par le contact amical de la main d'Hélène et abasourdi par la proposition que celle-ci venait d'émettre, Lucien ne réagit pas.

Par chance, Marthe fit diversion en entrant avec un plateau chargé de deux bols de thé fumant et d'une assiette de biscuits à la cuiller bien dorés, finement saupoudrés de sucre glace. Devant le tableau qui surgit à ses yeux, elle manqua de lâcher l'ensemble avant de se ressaisir. Elle se contenta de déposer son fardeau sur la table basse sans quitter Lucien des yeux, comme si le diable se dressait devant elle. Au moment où elle s'éclipsait, Hélène Vincent la retint en lui adressant un sourire malicieux et exquis, qui, à lui seul, en présageait long sur la suite de la soirée.

« Ma chère Marthe, figurez-vous que la tempête nous a amené Lucien. Vous serez de mon avis : il ne serait pas du tout chrétien de le laisser repartir ce soir dans un univers aussi hostile. Eh bien ! profitons de l'occasion pour égayer la longue soirée qui s'ouvre. Soyez gentille d'aller préparer la petite chambre qui se trouve au fond du couloir, rendez-la bien chaude et sortez de la grande armoire un des pyjamas de mon père. Ensuite, nous confectionnerons un repas de fête avec les magnifiques confits que Lucien nous a apportés et nous ouvrirons une bonne bouteille de vin. »

La scène était totalement surprenante dans cette lourde maison où les habitudes ne variaient jamais depuis des lustres. Lucien ouvrit des yeux tout ronds, ne pouvant croire à ce qu'il entendait et incapable, une fois de plus, de proférer le moindre son. Mais il savait aussi qu'il n'y avait rien à dire quand Hélène Vincent avait parlé. Marthe, quant à elle, fut convaincue que sa patronne venait de perdre la tête. Elle n'avait jamais vu ça. Elle restait pétrifiée. Hélène la sortit de son immobilité par un battement de mains enjoué.

« Allons, allons, Marthe, vous pensez que vous aurez trop de temps pour accomplir la besogne ? Mettez-vous au travail sans tarder. Quant à vous, Lucien, buvez vite votre thé pendant qu'il est encore chaud. Je crois que nous avons suffisamment de sujets à aborder pour commencer notre conversation tout de suite. N'oublions pas qu'il vous faudra partir de bonne heure, demain matin, pour monter rassurer vos parents qui vous croiront au mazet et risquent de s'étonner de votre absence. »

Lucien, dont le caractère franc était tout d'une pièce, ne fit aucune manière pour accepter l'invitation, aussi surprenante qu'elle fût. Il lui déclara seulement en toute simplicité :

« Alors que vous avez toujours été si bonne pour moi, je ne suis bon qu'à vous causer des ennuis. Vous devez me trouver bien bête ! »

Hélène ne lui répondit même pas et se contenta de lui tendre avec un beau sourire l'assiette où reposaient les appétissants biscuits. Dehors, la nuit tombait, striée par la chute hésitante de gros flocons qui lui donnaient un air de fête. Au premier étage, on entendit bientôt, raclant le parquet, le pas lourd de Marthe, qui entreprenait, à son corps défendant et en maugréant quelques paroles inaudibles, la mission qui lui avait été impartie.

« Dites-moi, Lucien, il me semble que depuis votre dernière visite vous avez beaucoup pensé aux Fontanilles et même que vous y êtes allé. J'avoue que je suis intriguée par l'attachement si fort, pour ne pas dire l'obsession, que vous semblez manifester pour cet endroit. M'expliqueriez-vous un peu les causes de votre étrange engouement ?

— Oh ! il n'y a rien d'extraordinaire. J'y pense depuis que mon grand-père m'a raconté cette histoire dont je vous ai parlé. Elle me tracasse. Comment voulez-vous que je reste indifférent en voyant toute l'eau du plateau s'en aller par là ? En plus, lorsque je suis descendu pour juger vraiment de la situation, je me suis soudain senti bien dans cet endroit. Il m'a paru encore plus beau que le plateau parce qu'il y a beaucoup d'eau, d'herbe verte et d'arbres. Et, surtout, il n'y a personne. Je m'y suis retrouvé tout seul.

— Oui, ce que vous me dites est plein de contradictions, répliqua Hélène avec malice, entre deux gorgées de thé. Vous n'aimez pas cet endroit parce qu'il vous "vole" l'eau du plateau, mais vous vous y trouvez bien malgré tout. »

Piqué au vif par une telle clairvoyance, Lucien s'emporta sans mesurer la portée de ses paroles :

« Ce ne sont pas les Fontanilles qui nous volent l'eau, ce sont les gens de la plaine qui voudraient s'en servir en nous laissant crever là-haut.

— Les gens comme moi, vous voulez dire… »

Une fois de plus, Lucien se sentit dominé par le calme et la clairvoyance d'Hélène Vincent, qui était capable, en quelques secondes, de le mettre face à une contradiction dans laquelle, tout seul, il serait resté enfermé pendant des mois.

« J'aime vous titiller, Lucien, reprit-elle, mais, au fond, je crois que ce que vous dites a du sens. Vous êtes simplement aigri par votre vie difficile et trop éloigné des réalités qui sont celles des villages. Si vous les connaissiez vraiment, je crois que vous ne parleriez pas comme ça. Mais peut-être devrais-je vous les décrire pour vous aider à comprendre la situation. Là-haut, sur le plateau, bien sûr, vous n'avez pas beaucoup d'eau quand s'installe l'été mais, par chance, vous êtes peu nombreux. Alors l'eau des citernes, que vous conservez claire, et les toutes petites sources qui parsèment le plateau suffisent à vos besoins domestiques et vous permettent d'attendre les orages et les pluies d'automne. Votre eau est rare mais elle est bonne, et surtout, elle est à vous. Ici, quand on parle d'eau, c'est comme si on parlait quasiment d'autre chose. Il y a le fleuve, bien sûr, pour irriguer les champs, mais savez-vous les dangers que nous courons en buvant son eau, surtout en été ? Celle-ci est polluée à longueur d'année par les villages qui se trouvent en amont et qui se moquent bien de nous. Certes, nous ne faisons pas mieux en le souillant à notre tour avec la même inconscience. Combien de nourrissons sont morts sans que l'on sache vraiment de quoi, tout en soupçonnant fortement l'eau du fleuve ? Combien de fois a-t-on entendu dire au village que l'un ou l'autre d'entre nous était gravement malade pour avoir bu une eau qui semblait douteuse ? Quant aux sources, bienheureux sont les propriétaires dont la leur coule encore en été. Ils sont même capables de faire de longs trajets pour la rapporter dans leur maison mais malheur aussi à ceux qui n'en ont pas ! Quand s'abat la canicule, ce bien ne se partage pas. Lucien, avez-vous songé aux quantités d'eau que réclament les besoins de notre village ? Ne vous méprenez pas sur mes paroles. De mon côté, moi aussi, j'ai pensé à l'effroyable gâchis que représentaient les Fontanilles, sans vous parler des malhonnêtetés que certains ont pu commettre pour protéger leurs intérêts. Voir toute cette eau limpide et si pure, même en plein cœur de l'été, qui se mélange à l'eau douteuse du fleuve, sans que personne en profite, cela vous fend le cœur et vous désespère ! Contrairement à ce que vous pensez, Lucien, il y a ici aussi des gens qui souffrent, peut-être même plus que vous, du manque d'eau ; alors je vous en prie, n'ajoutez pas à leur peine en les jugeant mal comme vous le faites. Essayez de comprendre leur situation et sortez un peu de chez vous. »

Elle marqua une courte pause, finit sa tasse de thé devenu tiède et reprit, alors que Lucien la fixait avec un profond intérêt :

« Parlons plutôt de vous. L'autre jour, j'ai craint de vous avoir parlé trop brutalement de votre avenir. J'espère que vous n'en avez pas été blessé.

— Non, non, vous avez vraiment bien fait. J'ai beaucoup réfléchi depuis et je ne sais pas ce que je deviendrai quand mes parents ne seront plus au mas.

— Mon brave Lucien, il faut y réfléchir encore car, un jour, vous hériterez de tout au titre de fils unique. Est-ce que vos deux bras suffiront alors pour abattre toute la besogne que réclame cette terre aride du plateau ? Comment ferez-vous pour, à la fois, garder le troupeau, ramasser les olives, faire les fromages, nourrir la basse-cour et brûler le charbon ? Si tant est que vous vouliez demeurer là-haut, tout seul comme un banni. Il me semble, si vous me permettez un conseil, qu'à ce moment-là, il serait sage que vous veniez habiter de temps à autre au village afin de ne pas vous couper totalement du monde. Vous n'êtes pas fait pour devenir un ermite. Vous remonterez alors là-haut lorsque le travail l'imposera, aux semailles, aux récoltes et à la naissance des agneaux. D'ailleurs, si l'exploitation marche bien, vous pourriez engager un ouvrier agricole, qui vous garderait la ferme durant l'année.

— Mon Dieu ! comme vous y allez, mademoiselle Vincent, vous parlez déjà comme si mes parents n'étaient plus là, alors qu'ils sont encore si jeunes…

— Je vous prie de m'en excuser, Lucien. Je ne veux ni vous blesser ni anticiper sur des malheurs qui arriveront bien assez tôt, mais seulement vous pousser à songer à l'avenir. Il vous paraît certes un peu lointain mais il arrivera toujours plus vite, hélas ! que vous ne le croyez. Plus on avance en âge, plus le temps galope. Et il vaut toujours mieux être prêt aux pires éventualités pour ne pas commettre d'erreur dans la hâte. »

Sur ces paroles, Lucien hocha la tête, mi-approbateur, mi-dubitatif. Puis ils restèrent tous deux songeurs durant un long moment, méditant leur échange. Dehors, la neige tombait sans relâche, tourbillonnant dans les ruelles avant d'être balayée par un vent glacial.

Hélène Vincent rompit le silence :

« Montez à l'étage vous rafraîchir après votre longue marche, et ensuite, avant de passer à table, je vous montrerai les esquisses d'un projet auquel tenait mon père et qui, je crois, vous intéressera beaucoup. »

Lucien, totalement désorienté, ne bougea pas de son fauteuil. Il ne savait pas quoi faire ! Il se sentait à la fois comblé d'aise et passablement "empoté" devant une situation aussi nouvelle. Monter se rafraîchir avant le début de la soirée n'avait pas le caractère d'une nécessité et puis surtout, il ne savait pas très bien ce que cela voulait dire. Comprenant le malaise qu'il éprouvait, Hélène Vincent enchaîna très vite :

« Suivez-moi, je vais moi-même vous conduire à votre chambre et vous présenter les commodités. »

Ils s'engagèrent tous deux dans le grand escalier qui conduisait au premier étage et débouchait sur un long couloir sur lequel donnaient les chambres. La casquette à la main, Lucien avançait derrière Hélène comme s'il eût pénétré dans une grotte pleine de merveilles. Il en éprouvait un frisson mêlé d'appréhension et de délices et écoutait le parquet repu d'encaustique craquer silencieusement sous leurs pas. Mlle Vincent lui désignait les pièces au passage sans jamais toutefois ouvrir les portes pour y pénétrer.

Arrivée au fond du couloir, elle poussa une lourde porte de bois foncé et s'effaça pour lui laisser le passage. Lucien pénétra dans ce qu'elle lui présenta comme sa chambre. Il fut immédiatement saisi par une délicieuse odeur de cire d'abeille qu'exhalaient le plancher et les boiseries. Au fond de la pièce, une brassée de bois bien sec éclairait, en flambant, une petite cheminée de marbre finement décorée qui réchauffait une atmosphère déjà tiède. Dans l'angle du mur, un lit très haut surmonté d'un énorme édredon jetait dans la pièce un air chaleureux. Il faisait face à une fenêtre ornée de rideaux en dentelle, qu'un halo de buée rendait opaque. Dans le coin le plus sombre, Mlle Vincent désigna un tabouret et une tablette portant un broc d'eau, une cuvette, ainsi qu'un pot.

« Je vous laisse vous installer, ajouta-t-elle, et vous attends dans le bureau. C'est la porte en chêne qui donne sur le salon. Lorsque vous serez prêt, venez m'y rejoindre. Si vous avez besoin de quoi que ce soit, demandez-le à Marthe, qui doit être à la cuisine. À tout à l'heure, cher ami. »

Elle disparut sur ces mots et Lucien se retrouva seul au beau milieu d'un rêve délicieux. Immobile, il respirait à pleins poumons les odeurs de la chambre et écoutait le silence. Au bout d'un long moment, pour honorer son hôtesse et ne pas passer pour un cochon, il s'aspergea le visage d'eau et se lava les mains. Puis il sortit de la chambre et se mit à longer le couloir, brûlant d'envie de découvrir les pièces dissimulées derrière les portes mais incapable d'en pousser une pour assouvir sa curiosité. Ensuite, il s'avança vers le grand escalier où lui parvint une appétissante odeur de tourdre mijoté, qui acheva de réjouir ses sens. Ayant lentement traversé le salon, il frappa doucement à la porte du bureau. Mlle Vincent apparut aussitôt dans l'encadrement de la porte et l'invita à entrer. Les murs de la pièce étaient couverts de rayonnages chargés de livres aux reliures luxueuses. Sur le sol s'étendait un épais tapis rouge, et au centre trônait un bureau en merisier, surmonté d'une belle lampe.

« Installez-vous, Lucien, dit-elle en lui montrant une chaise qui faisait face au bureau. Vous allez voir que vous n'êtes pas le seul à penser que l'eau du plateau représente une richesse incommensurable, ajouta-t-elle, mystérieusement. Vous savez que mon père avait hérité, à son plus jeune âge, d'une fortune conséquente, constituée par ses parents et ses grands-parents avec l'exploitation des domaines qu'ils possédaient dans la plaine. C'était une époque où les villages connaissaient un développement extraordinaire et où il fallait produire des quantités toujours plus importantes. Particulièrement entreprenants, mes aïeux étendirent rapidement leurs propriétés et mirent en production de nombreuses parcelles incultes grâce à des travaux d'irrigation. En l'espace de deux générations, la vie changea du tout au tout. Le nombre d'habitants doubla quasiment et, chaque jour, apparaissaient de nouveaux besoins. Or, bientôt, l'eau vint à manquer. Pas l'eau d'irrigation que le fleuve apportait en abondance bien sûr, mais celle que l'on commençait à appeler eau de bouche et qui devait être salubre pour ne pas provoquer les drames que l'on avait connus autrefois. Mon père était un homme particulièrement sensible au malheur des autres et il avait compris qu'il était désormais vain d'accroître ses domaines, car avec les progrès techniques effectués dans les cultures, les rendements étaient devenus tels qu'il lui devenait de plus en plus difficile d'écouler toute sa production. Bien avant les autres, il avait compris qu'en se penchant sur les besoins quotidiens de ses concitoyens, il pouvait allier une action humaniste avec le développement d'un commerce florissant. C'est pourquoi, pendant des mois, il se pencha patiemment sur le problème posé par l'alimentation en eau potable des bourgades. Il alla même jusqu'à se renseigner sur les solutions choisies par les grandes villes et questionna des ingénieurs de la voirie, qui passaient de temps en temps au village en se rendant sur un chantier dans la région. Quand il se crut assez documenté, il sollicita une entrevue du maire et lui demanda ses projets en matière d'alimentation d'eau. Celui-ci lui répondit que la municipalité allait consentir à un gros effort financier pour installer des canalisations qui apporteraient l'eau du fleuve au village, mais sans que celle-ci soit traitée pour la rendre potable. Il sortit de cet entretien, convaincu qu'on pouvait vendre de l'eau au village, à condition qu'elle se laissât boire sans risque. Vous ignorez peut-être, Lucien, qu'à l'époque, vendre de l'eau, c'était une idée révolutionnaire. Payer pour boire de l'eau n'entrait pas trop dans les mentalités. Mon père savait déjà que la source des Fontanilles pouvait en procurer et, pour s'en assurer, il alla en recueillir à plusieurs reprises. Je me souviens très bien que nous l'avons bue à la maison à titre de cobayes. L'expérience fut concluante. Il décida alors de trouver comment en transporter de grosses quantités jusqu'au village, surtout en été, et comment la distribuer à ceux qui voudraient en acheter. »

Calé sur sa chaise, Lucien écoutait religieusement Hélène, frappé de découvrir que plusieurs dizaines d'années avant lui certaines personnes avaient porté à la source des Fontanilles un tel intérêt. Il comprenait soudain que, malgré son apparente virginité, la source avait suscité convoitises et projets. Il en était un peu amer, et même jaloux, lui qui s'était cru le premier et le seul à s'y intéresser.

« Mon père étudia ce problème, reprit Hélène, avec sa rigueur coutumière, mais il ne trouva guère d'autre solution que l'ouverture d'un chemin de charrettes qui auraient transporté l'eau dans des citernes montées sur des tombereaux. Il fit établir un premier devis par un cabinet d'études. Le chiffre était énorme. Avant d'avoir pu pousser plus loin ses investigations pour obtenir une autorisation de la mairie, il mourut subitement d'une crise cardiaque, un jour qu'il se promenait dans sa calèche. Voilà la fin cruelle de cette histoire, mon cher Lucien ; elle m'a laissé un goût amer, tant j'aurais voulu mieux connaître mon pauvre père, que j'ai perdu trop jeune et que je pleure encore. J'aurais tellement voulu le voir mener à bien ce grand dessein ! Quoi qu'il en soit, je souhaitais vous en parler depuis longtemps, il me manquait l'occasion de le faire. Votre visite inattendue me l'a fournie et je crois que je me sens réconfortée dès à présent de vous avoir raconté tout cela. Vous êtes le seul à pouvoir en comprendre l'importance et, surtout, à pouvoir la comprendre dans toutes ses dimensions. Bien entendu, les projets de mon père sont restés lettre morte et, bien que j'imagine que vous n'allez pas crier cette histoire sur les toits, je souhaite que cet entretien reste strictement confidentiel ; ma confiance en vous est acquise. »

Sans un mot, Lucien hocha gravement la tête en signe d'approbation. Pour la première fois de sa vie, peut-être, il se sentait un être important auquel on avait confié un secret.

Dès cet instant, il voua une admiration sans bornes au père d'Hélène Vincent pour avoir compris, plusieurs dizaines d'années auparavant, toute la valeur des Fontanilles.

« Si le sujet vous intéresse, vous trouverez dans cette bibliothèque, reprit Hélène, tous les écrits concernant ce projet. Ils sont à votre disposition, car qui mieux que vous pourrait s'intéresser à ce rêve brisé ? Je crois que, si mon père était encore en vie, il ne trouverait rien à redire à ce que je fais aujourd'hui. »

Puis, prenant un ton plus enjoué, elle lança à Lucien :

« Allons, il est temps d'aller voir si Marthe est parvenue à cuisiner le magnifique présent que vous nous avez apporté ce soir. »

Sur ces mots, elle sortit de la pièce suivie par Lucien. En franchissant la porte, il jeta un dernier regard sur la bibliothèque qui représentait désormais à ses yeux un véritable trésor.

Le repas, pris au coin de la cheminée, fut un long moment de bien-être. Le vin aidant, Hélène et Lucien conversèrent comme ils ne l'avaient jamais fait tout au long de la soirée.

Lucien se montra particulièrement prolixe. Il évoqua longuement sa vie solitaire et découvrit ses pensées les plus secrètes, prenant garde cependant à ne pas évoquer sa dispute de la veille avec ses parents. Quant à Hélène, elle lui fit part du chagrin qu'elle avait éprouvé à la mort de son père et qui la tenaillait encore. Elle avoua son désarroi quand elle songeait qu'elle serait l'ultime représentante des Vincent.

Ils restèrent fort tard à échanger ainsi des confessions. Dehors, la neige tombait toujours. Marthe était allée se coucher depuis longtemps, épuisée par les émotions d'une soirée imprévue, qu'elle avait du mal à admettre. Hélène finit par dire à Lucien qu'elle souhaitait se coucher mais que lui pouvait, s'il le désirait, poursuivre sa soirée au coin du feu. Demain matin, il devrait partir de bonne heure, après avoir avalé un solide petit déjeuner, pour revenir au mas des Euzes et rassurer ses parents. Avec toute la neige tombée, il lui faudrait au moins quatre heures de route.

Très peu de temps après qu'Hélène fut montée, Lucien gagna sa chambre. Enfoui sous l'édredon, il se remémora l'histoire qu'elle lui avait racontée et s'interrogea sur les raisons d'une telle confidence. Mais sa perplexité ne dura pas : cinq minutes plus tard, il dormait à poings fermés.

III

La mort du grand-père

LA GARRIGUE était éblouissante, recouverte d'une épaisse couche de neige comme on n'en avait pas vu depuis plusieurs années. Un soleil froid miroitait sur la surface cristalline qui tranchait avec un ciel d'un bleu profond. Il gelait à pierre fendre et tout était parfaitement silencieux. Lucien écoutait le crissement de la neige sous ses pas et éprouva un étrange sentiment de liberté en parcourant ce paysage tout à fait insolite.

Décidément, depuis la veille, tout avait été déroutant et inattendu. Il lui fallait bien regagner ce qu'il considérait désormais comme la triste réalité de son existence, le mas des Euzes et revoir ses parents. Lucien éprouva un sentiment étrange au fur et à mesure que, cheminant sur le plateau, il se rapprochait du mas. Alors qu'il s'était toujours senti mal à l'aise, en bas, dans la plaine, et avait souhaité à chacun de ses voyages de s'en éloigner au plus vite, pour retrouver le paysage familier de garrigue, il découvrait en lui la naissance d'un sentiment inverse. Il avait éprouvé comme une frustration à devoir quitter si tôt et si vite la maison de Mlle Vincent, qu'il n'avait d'ailleurs même pas pu saluer avant de partir. Elle était sortie de la maison encore plus tôt que lui et avait laissé à Marthe le soin de veiller aux préparatifs de son départ.

Davantage même, il ressentait monter en lui une profonde appréhension à l'idée de se retrouver confronté à son père, auquel il s'était si violemment heurté la veille et en face de qui il se voyait condamné à passer l'hiver. Quoi qu'il en soit, il avait pris la ferme résolution de ne rien raconter de sa soirée et de sa nuit au village. Il se contenterait de dire qu'il avait dormi au mazet. Arrivé devant le mas, il se préparait à énoncer son mensonge lorsqu'il vit son père franchir le portail de la cour, sa casquette enfoncée jusqu'aux oreilles, les mains plongées au fond des poches et la mine renfrognée. Celui-ci vint se planter devant lui et, retirant de ses lèvres le mégot qui finissait de s'y ramollir, il arbora un rictus des plus désagréables pour lancer à Lucien :

« Puisque tu as de l'énergie de reste pour aller et venir par un temps pareil, tu n'auras qu'à creuser un trou pour le grand-père, parce qu'avec cette neige, il vaut mieux s'y prendre à l'avance. »

Lucien blêmit aussitôt et jeta à son père un regard où se mêlaient tristesse et colère. Celui-ci ajouta :

« Bon, moi, je vais au mas des Gardies leur annoncer la nouvelle. Quand même, le vieux, il aurait pu choisir un autre jour… »

Lucien, sans un mot, se hâta vers la ferme, alors que son père s'éloignait en bougonnant. Il trouva sa mère dans la cuisine, agenouillée auprès du corps du vieillard. Il semblait dormir, comme d'habitude, dans le fauteuil au coin de la cheminée. Entre deux sanglots, elle lui expliqua que, la veille au soir, lorsqu'ils étaient partis se coucher, le grand-père avait voulu rester un moment de plus au coin du feu. C'est là qu'ils l'avaient trouvé en se levant.

Lucien pensa aussitôt à sa soirée de la veille. Le grand-père était donc mort au moment même où, à quelques kilomètres de là, chez Mlle Vincent, ils avaient évoqué les Fontanilles, à l'instar de l'aïeul, quelques semaines plus tôt. La surprise passée, Lucien se sentit bouleversé par le chagrin. Il mesurait la lourde perte qu'il venait de faire, notamment en pensant à tout ce que le vieil homme avait connu dans sa vie et qu'il ne pourrait plus lui raconter. Il voulut faire quelque chose. Sans mot dire, oubliant même ce que son père lui avait ordonné, il commença à creuser une tombe au pied du mur de clôture de la ferme, à proximité d'un grand chêne. C'est là que reposaient les habitants du mas des Euzes, depuis que celui-ci avait été construit.

Sous la couche de neige pulvérulente, sa pioche se heurta à une terre gelée sur une bonne vingtaine de centimètres. Malgré le froid cinglant, Lucien s'acharna sur son outil, l'esprit vide, au point de transpirer à grosses gouttes. À l'intérieur, selon la coutume, Paulette préparait les vêtements dominicaux du grand-père, les plus beaux qu'il ait jamais eus et qui l'accompagneraient dans la tombe. Elle attendait l'arrivée des voisins pour commencer l'ultime habillage avec leur aide.

La journée entière fut consacrée aux préparatifs des obsèques et à la veille du mort. Le lendemain matin, de très bonne heure, on ensevelit le grand-père, enveloppé dans une vieille couverture. Toute la famille du mas des Gardies s'était rassemblée. Après avoir jeté provisoirement une mince couche de terre sur le corps, Lucien et Paulette s'attardèrent un long moment devant la tombe malgré le froid. Le fils ne lâcha pas l'épaule sa mère qui sanglotait doucement.

Le froid persista et conserva la neige au sol pendant une semaine entière. Puis, un matin, la température se radoucit brutalement et, dans la journée, le tapis blanc disparut complètement. On enfouit les quelques affaires du grand-père dans les profondeurs des placards et la vie reprit son cours, comme si de rien n'était, mais devenue encore plus lourde qu'avant pour Lucien. Lui et son père n'échangeaient, en guise de paroles, que le strict nécessaire pour l'exploitation du mas. Et, lorsqu'ils étaient en désaccord, ils arrivaient même à éviter toute discussion pour n'avoir pas à se parler. Lucien errait des journées entières sur le plateau, l'esprit dans le vague. Parcourant la garrigue, il gardait le troupeau familial. Au fil des semaines, il arriva à penser que sa vie était devenue une impasse. Il en conçut une langueur infinie, qui le plongea dans un état déprimant. Seule l'évocation d'Hélène parvenait à lui procurer du plaisir et il s'arrangeait pour y succomber plusieurs fois par jour.

Très souvent, dans ses rêveries, il essayait de se remémorer en détail le projet avorté de M. Vincent et se demandait, à chaque fois, pourquoi Hélène avait voulu lui confier cette histoire. Sans trouver d'explication valable, il sentait bien que la confidence n'avait pas été tout à fait gratuite et qu'il ne devait pas faire comme si le sujet n'avait jamais été abordé en l'envoyant aux oubliettes. Ne sachant quel comportement adopter, il décida de frapper à sa porte à la première occasion et de lui demander la permission de consulter à nouveau les précieux documents.

Elle arriva à la fin de l'hiver, lors du premier marché de l'année. Bien qu'en cette saison il n'eût pas grand-chose à vendre provenant du mas, Lucien mit le froid à profit pour chasser pendant les quinze jours précédents. Ensuite, il demanda à sa mère de confire son gibier en lui annonçant qu'il le vendrait au marché. La recette permettrait de payer une partie des semences de l'année. Le jour venu, il partit bien avant le jour avec sa mule chargée de provisions, et descendit au village où il commença par payer son traditionnel écot à Bonbonne.

IV

L'aveu

Mars 1946.

Les marchés de l'hiver étant peu fournis, et les confits de sa mère particulièrement réussis, Lucien vendit le tout en moins de deux heures et, qui plus est, à un excellent prix. Avec sa cagnotte, il décida d'acheter, comme prévu, de belles semences pour l'année. Sa besogne accomplie, il garda quelques pièces pour l'achat d'un magnifique gâteau qui, en raison du marché, trônait dans la vitrine du pâtissier. Jamais il n'en avait acheté d'aussi beau, mais jamais il n'avait eu d'occasion aussi propice. Portant son trésor de la main droite, guidant sa mule de l'autre, il fila tout droit frapper à la porte d'Hélène, alors que 11 heures sonnaient au clocher. À son grand étonnement, ce fut elle-même qui ouvrit la porte. Il vit alors se dessiner, dans l'encadrement, un visage illuminé d'un large sourire. Elle était habillée comme pour un dimanche et le regardait avec une lueur de complicité dans les yeux.

« Mon cher Lucien, je vous attendais », dit-elle avec malice.

La bride de son âne dans une main, la ficelle du gâteau dans l'autre, celui-ci restait immobile avec cet air niais qu'il avait lorsqu'il était pris au dépourvu. Il avait naïvement cru qu'il ferait une surprise et voilà qu'il était attendu. Profitant encore un peu plus de sa supériorité, Hélène Vincent ajouta :

« Vous portez dans votre main un bien beau gâteau si je me fie à l'emballage. Auriez-vous cédé à la gourmandise durant l'hiver ? »

Devenant cramoisi, Lucien ne put que bredouiller :

« Oh ! non. Je suis simplement venu vendre des confits ce matin au marché, et j'ai pensé que je vous devais bien ça pour votre gentille invitation et pour le dérangement de l'autre fois.

— Me voilà rassurée par vos intentions, Lucien. C'est vraiment très gentil à vous. Les jours de marché sont des moments de fête et, de surcroît, ils nous donnent l'occasion de nous saluer… »

Là-dessus, elle marqua un temps d'arrêt, laissant Lucien pétrifié par l'idée qu'elle pourrait ne pas lui proposer d'entrer. Or il aspirait de toutes ses forces à pénétrer dans ce havre où il avait vécu des moments enchanteurs. Satisfaite d'avoir réussi son effet, elle ne voulut pas le mettre plus mal à l'aise et poursuivit :

« Me ferez-vous le plaisir de déjeuner avec moi ? Et ensuite, si vous avez encore le temps, nous pourrions nous pencher à nouveau sur le projet de mon père. »

Elle finit sa phrase avec un large sourire et, pour la première fois depuis de longs mois, le visage de Lucien s'illumina malgré lui. Il lui adressa un sourire chaleureux et complice. Un parfum de bonheur flottait sur le pas de la porte, un magnifique printemps s'annonçait. Une fois de plus, au cours du déjeuner, Lucien fut soigné comme un coq en pâte. À l'apéritif, qu'ils dégustèrent dans le salon en discutant de la rude température qui avait régné au cours des lugubres derniers mois, succéda un repas simple mais raffiné, où la conversation fut soutenue avec entrain. La seule ombre que jeta Lucien fut d'annoncer la mort de son grand-père. Hélène en fut attristée car elle l'avait bien connu, petite fille, et en gardait un souvenir attendri.

Les deux convives se retirèrent ensuite dans le bureau, où Marthe apporta le café dans de fines tasses de porcelaine ; dans la cheminée, une énorme bûche crépitait. Hélène tint à expliquer en détail à Lucien le contenu de chacun des documents. Cela prit un long moment tant les papiers étaient nombreux. À la mort de son père, le projet était déjà très avancé et particulièrement ambitieux.

En fait, la principale difficulté, le transport de l'eau depuis les Fontanilles jusqu'au village, n'avait pas trouvé une solution entièrement satisfaisante, car le chemin de charrettes n'arrivait pas jusqu'à la source. Quant à la distribution, on ne savait comment y procéder et elle se heurtait à l'absence d'autorisation municipale.

Totalement concentré sur les explications d'Hélène, Lucien avait perdu toute notion du temps ; les questions posées par ces problèmes absorbaient son esprit et les obstacles lui paraissaient insurmontables. Où trouver le financement pour construire un chemin et acheter le matériel nécessaire à une telle exploitation ? Où trouver le courage d'aller voir le maire pour lui demander une telle autorisation et en vertu de quel droit ?

Lorsqu'elle lui effleura le bras, Hélène le fit sursauter :

« Mon cher Lucien, je vous vois fort absorbé.

— Je réfléchissais à la manière de vaincre ces difficultés », répondit-il.

On aurait cru qu'il voulait s'excuser.

« Vous êtes en train d'aller plus vite que la musique, reprit-elle d'un air faussement sévère. Vous seriez-vous déjà mis dans la tête de réaliser un tel projet ? » ajouta-t-elle en souriant.

Lucien se contenta de nier en bredouillant, mais sa confusion montra à Hélène qu'il mentait fort mal.

« Je vais vous faire un aveu, mon cher Lucien. Il m'arrive parfois de penser que ma vie n'a pas grand sens, et ce sentiment m'est particulièrement pénible. Bien sûr, je peux me trouver, pour remplir ma journée, le mois ou même l'année, des occupations qui absorbent tout mon temps, mais qu'en restera-t-il ? Les biens qui m'ont été légués par ma famille sont, somme toute, considérables et je n'en profite pas. Leur gestion approfondie pourrait m'occuper à plein-temps, sans parler des développements que je pourrais apporter, mais ce travail n'éveille aucune passion en moi. En revanche, comme vous le savez déjà, je voue une admiration sans bornes à la mémoire de mon père et à l'œuvre qu'il a entreprise, car celle-ci a été à la fois honorable par la richesse qu'elle a engendrée en mettant ma famille à l'abri du besoin, et noble, car elle s'est aussi consacrée à accroître le bien-être d'autrui. Je crois que ce que je souhaite aujourd'hui avec le plus d'ardeur, c'est de poursuivre cette tâche. Oui, je voudrais me mettre au service de mes concitoyens et sortir de cette petite vie bornée que je me suis construite et qui m'étouffe insidieusement. »

Dans le silence qui s'instaura après cet aveu intime, ils se regardèrent fixement, comme pour laisser au temps le soin de sonder la profondeur qu'il ouvrait. Hélène reprit :

« Au-delà du projet, il m'est apparu que rien ne valait d'être vécu pour soi-même, si l'on ne pouvait partager un idéal. À cet égard, mon célibat me rappelle cruellement cette réalité chaque jour. Les rapports convenus et distants qui existent entre nos deux familles ne m'ont pas empêchée de déceler chez vous, lors de nos brèves et rares entrevues, cette ardeur qui m'a tant fait défaut. Vous détenez, soyez-en sûr, un trésor que je ne possède pas et qui vous rend cher à mes yeux. Je ne vous cacherai pas que je suis fascinée par la vie que vous menez sur votre plateau, son dépouillement et sa simplicité, qui vous ont permis d'aiguiser vos passions. Comme celle, par exemple, que vous manifestez pour la richesse que constitue l'eau. La plupart des gens s'enfoncent tout droit, me semble-t-il, vers l'égoïsme et l'avarice, et pratiquent allègrement l'oubli des autres. Or votre nature simple vous a préservé de cet écueil. Pour toutes ces raisons, Lucien, j'ai besoin de m'appuyer sur votre simplicité et votre ferveur. Voulez-vous les partager avec moi, en m'aidant à réaliser le projet de mon père ? »

Une bûche à moitié calcinée roula hors de la cheminée et brisa le silence qui s'était instauré après ce long aveu. Ce bruit les sortit de l'hypnose. Lucien se précipita pour ramasser le morceau de bois à l'aide de la pincette. Suivant ses gestes des yeux, Hélène Vincent ajouta d'un ton plus léger :

« Ne vous sentez pas obligé de répondre quoi que ce soit pour le moment. De telles choses méritent réflexion et je vous crois assez sage pour le désirer. Pour l'heure, continuons donc à bavarder gentiment et puis, que diable ! ne traînons pas trop, car les jours sont courts et votre route est longue. »

Comme si de rien n'était, ils s'attardèrent encore une heure sur le projet Vincent autour d'une tasse de thé, accompagnée des restes du gâteau qu'ils avaient entamé au déjeuner. Ils entrèrent tellement dans le détail qu'on aurait pu croire leur association scellée et la réalisation du projet, imminente.

Ils débattirent en particulier de l'accès à la source des Fontanilles. Grâce à sa connaissance minutieuse du terrain, Lucien en fit une description détaillée. Ouvrir un chemin depuis le plateau paraissait une entreprise compliquée vu la raideur de la pente à suivre et les nombreux affleurements rocheux. Il lui semblait que la meilleure solution serait non pas de descendre directement du plateau à la source mais de longer le fleuve depuis la plaine à travers la partie encaissée. Le chemin à tracer serait certes plus long, mais les travaux beaucoup plus aisés à réaliser.

Hélène ne douta plus que Lucien avait une parfaite maîtrise de la situation, et elle se rallia à son analyse. Cet angle de vue obligeait à établir un nouveau devis pour la construction du chemin. Au moment même où elle formulait ce constat, elle se rendit compte qu'elle préjugeait de la décision de Lucien. Il n'avait pas dit s'il voulait participer au projet. Pouvait-elle l'espérer ? Il jugeait si durement les habitants de la plaine !

Croisant son regard, elle finit par baisser les yeux. Ne sachant plus que dire, l'un comme l'autre, ils restèrent ainsi quelques instants. Puis Lucien se leva en déclarant qu'il était temps pour lui de rentrer.

L'intensité de l'émotion qui avait nourri les aveux d'Hélène avait été telle que tous deux avaient été incapables d'y faire face. Ils s'étaient réfugiés dans des propos de façade en choisissant d'éluder. Chacun avait trop peur de sa réponse tant elle lui paraissait lourde de conséquences.

Ils se quittèrent avec tristesse, sans se fixer de rendez-vous. Quand Hélène regarda par la fenêtre Lucien s'éloigner dans la ruelle aux côtés de son âne, elle se demanda si elle n'avait pas commis une folie. Elle craignait d'avoir brisé à jamais une amitié naissante qui commençait à remplir le vide de sa vie. Quant à Lucien, il cheminait comme à son habitude sur les pentes caillouteuses qui le reconduisaient au mas des Euzes. Il avait l'esprit vide et fixait le bout de ses chaussures, écrasant la caillasse du chemin.

V

Les élections

Mai 1946.

C'ÉTAIT LE DÉBUT DU PRINTEMPS ; la vie était trépidante au village. Les élections, prévues avant l'été, devaient renouveler le conseil municipal. Cette année, l'enjeu était de taille car il s'agissait de choisir un nouveau maire puisque l'ancien ne se représentait pas.

En effet, Justin Vivens, qui avait succédé en 1912 au coquin qu'avait été Julien Jalas, après l'affaire des Fontanilles, avait atteint soixante-huit ans et souhaitait se retirer, malgré une popularité demeurée intacte auprès de tous ses administrés. Plusieurs fois grand-père, il aspirait à s'installer dans une calme vie familiale et un repos qu'il jugeait mérité. Mais personne ne désirait le voir partir. Quand il avait annoncé sa décision à l'automne précédent, nombre de ses amis avaient essayé de le faire changer d'avis tout au long de l'hiver pour le convaincre de se lancer dans un dernier mandat. Mais il était resté ferme dans sa résolution. Désormais, à un peu plus d'un mois des élections, il fallait en conséquence trouver de nouveaux candidats, car plusieurs anciens conseillers municipaux, qui avaient accompagné Justin Vivens dans son aventure communale et ne voulaient plus continuer sans lui, avaient également décidé de ne pas se représenter. C'était donc le branle-bas de combat au village car, au fil des mandats successifs du maire, le débat politique autour des élections s'était émoussé pour céder la place à une sorte de cooptation que l'on revêtait naïvement des habits républicains.

Bien vite, l'enjeu devint de taille. La commune n'avait-elle pas été promue entre-temps chef-lieu de canton ? Elle s'était, en effet, beaucoup développée avec l'afflux de familles qui avaient abandonné leurs vieux domaines au milieu des vignes pour s'entasser dans des maisons. Située sur une route de plus en plus fréquentée, elle était devenue un carrefour de commerce et la gestion de l'ancien maire laissait des finances en bon état qui permettaient d'envisager l'avenir avec optimisme. Dans les magasins, sur les pas de porte, à la terrasse des cafés, on ne parlait plus que des élections.

Deux tendances se dessinaient peu à peu. Cinq des anciens conseillers municipaux, proches de Justin Vivens, souhaitaient promouvoir une liste qui s'engagerait dans la continuité de la gestion passée. Celle-ci désirait développer le village au rythme des recettes pour le bien de tous les administrés et dans le strict respect des engagements pris par le passé. En face d'eux, le docteur Trébise, récemment installé au village et fils d'un gros propriétaire viticole, faisait campagne sur un programme plus ambitieux avec lequel il voulait séduire commerçants et notables. Il voulait notamment, comme il le répétait sans cesse, ouvrir le village sur l'extérieur et la grande ville voisine qui, jusqu'à aujourd'hui, était restée totalement étrangère au destin local.

Gaston Puech, ancien conseiller municipal, se porta en tête de la première liste face à celle du docteur Trébise. C'était le premier duel au village depuis très longtemps. Chacun d'entre eux se mit en chasse pour inscrire sur sa liste les personnalités les plus influentes. Tous deux sollicitèrent alors Hélène Vincent. Venant tout juste d'acquérir le droit de vote, les femmes devenaient éligibles et Hélène semblait être la seule capable de se lancer dans la campagne. De plus, elle représentait l'ancien village dans la mesure où on la savait en bons termes avec

Justin Vivens, mais elle pouvait aussi, de par l'étendue de ses biens et son niveau d'instruction, être sensible aux projets du docteur Trébise.

Elle répondit à chacun qu'avant de choisir la liste à laquelle elle pourrait adjoindre son nom, elle désirait savoir si elle voulait ou non se mêler des affaires publiques. Elle avait besoin de réfléchir. Procédant par esprit méthodique comme à son habitude, elle leur expliqua qu'elle n'accepterait que si elle se sentait motivée et disponible car un simple engagement de façade ne la satisferait pas. Au fond, l'aventure la tentait mais comment être sûre qu'elle avait les capacités requises ? N'ayant en vue, pour l'instant, que l'aide que sa fortune pourrait apporter et le projet qu'elle avait soumis à Lucien, elle finit par se convaincre que, somme toute, son engagement politique pourrait être utile.

Elle se décida donc à soutenir celui des deux qui prendrait en compte ses visées. Elle espérait que ce serait Gaston Puech tant elle était attachée au travail de l'ancienne équipe municipale. Mais elle doutait de ses capacités car elle avait bien vu, après le premier entretien qu'ils avaient eu, qu'un tel projet bouleverserait trop ses habitudes. Lui et ses camarades n'aspiraient qu'à une gestion de bon père de famille et s'effrayaient de toute nouveauté.

Afin d'en avoir le cœur net, et surtout avant de donner sa réponse au docteur Trébise, elle se rendit chez Gaston Puech pour lui dévoiler partiellement son projet. Comme elle le craignait, le résultat fut décevant. Avant même d'avoir eu connaissance du contenu de l'affaire, Gaston Puech commença à se gausser de la voir préoccupée par des problèmes d'eau et surtout de vouloir s'attaquer au cas des Fontanilles, qui constituait une sorte de tabou au village. Il ne tarda pas à lui faire comprendre combien il s'étonnait de voir une femme envisager de se lancer dans une telle aventure. Cela lui paraissait quasiment grotesque. Ensuite, il évoqua d'autres priorités, comme la construction de nouveaux chemins ou l'électrification du village. Il finit par lui opposer une fin de non-recevoir, qui la vexa encore plus par la forme qu'il y mit que sur le fond. Elle n'en resta pas moins imperturbable. Et il commit une ultime erreur en lui lançant d'un air guilleret, au moment où ils se quittaient :

« Allons, mademoiselle Vincent, tout cela n'est pas bien grave… Je peux quand même compter sur vous, n'est-ce pas ? »

Piquée au vif, Hélène Vincent ne put réprimer un accès de colère froide :

« Monsieur Puech, sachez que vous pouvez compter sur moi en n'importe quelle circonstance, tant j'estime le travail que vous avez accompli à la mairie, aux côtés de Justin Vivens. Sachez aussi que vous pouvez compter sur moi pour venir en aide à n'importe lequel de nos concitoyens qui serait dans le besoin. Sachez enfin que vous pouvez compter sur moi pour essayer de mener à bien ce projet, parce que je le crois déterminant pour nous tous. En revanche, je vous serais reconnaissante de considérer désormais qu'il m'est plus facile de vous refuser mon soutien que de perdre mes convictions. »

Il l'écouta bouche bée. Les derniers mots l'anéantirent. Il n'osait comprendre que celle qu'il croyait connaître et dominer depuis toujours venait de lui révéler son indépendance d'esprit. Que rien n'était acquis et qu'aucun passé ne garantissait de soutiens aveugles et définitifs. Il était incapable de comprendre qu'Hélène Vincent était une femme capable d'éprouver des passions qui la poussaient hors des relations traditionnelles et convenues.

Malgré sa stupéfaction, Gaston reprit rapidement ses misérables préjugés et conclut que la situation n'était pas si mauvaise puisque la présence d'une femme au conseil municipal, fût-elle riche et influente, aurait causé beaucoup de tracas pour pas grand-chose. Il finit par se rassurer en se persuadant que d'ici à quelques semaines, quand la fièvre des élections serait retombée, tout rentrerait dans l'ordre. Il pourrait à nouveau compter sur elle en tant qu'administrée et leur différend serait oublié. C'était donc bien mieux ainsi.

Hélène Vincent revint chez elle, très affectée par cet épisode. Elle songea un instant à abandonner son projet qui lui parut soudain horriblement compliqué. Le souvenir de Lucien, penché avec enthousiasme sur les documents de son père, lui redonna rapidement du baume au cœur. Quelques jours plus tard, le docteur Trébise sollicita un rendez-vous. Elle le convoqua dans sa maison, autour d'une tasse de thé. Elle se méfiait néanmoins de lui et était déterminée à le sonder précisément avant de prendre une décision. Elle ne souhaitait absolument pas se tourner vers lui par dépit de l'accueil que lui avait réservé Gaston Puech.

Elle reçut le médecin par un bel après-midi ensoleillé. Ils se lancèrent dans une conversation agréable loin du sujet des prochaines élections. Le docteur Trébise se montra à la fois intelligent, cultivé et agréable. Séduite par tant de bonne grâce et anesthésiée par la douceur de l'atmosphère, la réserve de Mlle Vincent s'envola peu à peu pour s'adonner au simple plaisir de la conversation. Enfin, par touches successives, on en vint à évoquer la situation du village, les sécheresses estivales et les pénuries d'eau. Le docteur Trébise s'empressa de donner son point de vue de spécialiste :

« Savez-vous que, durant l'été, près de la moitié de mes consultations sont dues à des problèmes de santé liés à l'absorption d'eau non potable ? C'est vraiment une misère que de voir tant de pauvres gens malades pour avoir bu une mauvaise eau ou, au contraire, déshydratés par peur d'attraper un flux de ventre ? Et que dire des nourrissons que nous ne parvenons pas à sauver dans les pires des cas ? Comment parler de modernité dans de telles conditions, alors que les besoins les plus simples ne sont pas couverts ? »

Hélène ne manqua pas de sauter sur l'occasion et s'agita soudain :

« Vous avez mille fois raison et vos propos de médecin me font chaud au cœur tant ce problème me paraît crucial. Je pense que sa solution est prioritaire, que rien dans la commune ne doit être entrepris avant qu'il ait été réglé. On a beau entendre çà et là que le manque d'eau potable date de toujours et qu'il constitue une fatalité liée au climat, ce sont des idioties. Cette situation est d'autant plus absurde qu'il y a de l'eau en quantité à proximité du village. Bien sûr, je ne parle pas de celle du fleuve qui est tout à fait impropre à la consommation. Il suffit d'aller la chercher pour la mettre à la disposition de tous. Seuls nous manquent les moyens et l'imagination pour le faire.

— Que voulez-vous dire ? »

Hélène se sentit brutalement piégée. Elle prit conscience qu'elle en avait trop dit, ou pas assez. Elle décida d'ouvrir toutes grandes les écluses de sa passion. Advienne que pourra. Elle aurait voulu disposer de plus de temps pour obtenir la réponse de Lucien et réfléchir encore avec lui, mais les dés étaient jetés. Elle essaya de ne dire que le strict nécessaire mais le docteur Trébise était terriblement perspicace. Il devina sans effort ce qu'elle n'arrivait que péniblement à cacher.

En fait, si elle lui raconta dans le détail la vieille histoire des Fontanilles, elle ne fit qu'évoquer la possibilité pour le village de l'exploiter. Elle passa sous silence la complicité de Lucien, qu'elle considérait comme appartenant à son jardin secret. Le docteur, homme discret, ne posa aucune question qui pût la mettre dans l'embarras. Il se contenta de juger très intéressante la piste qu'elle évoquait et, sans multiplier les commentaires, il prit congé en fin d'après-midi. Il omit la question fatidique de l'engagement électoral.

Lorsqu'il fut parti, Hélène resta un long moment assise sur son fauteuil, dans la pénombre. Elle était plongée dans ses réflexions, mi-inquiète, mi-charmée, par un entretien aussi long et aussi dense. Près d'un mois avait passé depuis la dernière visite de Lucien, et il n'avait pas donné signe de vie. Elle devint inquiète, ce qui n'était pas dans son caractère. Tant qu'il n'aurait pas donné sa réponse, elle ne souhaitait pas s'engager plus avant dans son projet. Mais, devant l'approche des élections, il devenait urgent de se décider.

Les listes définitives devaient être déposées avant quinze jours à la préfecture. Elle pouvait s'estimer heureuse que le docteur Trébise ne l'ait pas pressée.

Énervée par l'attente, elle décida, un matin, de faire préparer son attelage pour monter au plateau. Elle savait qu'au mas des Euzes elle pourrait rencontrer Lucien et lui arracher une réponse, fût-ce un refus. C'était d'ailleurs ce que laissait présager un tel silence. Lucien n'avait probablement pas eu le courage de le lui dire de vive voix. Après avoir roulé à bonne allure sur les chemins poussiéreux de la plaine, son cabriolet tiré par un cheval unique aborda la route trouée d'ornières caillouteuses qui se trouvait à flanc de montagne. L'animal ralentit alors le rythme et adopta le pas. Ces paysages ne lui étaient pas familiers et la douceur de l'air, en cette fin de matinée, dissipait les angoisses d'Hélène. Admirant les larges panoramas, elle remit son cheval au trot une fois le plateau atteint.

Elle voyait bien que cet univers n'était plus le sien ; c'était celui de Lucien et elle l'observait avec attention, découvrant un nouveau paysage à chaque détour. Après l'un d'eux, elle immobilisa l'attelage afin de ne pas effrayer un troupeau de moutons qui broutaient l'herbe maigre. Au bout d'une dizaine de minutes, elle remarqua au loin un berger assis sur un muret de pierre sèche. N'avait-il pas une silhouette familière ? Elle crut reconnaître Lucien. Elle fit avancer la voiture vers lui et finit par attirer son attention. Lui-même exécuta alors quelques pas dans sa direction. Lorsqu'il l'eut reconnue, son air étonné se transforma rapidement en un sourire enfantin qui la rassura. Elle le perçut comme une invite à descendre de son siège pour aller lui serrer chaleureusement la main.

Ils restèrent silencieux face à face pendant quelques secondes, puis Lucien se donna une contenance en sifflant longuement son chien. Afin de sortir de l'embarras qui s'installait,

Hélène commença à le réprimander, sur un mode plaisant, non sans y mêler des accents maternels :

« Il me semble, mon cher Lucien, que vous avez oublié de venir me voir alors que nous avions des choses importantes à nous dire ! »

Lucien baissa la tête et ne dit mot ; Hélène en fut déconcertée mais elle ne le laissa pas paraître. Cependant, une sorte de désespoir la gagnait ; elle se disait qu'elle s'était lourdement trompée sur les intentions de Lucien et l'apparente sincérité de ses paroles. Sa gorge se nouait, le silence devenait intolérable. Elle osa une ultime tentative :

« J'ai beaucoup songé aux Fontanilles pendant ces dernières semaines, beaucoup plus qu'auparavant. J'aurais tant aimé en parler avec vous. »

À peine eut-elle ces mots achevés que, sans savoir pourquoi, elle éclata en sanglots. Elle se détourna alors vivement et se dirigea vers sa voiture. Sa déception et son chagrin étaient immenses. Lucien lui emboîta le pas. Elle posa les coudes sur le garde-boue encerclant une roue de la calèche et continua à sangloter doucement. Immobile derrière elle, Lucien ôta sa casquette et garda la tête baissée. Il prit son temps avant de balbutier :

« Au mas des Euzes, la vie ne peut plus durer ainsi. Depuis la mort de mon grand-père, elle est devenue insupportable car mon père vieillit mal. L'atmosphère est si tendue que ma mère elle-même sombre dans le désespoir. Ces dernières semaines ont été un calvaire, et il m'est venu à l'idée que les choses s'arrangeraient peut-être si je n'étais plus là, si j'allais habiter ailleurs. Je crois que c'est surtout après moi que mon père en a, même si je ne comprends pas bien la raison. »

Hélène Vincent s'était retournée pour l'écouter, les yeux encore baignés de larmes.

« Je sais que j'aurais dû venir vous voir pour vous donner ma réponse sur les Fontanilles. Je ne me sentais pas capable de me lancer dans ce projet avant d'avoir décidé ce que je voulais faire pour le mas. Les idées n'ont cessé de tournebouler dans ma tête depuis notre dernière rencontre et je n'ai toujours pas trouvé de solution. Et voilà que je vous ai obligée à monter jusqu'ici pour écouter mes problèmes, que je ne suis pas capable de résoudre. »

En entendant Lucien, la déception d'Hélène s'évanouit aussitôt. Comme elle était incapable de faire passer ses envies ou ses besoins avant ceux d'autrui, et surtout de Lucien, elle n'eut plus qu'une chose en tête, l'aider par tous les moyens. Elle lui fit spontanément la proposition suivante :

« Lucien, si vous ne pouvez plus habiter au mas, vous devez vous trouver un autre toit dans les meilleurs délais. Il n'y en a pas tant que ça par ici. Je sais cependant qu'au mas de la Croix de Fer, le fermier, M. Clément, va prendre sa retraite l'année prochaine, ou l'année d'après, et qu'il y aura besoin de quelqu'un pour le remplacer. Vous pourriez l'aider pour le temps qui lui reste puis, à son départ, prendre sa place. Nous négocierons alors les conditions du fermage. Vous auriez mon entière confiance pour ce travail, et je suis sûre que vous vous en acquitteriez avec succès ; ce domaine a de belles terres, parmi les plus riches que possédait ma famille. »

S'excitant toute seule à mesure qu'elle parlait, Hélène voulait absolument convaincre Lucien d'accepter. Aussi poursuivit-elle :

« Les terres du mas s'étendent jusqu'au fleuve et jouxtent celles du mazet. Vous pourriez ainsi continuer à exploiter celui-ci pour votre compte. Si vous le vouliez, nous pourrions nous rencontrer une fois par semaine pour faire avancer le projet des Fontanilles. J'ai de bonnes nouvelles à vous annoncer sur ce chapitre et nous aurions rapidement des décisions à prendre... »

Emportée par son élan, elle construisait un avenir de rêve, qui ne reposait que sur ses propres aspirations. Mais, en scrutant Lucien pour essayer de deviner ses pensées, elle redevint lucide. Ce dernier l'avait écoutée bouche bée. Il était habitué à la considérer comme une sorte de magicienne, à laquelle il était difficile de dissimuler ses pensées et qui trouvait toujours une solution au moindre problème ! Mais, cette fois-ci, la proposition était de taille et, plus encore que d'habitude, il se sentait dépassé. Mais il ne voyait aucune autre solution se présenter à son esprit et la sollicitude d'Hélène l'empêchait de proposer quoi que ce soit.

Sans penser aux conséquences de sa décision, ni à la conversation qu'il devrait avoir avec ses parents, il décida de ne pas dire non, c'est-à-dire qu'il ne dit mot, laissant une fois de plus les circonstances décider de son sort. De ses doigts gantés, Hélène saisit alors les grosses mains rugueuses qu'il laissait pendre devant lui et reprit :

« Si vous avez confiance en moi, vous devez accepter ma proposition. Vous pourrez rompre notre contrat à tout moment sans que j'aie rien à y redire. S'il vous est trop lourd de dire oui, ne dites simplement pas non. Vous me procurerez alors un grand bonheur. »

À ces mots, ils se regardèrent longuement puis, affectant une totale désinvolture, elle lui tendit la main pour qu'il l'aide à remonter sur son attelage. En longeant le cheval, elle s'exclama :

« À lundi prochain, chez moi, au début de la matinée. La journée entière ne sera pas trop longue pour aller visiter le mas de la Croix de Fer et reparler des Fontanilles. Adieu, Lucien ! »

Rien ne s'était dit, et pourtant tout était fait. Ils le savaient l'un comme l'autre. Mais ce serment muet devait leur donner la force d'assumer les changements qui allaient nécessairement bouleverser un destin qu'ils imaginaient si différemment, quelques mois plus tôt.

Troisième partie

LE VENT DE LA VIE

I

La poignée de main

Juin 1946.

LE SOUFFLE CHAUD procuré par la fin du printemps courait sur le fleuve, balayant les miasmes de l'hiver. Lucien marchait rapidement, il avait hâte de retrouver Hélène, de découvrir son nouveau domaine, d'évoquer leur projet, de tourner le dos à sa vieille vie ennuyeuse.

Arrivé devant la maison, il n'eut même pas à frapper à la porte ; elle se tenait debout, dans la ruelle, réajustant le harnais du cheval attelé au cabriolet et rayonnante. Elle l'invita sans manières à monter à ses côtés pour partir aussitôt en promenade. Elle portait une longue robe d'un bleu profond, surmontée d'une coiffe assortie, qui la faisait ressembler aux gravures de mode que Lucien s'attardait quelquefois à contempler chez lui, comme des images irréelles. Avec ses mains gantées, elle agitait avec douceur et fermeté les rênes de l'attelage. Il ne parvenait pas à croire qu'elle était là pour lui, et pour lui tout seul. Avec un plein sourire, elle s'exclama :

« Allons, Lucien, va pour la découverte ! Marthe nous a préparé un bon déjeuner ; prenons les chemins et partons à la rencontre de votre terre. Elle nous attend. »

Aussitôt dit, elle héla son cheval et le cabriolet s'ébranla dans la rue étroite, ombragée par les maisons. Lucien tenait sa casquette entre les mains et regardait droit devant lui, ne sachant que dire comme à l'accoutumée. Adoptant le trot à partir des dernières maisons du village, l'attelage soulevait une fine poussière que le vent printanier rabattait lentement sur un côté en poudrant les champs fleuris. Assez rapidement, ils arrivèrent en vue de la Croix de Fer, un vieux calvaire qui marquait l'entrée du domaine du même nom.

Celui-ci était de bonne dimension puisqu'il s'étendait depuis les collines qui constituaient les contreforts du plateau jusqu'aux abords du village et aux berges du fleuve, qu'il longeait sur près d'un kilomètre, avant l'entrée des gorges. Il couvrait une grande variété de terrains et de cultures : bois de chênes accrochés au relief, vignes et oliviers sur les pentes douces exposées en plein midi et grandes étendues céréalières dans la plaine alluviale ; tout y était parfaitement entretenu et révélait une organisation minutieuse. Plus de dix ouvriers agricoles travaillaient sur le domaine au printemps et à l'automne. Celui-ci représentait, pour Hélène Vincent, une part importante de son revenu.

En cours de chemin, elle expliqua tout cela à Lucien, abasourdi par l'offre qu'elle lui faisait. À plusieurs reprises, il faillit lui avouer qu'il ne se sentait pas capable d'accomplir cette tâche mais, à chaque fois, comme si elle devinait ses pensées, elle avait su lui trouver des raisons pour accepter : « M. Clément n'est pas encore parti. Il aura tout le temps de vous expliquer » ou : « Ce n'est pas vous qui aurez à faire cela, ce seront les ouvriers et eux connaissent bien le domaine » ou bien encore : « Ce sera toujours plus facile pour vous que là-haut sur le plateau ». À la fin, Lucien finit par se laisser convaincre que la situation était préférable à sa vie difficile au mas des Euzes.

Une fois parcourue une partie du domaine à travers maints chemins, ils arrivèrent au mas proprement dit, où M. Clément les attendait. Il était en train de procéder dans la cour au marquage des moutons, en vue de leur prochaine transhumance. Au milieu des bêlements apeurés et de la poussière, ils descendirent du cabriolet et se dirigèrent vers lui. Il tendit respectueusement la main à Hélène.

Il avait passé la soixantaine et était de haute stature. Son visage, encadré de cheveux blancs soigneusement coupés, reflétait la force et la sérénité. Entré au service d'Hélène en qualité de fermier il y avait plus de vingt ans, il avait fait du domaine de la Croix de Fer, à force de ténacité, de rigueur et de clairvoyance, une des exploitations les plus prospères du pays. C'était un homme rude et exigeant. Lucien le sentit avant de lui avoir parlé. Prendre sa succession devenait un défi. Hélène Vincent le savait aussi mais elle restait confiante en Lucien et voulait qu'il réussisse.

« Cher monsieur Clément, entama-t-elle, le domaine est plus magnifique que jamais ; je vous dois tellement alors que nous nous voyons bien peu souvent.

— C'est la saison qui veut ça, mademoiselle Vincent. C'est le meilleur moment de l'année pour voir notre travail récompensé. Le printemps, il faut le voir comme un cadeau. »

En disant ces mots, il louchait ostensiblement vers Lucien, qui restait comme pétrifié.

Hélène lui répondit :

« Voici Lucien Peyrasse, dont je vous ai longuement parlé dans le courrier que je vous ai fait porter et qui nous donnait rendez-vous pour aujourd'hui. Je ne crois pas qu'il existe de meilleur successeur pour vous, à condition que dans l'année qui vient vous acceptiez de l'initier à tous les secrets du domaine. Comme vous le savez, il vient du plateau et connaît déjà beaucoup de choses sur l'élevage, la vigne et l'olivier. J'espère que votre entente sera parfaite et, sur ce point comme sur les autres, vous avez mon entière confiance. Je serais heureuse de vous recevoir chez moi lorsque vous le souhaiterez, pour que nous discutions ensemble de votre devenir lorsque vous serez parti ; mais nous avons encore le temps. Quoi qu'il advienne, vous pourrez loger ici tant que cela vous conviendra et continuer à faire paître vos propres bêtes sur les terrains. »

Plongeant son regard dans le sien, elle ajouta :

« Nous discuterons en détail les termes de notre accord plus tard, mais j'espère qu'il vous conviendra en tout point. Je tiens à vous témoigner ma reconnaissance. En attendant, ce serait bien aimable à vous d'aménager une pièce pour Lucien et de lui ouvrir la table commune. »

À ce moment, M. Clément et Lucien se dévisagèrent comme pour mieux se jauger, sous l'œil attentif de Mlle Vincent. Puis le premier répondit sobrement :

« Il sera fait comme vous le souhaitez, mademoiselle, et je vous remercie de votre sollicitude à mon égard.

— Ainsi, c'est parfait. Notre affaire est faite, conclut-elle précipitamment. À présent, nous allons nous remettre en route pour achever la visite du domaine et, avant un mois, le temps de régler ses affaires en cours, Lucien s'installera ici. Bien sûr, durant quelque temps, il pourra s'occuper à la fois du domaine de la Croix de Fer avec vous et du mas des Euzes. »

Soulagée par le mutisme que manifestaient les deux hommes, Hélène lança sa monture au trot vers l'extrémité du domaine qui jouxtait les berges du fleuve. En chemin, ni elle ni Lucien ne parlèrent de l'entrevue qui venait de se dérouler. Ils se contentèrent de commenter l'état des cultures qu'ils traversaient. Lorsqu'ils parvinrent au bord du fleuve, midi sonnait au clocher des villages. Le soleil atteignait son zénith. Elle stoppa soudain l'attelage au bord du chemin, à l'ombre d'un grand chêne blanc.

« Lucien, comme je vous l'ai dit ce matin, Marthe nous a préparé un excellent pique-nique. Je vous propose de le déguster sur l'herbe au bord de l'eau. Je connais, tout près d'ici, un endroit tellement charmant ! »

Lucien s'offrit alors de porter la malle qui contenait le repas. Celle-ci était placée à l'ombre, dans un coffre logé sous la banquette. C'était un énorme panier en osier recouvert de linges qu'on avait mouillés à l'eau fraîche du puits, le matin même. Il le hissa sur l'épaule et sentit sa gourmandise s'éveiller devant le volume de l'objet et le soin avec lequel on avait préparé son contenu. Il suivit Hélène qui portait une grande nappe blanche repliée sous son bras. Tous deux débouchèrent bientôt sur une petite plage bordée d'herbe bien verte, en contrebas. L'endroit était généreusement ombragé par de grands saules, dont les pousses de printemps se balançaient nonchalamment dans l'air tiède. Ce cadre était idyllique et la surface de l'eau bruissait d'une vie aquatique intense.

Après avoir étalé avec soin la nappe au lieu le plus frais et s'être confortablement installée, Hélène organisa méthodiquement ce repas champêtre qui paraissait prévu de longue date. Outre le choix de l'endroit qui ne semblait nullement fortuit, le menu s'annonçait particulièrement alléchant. Pour commencer, une brouillade d'asperges froide laissa éclater sa belle couleur jaune vif piquée de pointes vertes au creux d'un plat en cuivre. Juste à côté, un énorme poulet doré à point apparut au milieu de tranches de pommes de terre rissolées, qui exhalèrent un délicat parfum de persillade.

Puis vinrent un bocal de pélardons qui trempaient dans une huile d'olive, mouchetée de grains de poivre, et un saladier de fraises au sucre. Enfin, au milieu de la nappe, trônèrent une gourde d'eau et une bouteille de vin, dont la fraîcheur se trahissait au ruissellement de buée qui les enveloppait.

Prenant tout leur temps, Hélène et Lucien engagèrent une longue conversation à propos du domaine de la Croix de Fer et de tous les projets qui pourraient y être menés. Ils parvinrent au milieu de l'après-midi sans avoir vu filer les heures. Et ils eurent tous deux l'impression de n'avoir rien dit d'essentiel et de n'en être encore qu'aux observations superficielles. Car ils pensaient à ces Fontanilles qui les avaient rapprochés. Envoûté par l'atmosphère et légèrement enhardi par le vin, Lucien fut le premier à aborder le sujet, après un court silence d'hésitation.

« Vous avez fait tellement de choses pour moi, ces temps derniers, que je ne sais plus très bien où j'en suis. Ce dont je suis sûr, c'est que je ne veux plus continuer à habiter au mas. Et maintenant, j'ai envie de faire ce que vous attendez de moi, parce que vous avez été bonne et que j'ai du plaisir à rester auprès de vous. Je n'aurais jamais cru qu'un jour je me soucierais de savoir comment l'eau des

Fontanilles pourrait profiter à la plaine... Et puis vous êtes arrivée et, aujourd'hui, je vais m'en occuper pour vous, parce que vous m'avez convaincu que je m'égarais sur une mauvaise route depuis longtemps. »

Le regardant avec tendresse, Hélène Vincent lui tendit une main et lui répondit d'un sourire complice :

« Associés, mon cher Lucien, nous voilà associés ! Vous avez confiance en moi et, moi, de mon côté, je sais que je peux compter sur vous. Nous partageons désormais un domaine et un projet. À partir d'aujourd'hui, nous déciderons ensemble de ce que nous en ferons. »

Lucien lui serra maladroitement la main et elle ajouta avec un clin d'œil :

« À partir d'aujourd'hui, vous m'appellerez Hélène, n'est-ce pas ? »

Il acquiesça.

II

Vivre… enfin !

HÉLÈNE VINCENT sentait ses mains devenir moites au contact du bristol sur lequel l'écriture du docteur Trébise se déployait en courbes harmonieuses. Il l'invitait à souper avec lui, un soir à sa convenance, à la terrasse du restaurant de l'esplanade.

L'enveloppe avait été remise à Marthe par le domestique du docteur Trébise. Celui-ci avait dit qu'il passerait récupérer la réponse le lendemain. Après sa journée de visite au domaine de la Croix de Fer, Mlle Vincent avait presque oublié l'invitation. Or, maintenant, elle devait se prononcer clairement sur son éventuelle participation à une liste, lors des prochaines élections municipales. Cette invitation venait à point pour le lui rappeler et pour lui montrer que le docteur Trébise semblait lui accorder une importance particulière.

Ses joues s'empourpraient de plaisir et d'embarras en lisant et en relisant le carton. Après s'être souvenue, pendant un bon moment, des vieux principes de son éducation, qui l'incitaient à décliner une telle invitation, elle finit par les envoyer au diable et rédigea sa réponse. Puis elle commanda à Marthe d'aller la porter, à l'instant, au docteur Trébise. Au moment de prendre l'enveloppe, Marthe marqua un temps d'hésitation, qu'Hélène imputa, sans se tromper, à de la curiosité sur le contenu. Elle regarda sa bonne droit dans les yeux et lui dit avec sérieux :

« Marthe, vous seriez aimable de préparer ma robe bleue et mes accessoires pour vendredi soir. Je vous en remercie. »

Marthe tourna les talons sans répondre. Sa réprobation prenait souvent la forme d'un silence discrètement outré. Quand sa bonne fut sortie, Hélène ne put s'empêcher de pouffer comme une gamine qui viendrait de jouer un mauvais tour à sa gouvernante. Mais au fond d'elle-même, elle se sentait moins sereine, car elle se posait beaucoup de questions sur les motifs de cette invitation. Et elles restaient sans réponse. Devant cet inconnu, elle éprouvait de la crainte. À l'habileté courtoise de cet homme ne se mêlait-il pas quelque stratagème sournois ? Elle devait se tenir sur ses gardes. Le soir même dont ils étaient convenus, elle se rendit à la terrasse du restaurant de l'esplanade. C'était, de loin, le meilleur du village.

Elle arriva au rendez-vous à l'heure. Mais lui était en avance. Attablé dans un coin, il dégustait un apéritif en observant la ramure des platanes qui oscillait doucement sous la brise du soir. Lorsqu'il l'aperçut qui s'avançait vers lui, il interrompit immédiatement sa méditation et la pria courtoisement de prendre place en face de lui. Hélène se sentit d'emblée enveloppée par sa présence.

Cette terrasse était un endroit très apprécié par les notables du village qui aimaient à s'y retrouver. On y croisait les commerçants et les principaux propriétaires de domaines. La cuisine y était raffinée et certains tenaient salon, sous les glycines, dans la fraîcheur du soir. L'établissement avait pour principal concurrent le *Café de l'Union*, situé lui aussi sur l'esplanade du village, à une centaine de mètres plus loin. L'ambiance y était nettement plus populaire et agitée par les cris des joueurs de belote et de manille, dont faisait partie Gaston Puech. Celui-ci avait établi là son quartier général de campagne.

Le docteur et Hélène commencèrent par échanger des banalités. Ni l'un ni l'autre ne tenaient à brusquer la douceur de la soirée. Ils dégustèrent en entrée une onctueuse mousse de poissons blancs du fleuve, spécialité de la maison, accompagnée d'un excellent vin blanc du cru. Alors qu'elle finissait son assiette, Hélène entendit son convive lui annoncer :

« Vous n'imaginez pas les difficultés que j'ai rencontrées pour constituer une liste aux prochaines élections. J'avais trop de candidats ! Qui aurait cru, il y a quelques années, que ça se passerait ainsi ? Autrefois, notre village était petit et le maire avait bien du mal à réunir assez de volontaires. Tout cela a changé. Comme les perspectives de développement sont bonnes ici, notamment à cause du voisinage de la grande ville, elles ont brutalement suscité des vocations commerciales. Je souhaite les encourager et aller rapidement de l'avant. Beaucoup de gens sont venus frapper à ma porte pour m'assurer de leur soutien et solliciter une place sur la liste ; j'ai dû, avec bien des regrets, refuser à plus d'un. Si cela n'avait tenu qu'à moi, j'aurais accepté. Mais les places sont limitées ! Vous n'imaginez pas dans quels dilemmes ce choix m'a plongé !

— Soyez sûr, cher monsieur, que je ne souhaite ravir la place de personne. D'ailleurs, je ne vous ai même pas encore dit si j'acceptais votre proposition, reprit-elle en se raidissant insensiblement.

— Je vous avoue que mon impatience est grande à cet égard. Ah ! oui, chère mademoiselle, je brûle d'entendre votre réponse ! Mais avant que vous ne me la donniez, je voulais m'ouvrir à vous de ces difficultés, car depuis plusieurs jours, j'ai modifié ma proposition. En effet, mademoiselle Vincent, si vous acceptez de vous jeter dans l'aventure avec moi, il me serait agréable de vous inscrire à la deuxième place de la liste, afin de bien souligner toute l'importance que je donne à votre présence. Dans ces conditions, vous comprendrez aisément que cette nouvelle aura un grand retentissement dans le village et vous mettra dans une situation nouvelle. Bien entendu, pour ce qui est de vos nobles préoccupations, tant celles qui concernent les plus démunis de nos concitoyens que vos projets sur les Fontanilles, je vous apporte mon soutien sans faille et mon aide la plus dévouée. »

La nuit était tombée. Le calme régnait sur la place et le silence descendait peu à peu. Mlle Vincent fixait des yeux son interlocuteur qui venait d'allumer une cigarette et s'était rejeté en arrière pour regarder les volutes de fumée odorante. Il les exhalait lentement avec un plaisir non dissimulé. Ne sachant encore que répondre devant une offre aussi entière, elle prit son air le plus angélique pour poursuivre la conversation sur le ton de la raillerie et sonder les véritables intentions d'un homme qui lui parut soudain diabolique :

« Cher monsieur, je ne comprends pas bien votre stratégie. Vous souhaitez vous faire élire maire de notre commune, vous êtes décidé à affronter une équipe municipale installée depuis longtemps, et vous sollicitez l'appui d'une femme, dont les projets ne seront pas pris au sérieux par vos adversaires eux-mêmes ? Ne craignez-vous pas qu'une association aussi inattendue vous conduise à l'échec et vous transforme en sujet de risée dans tout le canton ?

— Pas du tout, reprit-il sérieusement. Je comprends sans peine que vous voyiez ainsi les choses et, quelle que soit votre réponse, je m'inclinerai devant votre décision. Mais avant que vous ne vous prononciez, je vous demande de vous octroyer un peu plus de temps de réflexion. Si vous n'êtes pas pressée, nous pouvons encore prolonger la soirée. En effet, croyez bien que l'impatience que j'éprouve à connaître votre réponse est largement compensée par le plaisir que m'apporte votre compagnie. »

À ces mots, Hélène se figea, plongeant son regard inquisiteur dans celui de l'homme qui la flattait sans ambiguïté. Il exerçait sans conteste un ascendant sur elle. Elle s'affola à l'idée de ne pas savoir comment briser le silence, qui révélait son trouble et lui montrait la nécessité de prendre une décision importante rapidement, ce qu'elle ne faisait jamais. Dans un éclair, l'image de Lucien lui traversa alors l'esprit. C'était avec lui qu'elle souhaitait mener à bien le projet des Fontanilles. Sans réfléchir, elle rétorqua avec une assurance qui parut subjuguer le docteur Trébise :

« J'aurais mauvaise grâce à refuser votre proposition mais, avant de me prononcer, je veux poser quelques conditions sur mon éventuelle participation à la gestion des affaires municipales. Malgré toute l'estime que je vous porte, alors que nous nous connaissons à peine, je n'accepterai de m'engager à vos côtés qu'à deux conditions : vous devrez annoncer publiquement que je n'ai en rien sollicité les honneurs que vous m'avez accordés et que vous accepterez ma démission immédiate dans le cas où vous reviendriez sur le moindre de vos engagements. J'ajoute toutefois que ma contribution aux affaires de la commune se bornera à aider nos concitoyens les plus nécessiteux, et à veiller au bon déroulement du projet des

Fontanilles, que la commune devra financer intégralement. Je ne désire rien d'autre mais je souhaite qu'en ces domaines je puisse agir à ma guise, bien entendu, après vous en avoir informé loyalement et avec l'accord du conseil municipal. Voilà, je suppose, votre impatience apaisée. Il ne vous reste plus maintenant qu'à profiter de ma compagnie comme vous l'avez si bien dit, n'est-ce pas ? »

Sur ces paroles, elle fit mine de se plonger avec insouciance dans la dégustation du civet de caneton qu'on venait de lui servir. Sa sauce noire exhalait un fort parfum de thym et de romarin. Comme si de rien n'était, le docteur Trébise fit de même. Pendant qu'ils mastiquaient religieusement, seul le piaillement aigu des moineaux dans les hautes branches des platanes se fit entendre. Puis le docteur huma les effluves d'un verre de vin de la couleur du rubis, et brisa le silence. C'était une façon d'admettre sa défaite dans la joute oratoire qui venait de les opposer. Il comprenait qu'il s'était engagé trop loin. Hélène n'était pas disposée à se laisser manipuler par des propositions mirifiques ou des ultimatums ridicules. Il avait été piégé par une femme qui venait de dicter ses conditions et savait désormais qu'elles ne pourraient être que satisfaites.

« Il sera fait comme vous le souhaitez. Je m'engage personnellement à ce que tous les autres membres de l'équipe municipale n'aient rien à redire...

— Allons, le coupa-t-elle, ne vous engagez pas pour eux. Il sera mille fois préférable que je m'emploie moi-même à les convaincre. S'ils ne se montrent pas favorables à mes propositions, je me retirerai sur l'heure. Car, je vous le répète, je n'ai rien sollicité et je me sens totalement libre. Seul le désir que j'éprouve d'aider mes concitoyens m'anime en l'occurrence. »

Sentant parfaitement le trouble qui envahissait le docteur Trébise, Hélène frémissait de plaisir à l'idée d'avoir aussi parfaitement réussi à neutraliser son interlocuteur. Elle ne souhaita pas pousser plus loin son avantage et décida de détendre la conversation, en reprenant innocemment :

« D'ailleurs nous parlons, nous parlons, nous refaisons le monde à notre guise, et pourtant il me semble que rien ne peut être joué avant le résultat des élections. J'aimerais d'ailleurs que vous m'entreteniez de la façon dont vous voyez tourner les événements au cours des prochains jours. Jamais, dans le village, nous n'avions vu pareille effervescence avec l'affrontement de deux listes concurrentes. »

Trop heureux de pouvoir entrer de plain-pied dans un sujet qui lui était familier, le docteur Trébise se mit à décrire en détail toutes les réunions qu'il comptait organiser afin de convaincre les électeurs du village de voter pour sa liste. Il retrouva vite son assurance. Hélène l'écoutait presque distraitement, en grignotant avec prudence la nougatine dorée d'une volumineuse pâtisserie. Elle l'interrompit enfin pour lui préciser qu'elle n'entendait pas participer aux réunions publiques de campagne mais qu'elle accepterait volontiers de recevoir les gens du village qui souhaiteraient l'interroger sur ses intentions. Elle pourrait ouvrir sa porte deux fois par semaine, le mardi et le jeudi, par exemple. Ils finirent la soirée devant une tasse de café alors que la fraîcheur nocturne commençait à caresser leurs épaules. Le docteur proposa à Hélène de la reconduire chez elle mais elle déclina l'offre car elle préférait marcher seule quelques instants afin de réfléchir.

Cependant, Hélène ne rentra pas directement chez elle. Elle fit un détour par le Ranquet, une sorte de belvédère situé au sommet du village, d'où la vue s'étendait sur la plaine, puis au loin, sur les contreforts sombres du plateau. La nuit était éclairée par une myriade d'étoiles et balayée par un air pur.

Les yeux posés à l'horizon, elle ne pensait à rien, ni à Lucien ni aux élections. Elle se laissait juste imprégner par une sensation d'intense plénitude. Elle vivait enfin !

III

Le départ

Au mas des Euzes, la vie s'écoulait au ralenti. Une chaleur écrasante régnait sur le plateau. L'herbe avait été entièrement desséchée par le soleil et l'on ne travaillait guère de midi au coucher du soleil. Les parents de Lucien vaquaient tristement à leurs occupations ; quant à lui, il se préoccupait surtout de son prochain départ et de la façon dont il allait l'annoncer. Déchiré entre le désir de partir et la crainte d'abandonner sa mère, il n'arrivait pas à trancher. Mais un soir, après avoir rentré les moutons à l'étable, il se décida à passer à l'acte.

Il entra dans la cuisine où la pénombre permettait de conserver un reste de fraîcheur. Son père, en maillot de corps, y était occupé à affûter une faux tandis que sa mère nettoyait des moules à fromage. Ils n'échangeaient pas un mot comme à l'accoutumée. Lucien vint s'asseoir au bout de la table et les fixa longuement avant de lancer brutalement :

« J'ai décidé de quitter le mas avant le début de l'automne, pour aller travailler au domaine de la Croix de Fer. »

Il s'attendait à ce que ses parents réagissent avec stupeur. Au contraire, ils continuèrent leur besogne comme si de rien n'était. Son père s'acharnait sur la pierre à aiguiser. Au bout d'un certain temps, sa mère s'interrompit enfin et se retourna en s'essuyant les mains sur son tablier. Mais elle ne parla pas. Désorienté, Lucien poursuivit :

« Mlle Vincent m'a promis une bonne place et une entière liberté pour m'occuper du mazet et du troupeau du mas. Comme ça, je pourrai continuer à faire comme avant, en plus de mon travail là-bas. Je remonterai toutes les semaines pour vous aider dans les gros travaux. Quant à l'argent que je gagnerai, il servira pour le mas et pour vous. »

Aucune réaction ne venait. Lucien se mit alors à interroger ses parents :

« Je crois que ce sera mieux comme ça ; vous n'êtes pas contents ? »

Interrompant enfin son travail, son père le fixa d'un air bougon avant de lui demander brutalement :

« Je suppose que tu as cru ce qu'elle t'a dit ? Que tes journées d'ouvrier agricole te laisseront le temps de t'occuper des affaires du mazet et qu'avec le peu d'argent que tu gagneras, tu pourras payer ton hébergement et ta nourriture ? Tu as dû croire aussi qu'elle te proposait tout ça pour te faire plaisir ? Et alors, bien sûr, tu t'es dit que cela valait mieux que de vivre ici avec nous, qui nous échinons au travail pour empêcher que le mas des Euzes soit bouffé par les ronces. À quoi bon parler avec toi ? Tu as déjà décidé. Alors, pars si tu veux, mais laisse-nous les bêtes ; plutôt crever que de les voir descendre dans la plaine. Quant au mazet, fais-en ce que tu veux, je n'ai jamais trouvé que c'était une bonne affaire. Il était aux Vincent, il peut bien y retourner. »

Sous le regard de sa mère pétrifiée, Lucien serra les dents. Il ne voulait pas hurler son désespoir. Il aurait voulu s'enfuir et ne jamais revenir tant que son père empoisonnerait la vie ici. Mais il se retint et lui annonça fièrement en le foudroyant du regard :

« Mlle Vincent vient de me proposer de devenir régisseur du domaine et nous avons des projets ensemble pour les Fontanilles. Garde le troupeau puisque tu y tiens. J'accepte le mazet. »

Puis, en se tournant vers sa mère, il radoucit sa voix pour ajouter :

« Tout cela me dépasse un peu ; c'est allé si vite ! Mais je suis sûr que je dois le faire. Je te promets de monter toutes les semaines pour prendre de vos nouvelles. Et puis, si ça ne marche pas, je reviendrai ici et tout reprendra comme avant. »

La mère et le fils succombèrent alors à un élan de tendresse comme ils n'en avaient pas eu depuis bien longtemps et se jetèrent dans les bras l'un de l'autre. Entre deux sanglots, elle lui souffla :

« Je suis si fière de toi, mon Lucien. Va et réussis pour moi. »

À peine revenu de sa surprise, le père, rempli d'aigreur, n'en finissait pas de jeter sur eux des regards mauvais. Il finit par sortir sans dire un mot.

Lucien resta longuement avec sa mère. En lui racontant par le détail les événements des dernières semaines, il éprouva un indicible soulagement. Quand il eut fini, elle lui conseilla de partir le plus tôt possible. Il ne fallait pas rater une si belle occasion. N'éprouvant aucune envie de retrouver son père au repas du soir, Lucien lui demanda qu'elle lui prépare un souper froid. Il voulait profiter de la fraîcheur qui descendait au crépuscule pour filer jusqu'au bord du plateau, à l'aplomb des Fontanilles, et y savourer une dernière soirée d'altitude. Car il avait décidé de partir dès le lendemain matin.

Une brise venue de la mer caressait le plateau comme un baume destiné à le soulager des brûlures de la journée. Lucien marchait lentement sur le sentier, entouré par l'odeur du thym surchauffé. Comme si le spectacle était nouveau, il s'émerveilla du panorama des gorges creusées par le fleuve et du ruban d'argent qui scintillait au fond. Il rechercha, durant un bon moment, le meilleur endroit d'où il pourrait scruter le fond du couloir et la mince bande boisée bordant le fleuve qui s'étirait vers la plaine. C'était là qu'un jour, peut-être, serait aménagé un chemin de charrettes qui permettrait d'accéder aux Fontanilles. Ainsi prendrait forme ce projet qu'il voulait tellement réaliser avec Hélène.

Il observa longuement le paysage dans la lumière déclinante en dégustant lentement le vin frais qu'il avait apporté. Ensuite, il retira de sa musette le souper froid que lui avait confectionné sa mère. Il y avait du pain, du fromage et de la ratatouille. En guise de dessert, Lucien sortit deux belles poires mûres. Il mangea lentement son repas en pensant à la malheureuse femme qu'il abandonnait aux griffes d'un mufle pour lequel elle n'éprouvait plus guère de sentiments.

Le ululement d'une chouette le sortit de sa rêverie. Il faisait maintenant très sombre et il devait rentrer. Un peu plus tard, étendu sur le dos dans son lit, il se mit à songer à tout ce qui l'attendait le lendemain, le mas de la Croix de Fer, M. Clément, la découverte de son nouveau travail et, bien sûr, Hélène. Un air frais pénétrait par la fenêtre grande ouverte ; Lucien se laissa emporter par le sommeil avec le sentiment de voir un chemin se frayer devant lui. Il était brusquement heureux.

Lorsque le soleil apparut à l'horizon, Lucien venait d'atteindre le mazet. Parti dans la nuit, il avait cheminé sans mal au clair de lune sur le sentier caillouteux dont il connaissait par cœur les chausse-trapes. Il but une grande lampée d'eau avant de gagner le mas de la Croix de Fer, où il voulait se présenter de bonne heure afin de régler les détails de son installation. Lorsqu'il dépassa l'entrée de la Croix de Fer et aperçut le toit du mas, il se demanda de quelle manière il allait se présenter et engager la conversation. Mais il ne s'interrogea pas longtemps car une silhouette massive, qu'il reconnut tout de suite, se dressa devant lui. Arrivé à sa hauteur, M. Clément l'observa d'un air sévère, sans dire un mot. Lucien, pris au dépourvu, bredouilla un bonjour mal assuré, ne sachant quoi ajouter d'aimable.

« À moins que je ne me trompe, vous preniez la direction du mas. Et si je ne me trompe toujours pas, vu l'heure matinale, vous aviez l'intention d'y entamer votre première journée de travail. Alors, puisque vous m'avez trouvé, allons-y ensemble. Je partais vers les champs de céréales pour voir si l'on pouvait commencer à y moissonner demain. Il faut absolument qu'on le fasse avant les premiers orages de l'été. Ce sera une bonne occasion pour commencer à connaître le domaine. »

Sans un mot, Lucien fit demi-tour. Ils commencèrent à cheminer ensemble alors que le soleil s'élevait au-dessus de l'horizon. M. Clément, d'ordinaire peu disert, parlait sans arrêt, montrant à Lucien les limites des parcelles, commentant l'état des arbres ou expliquant le travail à faire. Celui-ci écoutait et forçait sa mémoire pour y graver chacune de ses phrases. Au fur et à mesure de la visite, il s'effrayait de l'étendue du domaine et de sa richesse, et découvrait à quel point la tâche qu'Hélène lui avait confiée était importante.

Vers le milieu de la matinée, alors que l'air commençait déjà à grésiller de chaleur, ils revinrent au mas. M. Clément entraîna Lucien dans la cuisine. C'était là un des moments intenses de la journée, un instant sacré, été comme hiver, qui s'apparentait presque à un rite. Levé tous les jours avec le soleil, M. Clément commençait son travail sur-le-champ par une tournée destinée à préparer les travaux de la journée. Puis, sur le coup des 10 heures du matin, il revenait vers le mas, s'installait à un bout de la grande table et prenait le déjeuner que lui servait Louise, la « femme à tout faire ». Il venait ainsi se réchauffer l'hiver et se rafraîchir l'été, en organisant mentalement les heures suivantes. Reparti au travail, il ne s'arrêtait plus jusqu'au soir, sinon en de brefs instants pour manger un morceau dans les champs et se désaltérer.

Lucien prit place à ses côtés et regarda, avec un air amusé, un pantagruélique déjeuner envahir le dessus de la table : une impressionnante omelette, des tranches de jambon, de grosses tomates, une moitié de tome, un panier de fruits et un pichet de vin. Tous ces ingrédients semblaient nécessaires à la réflexion quotidienne. Car M. Clément réfléchissait à haute voix et s'ingéniait à répartir, le plus judicieusement possible, le matériel et le personnel disponibles, en fonction des travaux à effectuer.

Ce monologue dura un long moment tandis que tous deux dévoraient les mets à belles dents. Lucien écoutait avec attention, remarquant au passage qu'aucun travail particulier ne lui était dévolu. Il comprit que M. Clément souhaitait le garder à ses côtés tout au long de la journée. Quand le repas fut terminé, ce dernier se leva et, faisant claquer la lame de son couteau en le refermant, sortit de la pièce sans se retourner. Lucien lui emboîta le pas comme une ombre.

Jusqu'au soir, leur activité fut intense. Il fallut organiser le travail des ouvriers agricoles ou carrément mettre la main à la pâte. À la nuit tombante, les deux hommes regagnèrent le mas, assis sur une charrette qui rapportait la récolte des tomates. Comme il avait coutume de le faire à la belle saison, M. Clément alla se débarbouiller, exposant son puissant torse nu et imberbe à une fontaine qui jaillissait du mur de la cour. Lucien l'imita. Puis tous deux se retrouvèrent attablés dehors, sous la tonnelle, entourés par l'ensemble des ouvriers agricoles, déjà occupés à vider des pichets de vin frais. Ils attendaient le repas.

Lucien n'avait pas vu passer les heures tellement M. Clément s'était montré intarissable sur le domaine et les activités du mas. Il était avide d'en savoir plus et d'être déjà au lendemain. Il avait le sentiment qu'une nouvelle vie commençait et qu'elle avait le goût de cette eau fraîche qui désaltère si bien et dont on n'est jamais rassasié. Les rires du repas l'égayèrent, ce qui ne l'empêcha pas d'avoir une pensée mélancolique pour sa mère.

Aucune chambre ne lui avait encore été préparée. Aussi, lorsque le repas fut achevé, alla-t-il dormir dans la paille de la grange, au milieu des ouvriers agricoles. Un sommeil tranquille l'emporta tout de suite. Il eut à peine le temps de songer à Hélène à qui il devait ce bonheur naissant. Ne l'attendait-elle pas pour réaliser un projet qui lui semblait pourtant si lointain encore ?

IV

Un nouveau maire

Août 1946.

PLONGÉ DANS UNE AMBIANCE FÉBRILE, le village était divisé comme il ne l'avait jamais été. La fièvre électorale s'était emparée de tout un chacun, et l'animosité était montée entre les partisans de Gaston Puech et ceux du docteur Trébise.

Pourtant, au début, c'était une atmosphère bon enfant qui s'était installée, comme dans un jeu. Elle avait insufflé un peu d'animation. Mais, progressivement, des querelles plus sérieuses avaient surgi. Au milieu de cette agitation, l'annonce que Mlle Vincent était placée en deuxième position sur la liste du docteur Trébise fit l'effet d'une bombe. La première conséquence fut de déclencher une colère homérique de Gaston Puech. Il y tint des propos quasiment injurieux à son égard, qui choquèrent une bonne partie des habitants du village qui la tenaient en haute estime. Ce fut une des nombreuses erreurs qu'il commit, montrant ainsi qu'il n'avait manifestement pas la carrure d'un maire. D'autres écarts de langage suivirent, qui amenuisèrent ses chances. De nombreux électeurs se détournèrent peu à peu de lui et vinrent apporter leur soutien au docteur Trébise. Celui-ci, faute d'avoir séduit les électeurs par des idées que beaucoup jugeaient trop modernistes, se rattrapa par son comportement civil. Et puis, il sut exploiter la carte donnée par l'image d'Hélène Vincent.

Les résultats furent éloquents. Gaston Puech perdit assez largement. Il laissa éclater son amertume par des imprécations stériles et malveillantes sur l'avenir du village. À l'inverse, l'équipe gagnante eut le triomphe facile et arbora une joie exubérante d'où la modestie fut exempte. Seule Hélène Vincent, pourtant largement concernée, se tint un peu à l'écart des réjouissances, plus préoccupée par le désir d'assumer pleinement ses nouvelles responsabilités que par celui de fêter sa victoire.

Après quelques jours de charivari, tout commença à rentrer dans l'ordre. Le nouveau conseil municipal tint ses premières réunions.

La nouvelle équipe joua pour la circonstance la solennité. Aux côtés du docteur Trébise siégèrent Mlle Vincent et Étienne Camps, devenu préposé aux finances. Tous trois devenaient les premiers personnages de la commune. L'opposition était réduite à Gaston Puech et à un de ses acolytes ; ils déclarèrent qu'ils ne comptaient pas se rendre souvent aux réunions du conseil municipal.

C'est ainsi qu'une fois par semaine, et non plus seulement une fois par mois, dans la grande salle couverte de bois vernissé du sol au plafond, l'avenir de la commune se décida. Les projets étaient nombreux et presque tous revêtaient une grande importance pour l'avenir du village. Parmi eux figurait en bonne place celui qui était si cher au cœur d'Hélène Vincent et de Lucien. Avec son habituelle prestance, le docteur Trébise ouvrit un jour la séance en annonçant l'ordre du jour :

« Nous n'aborderons ce soir qu'une seule question, mais elle fait partie des problèmes cruciaux que nous devons résoudre dans l'intérêt général : celui de l'alimentation en eau potable de nos concitoyens. Comme vous le savez, Mlle Vincent souhaite nous exposer un projet qu'elle a longuement étudié. Elle désire donc recueillir l'assentiment de notre conseil avant de lancer la commune dans cette grande aventure. Je lui laisse la parole.

— Mes chers collègues, je n'exposerai pas, une nouvelle fois dans le détail, les raisons qui m'ont conduite à faire de ce projet ma raison d'être parmi vous ce soir. En revanche, je souhaite vous présenter les grandes lignes de mon plan afin que vous m'autorisiez à y engager la commune. Il sera, j'en suis sûre, celui de notre bien-être, de notre développement et de notre prospérité. Si vous en êtes d'accord, il prévoit de mettre à la disposition de tous la réserve d'eau fantastique que constitue la source des Fontanilles. Bien que celle-ci appartienne à notre commune, personne n'en profite. Cette opération pourrait être réalisée en plusieurs temps car les travaux qu'elle réclame sont immenses. Tout d'abord, la commune pourrait construire un chemin qui conduirait jusqu'à la source. Il longerait le fleuve au fond des gorges. Ainsi, dès l'été prochain, une activité de charroi d'eau potable pourrait être installée de la source jusqu'au village et alimenter la population durant nos trois mois de sécheresse. L'entreprise qui transporterait l'eau pour le compte de la commune serait choisie par appel d'offres. Nous fixerions un prix de vente maximum au litre pour que chacun, quel que soit son revenu, puisse s'approvisionner selon ses besoins, et au moins pour lui permettre de boire en quantité suffisante. Une fois ce système provisoire mis en place, nous pourrions alors envisager, sur deux à trois ans, la construction d'un canal longeant le chemin. Une fois achevé, il alimenterait le village de façon définitive. Bien sûr, tout cela sera long à mettre en place et exigera des moyens financiers importants. Mais je crois que le bien-être de nos concitoyens mérite cet investissement, et ce projet, je vous le répète, est ma raison d'être parmi vous. Je m'en remets maintenant à votre décision », ajouta-t-elle avec un flottement dans le regard, qui trahissait sa crainte de voir tout cela rejeté comme étant trop ambitieux ou irréalisable.

Le silence régna dans la salle. Hélène sentit monter en elle le désespoir tandis que défilait, dans sa tête, le souvenir de la soirée où elle et Lucien s'étaient placés au coin de la cheminée, pour se pencher sur les cartes jaunies de son père, qui représentaient les berges du fleuve.

Devant l'incertitude et l'hésitation générales qui semblaient prévaloir, le docteur Trébise prit la parole. Il mit en avant son expérience de praticien pour souligner l'extraordinaire intérêt du projet en matière de santé publique et son caractère très novateur. Quand il eut achevé, personne n'osa soulever d'objection d'autant que l'engagement à prendre, pour l'instant, n'était pas lourd. Il fallait juste se décider à financer une étude pour chiffrer le montant des travaux nécessaires à l'ouverture du chemin. Celle-ci serait d'ailleurs simplifiée car Mlle Vincent acceptait de remettre gratuitement au bureau d'études la première évaluation établie à ses frais par son père. Il suffirait de la réactualiser. On décida par conséquent qu'une fois connu le montant du devis, une nouvelle séance du conseil municipal se tiendrait pour prendre une décision.

L'atmosphère se détendit alors. Hélène répondit pendant plus d'une heure à une foule de questions sur l'ancien projet de son père, et sur la façon dont elle-même le considérait. Chacun se montra passionné et il semblait bien que ce sujet était appelé à devenir le centre de toutes les conversations pendant les prochains mois, dans le village. Le docteur Trébise écouta sans mot dire. Quand l'animation commença à retomber, il leva la séance.

Il était déjà tard. L'heure de souper était largement dépassée. À la sortie de la mairie, sur le perron, le médecin s'approcha d'Hélène. Elle finissait d'échanger quelques mots avec des camarades. Il lui proposa de cheminer avec elle puisque son domicile était sur son trajet. Elle accepta naturellement l'offre et ils partirent côte à côte, d'un pas nonchalant, dans le dédale des ruelles.

Chemin faisant, il la félicita chaudement de sa prestation et ne tarit pas d'éloges à son égard. Elle conduisait remarquablement son projet. Hélène le remercia poliment de ses amabilités non sans se sentir agacée en son for intérieur par ce comportement paternaliste, qu'elle commençait à trouver quelque peu excessif. Arrivé devant sa maison, il se planta devant elle sans arrêter son monologue :

« Comme vous le savez, chère amie, je vous apporte mon plus entier soutien dans votre démarche. Cependant, je vous avoue aujourd'hui que j'aimerais aller plus loin dans cette voie. »

Il marqua un temps d'arrêt. Elle devint de plus en plus irritée par cet étrange comportement qu'elle jugeait trop familier.

« Si, d'aventure, l'étude que nous allons entreprendre fait apparaître que ce projet est viable, que diriez-vous d'envisager une association entre nous pour participer à l'appel d'offres qui se tiendrait sur l'organisation du transport de l'eau jusqu'au village ? »

Elle sentit la terre se dérober sous ses pieds. Ce diable d'homme avait toujours la capacité de la surprendre et, une fois de plus, il se manifestait là où elle ne l'attendait pas, c'est-à-dire dans l'un des replis les mieux protégés de sa vie, celui où Lucien résidait secrètement. Elle n'eut pas d'autre choix que d'éluder la question.

« Sincèrement, je ne crois pas qu'au moment où nous en sommes, il soit opportun de réfléchir à cela, répondit-elle en le fixant droit dans les yeux. Pour l'instant, nous devons nous contenter de savoir si le projet est réalisable sans engendrer de trop grandes dépenses pour la commune. Il me paraîtrait déraisonnable de brûler les étapes et de nous préoccuper, pour l'instant, d'autre chose que d'une évaluation qui pourrait se révéler assez délicate. Je vous prie donc de ne voir dans ma réponse aucune offense à votre égard, ni aucun début d'acquiescement à votre proposition. Si vous me connaissiez mieux, cher monsieur, vous sauriez que je n'agis jamais autrement, quelles que soient les circonstances. »

En esquissant un sourire qu'il voulut complice, Trébise comprit qu'il s'était trop avancé.

« Je crois en effet que je ne me suis pas montré très perspicace. Votre réponse ne pouvait être que celle-là. Attendons donc que les choses avancent un peu. »

Il lui adressa alors un salut obséquieux qui la fit sourire intérieurement et il s'éloigna dans la pénombre. Hélène frissonna en le regardant partir. L'alerte avait été chaude et elle s'était sentie assez mal à l'aise. Remontant machinalement son châle autour de ses épaules, elle poussa la lourde porte et pénétra dans la maison. Lorsqu'elle devait rentrer après la tombée de la nuit, Marthe avait l'habitude de disposer, sur un guéridon au pied de l'escalier, une lampe à pétrole et une boîte d'allumettes. Ainsi, à peine rentrée, Hélène pouvait s'éclairer pour se rendre dans sa chambre. En étendant la main pour saisir les allumettes, elle sentit une enveloppe glisser sur le sol.

Une fois la lampe allumée, elle la ramassa et se troubla en lisant le nom de l'expéditeur. Elle gravit les escaliers en silence, gagna sa chambre où l'air tiède pénétrait par la fenêtre ouverte et agitait doucement les rideaux tirés.

La lampe continua à brûler jusque très tard dans la nuit. Hélène, confortablement calée contre son oreiller, n'en finissait pas de lire et de relire quelques lignes d'une grosse écriture maladroite, qui provoquait chez elle un sourire à la fois mélancolique et indulgent.

Chère Hélène,

Voilà maintenant une semaine que je travaille avec M. Clément, au domaine de la Croix de Fer. Les journées y sont trop courtes, tant il y a de choses à faire et à apprendre. Cette nouvelle vie est pour moi une suite de découvertes, de nouveaux travaux, de nouvelles gens, de nouvelles habitudes. Je sais que je dois tout cela à votre bonté, car je n'imaginais même pas cette existence, il y a quelques semaines à peine.

Merci encore, merci mille fois pour ce que vous avez fait pour moi ! Ce dimanche, j'aurais tellement aimé venir vous le dire, vous voir, vous raconter tout ce que je fais et parler avec vous de notre projet ! Mais je suis vraiment trop inquiet pour ma mère et j'ai besoin d'aller la voir. J'espère que vous me comprendrez et que vous me pardonnerez. C'est pourquoi je vous dis à dimanche prochain, si vous en êtes d'accord…

À bientôt.

Bien respectueusement à vous,

Lucien.

Post-scriptum : *Si vous voulez, vous pouvez me faire passer votre réponse par Alphonse, le maréchal-ferrant du village. Il viendra à la Croix de Fer en début de semaine.*

Hélène avait remarqué d'emblée que c'était son prénom qui figurait en tête de la lettre. Elle imaginait combien cette inscription avait dû coûter d'efforts à Lucien. Mais ne respectait-il pas la décision qu'ils avaient prise lors de leur première poignée de main d'associés, au bord du fleuve ?

V

Le chemin d'eau

TOUT EN VAQUANT à ses nombreuses et nouvelles occupations, Lucien attendit avec impatience l'arrivée du maréchal-ferrant. Lorsque celui-ci pénétra dans la cour, il lui tendit immédiatement une fine enveloppe bleu lavande, sous l'œil vaguement étonné de M. Clément. D'un geste emprunté, il la saisit avant de prendre maladroitement le prétexte d'un travail à terminer pour s'éloigner. Il se rendit derrière la porte de la grange et parcourut quelques mots qui le mirent en joie :

Très cher Lucien,

Je vous remercie de votre lettre ; j'espère que votre visite au mas des Euzes s'est déroulée aussi bien que possible.

Je vous propose de nous retrouver dimanche matin au lever du jour, à l'endroit où nous avons scellé notre association, au bord du fleuve.

De là, nous pourrons partir à la fraîcheur vers les Fontanilles pour reconnaître ensemble le tracé du futur chemin.

En cas d'empêchement, dites-le à Alphonse avant qu'il ne reparte ; sinon à dimanche.

Votre Hélène.

La fin de la semaine ne fut pour Lucien qu'attente du dimanche. Il se retrouva enfin assis dans le cabriolet d'Hélène. Le jour était à peine levé. Après s'être tous deux salués avec retenue, ils se laissèrent bercer par les cahots du chemin. Leur silence trahissait leur embarras sur la manière d'entamer la conversation malgré tout ce qu'ils voulaient se dire. Lucien laissait son esprit vagabonder mais lui revenaient toujours à l'esprit les moments difficiles qu'il avait traversés chez ses parents, le dimanche précédent.

Parti très tard du domaine de la Croix de Fer, le samedi après son travail, il n'était arrivé au mas qu'aux alentours de minuit. Tout y était silencieux et, pour ne pas réveiller ses parents, il avait décidé de dormir sur le seuil.

Il avait pris soin de se faire reconnaître par le chien pour l'empêcher d'aboyer. Alors qu'il avait voulu partir dès la veille, tant il avait hâte de rejoindre sa mère, il s'était retrouvé là, bêtement, à ne savoir que faire sinon attendre jusqu'au petit matin. Il avait fini tout de même par sombrer dans un sommeil agité. Sa mère elle-même l'avait réveillé au lever du soleil, en ouvrant la porte pour venir chercher des seaux. Elle avait poussé un cri d'effroi en le trouvant allongé sur la paille, tout recroquevillé, comme s'il était mort. Le premier instant de surprise passé, elle s'était immédiatement rassurée en le voyant sursauter. Elle était alors venue s'agenouiller près de lui et l'avait enveloppé de ses bras en sanglotant doucement. Ils s'étaient rendus ensuite à la cuisine où elle lui avait préparé un petit déjeuner copieux. Il avait pris ses aises au bout de la table. Leur conversation s'était bornée aux questions qu'elle lui avait posées sur son nouveau travail. Ses réponses n'avaient eu qu'un seul but : la rassurer pleinement. Ils avaient quasiment fini lorsqu'ils avaient sursauté en entendant craquer l'escalier. Le père était en train de descendre. Ils l'avaient oublié ! Ce dernier, qui avait écouté leur conversation, l'oreille collée à la porte du haut de l'escalier, était passé devant eux non sans décocher un regard mauvais à Lucien. Aucun son n'était sorti de sa bouche. Il s'était dirigé vers la sortie en ajustant ses bretelles. Si Lucien s'était attendu à des retrouvailles aussi difficiles, il avait sous-estimé le mauvais caractère et la rancune tenace de son père.

Tout le reste de la journée, il ne l'avait croisé que deux ou trois fois. Il avait passé son temps à aider sa mère à mettre des légumes en bocaux pour l'hiver. Le soir, il était redescendu au domaine de la Croix de Fer, accablé par la tension de la journée, l'isolement de sa mère et son incapacité à trouver une solution.

Il y repensa tout au long de la semaine jusqu'à ce qu'enfin la présence d'Hélène balayât ses douloureuses angoisses. Il la regarda sourire et il sourit à son tour. Elle décida enfin de rompre le silence alors qu'ils arrivaient à l'entrée des gorges, au bout du chemin de charrettes :

« Nous n'irons pas plus loin avec notre attelage. Garons-le et continuons à pied, mon ami. Voulez-vous décharger nos sacs ? »

Lucien s'exécuta et attrapa les deux musettes. Quelques minutes plus tard, ils s'engagèrent sur un étroit sentier qui surplombait le fleuve et en longeait hardiment la rive gauche. Hélène marchait devant, cueillant çà et là des brins d'herbes ou de petites fleurs sauvages.

« D'après les calculs effectués par mon père, la distance jusqu'à la source est de 4 200 mètres. Ce sentier suit régulièrement la pente du fleuve et la texture de la roche est suffisamment friable pour que son élargissement ne pose aucun problème, sauf à trois endroits, où il passe sur des affleurements rocheux. »

Lucien l'écoutait avec attention même s'il avait gravé ces détails dans sa mémoire, le jour où elle lui avait fait lire le dossier.

« L'autre jour, le conseil municipal s'est montré d'accord pour payer un complément à l'étude que mon père avait fait réaliser. Si vous le voulez bien, nous pourrions nous rendre ensemble au cabinet pour lui apporter les documents de mon père et lui commander le travail. Il se trouve à la ville. Vous plairait-il de m'y accompagner, Lucien ? »

Les yeux écarquillés par une proposition aussi surprenante, celui-ci bredouilla :

« Euh… oui, bien sûr, mais je n'y suis jamais allé…

— Ce sera une bonne occasion de commencer. Ne vous inquiétez de rien. Je connais l'endroit, j'y ai passé la plus grande partie de mon enfance. C'est là que demeurait ma tante Léa, la sœur aînée de mon père. Il avait voulu que j'habite chez elle tous les hivers jusqu'à l'âge de dix-huit ans afin que je profite de ce qu'il considérait comme les bases d'une bonne éducation. L'école de jeunes filles, les cours de maintien, l'éducation artistique et le catéchisme du jeudi ; il y avait aussi les promenades du dimanche sur l'esplanade et même les excursions jusqu'à la mer au printemps, avant l'arrivée des premières chaleurs. J'ai donc découvert toutes ces choses de mes yeux d'enfant et je m'en souviens avec nostalgie, même si je préfère aujourd'hui vivre au village. Car, là-bas, tout apparaît tellement compliqué ! Laissez-moi vous faire découvrir l'endroit, vous verrez qu'il n'est pas si terrible, en tout cas moins que la crainte qu'il semble vous inspirer, ajouta-t-elle avec une pointe de moquerie. Alors, c'est d'accord ?

— Oui », répondit-il simplement.

Elle lui aurait demandé de la suivre au bout du monde qu'il eût acquiescé de la même façon ; en sa présence, il se laissait porter par la vie comme un enfant qui découvre le monde dans le sillage des adultes. Ils marchaient maintenant sous la ramure épaisse des chênes verts, qui laissait à peine deviner les parois abruptes de calcaire gris surplombant la gorge.

Progressivement, le paysage avait changé et la garrigue cédé la place à une forêt de berges, qui devenait de plus en plus verdoyante au fur et à mesure qu'ils se rapprochaient des Fontanilles. Bien que très peu fréquenté, le sentier restait assez bien marqué. Ils notèrent que son élargissement serait facile, puisqu'il serpentait maintenant dans un limon souple apporté par les crues, mais que le travail d'abattage des arbres serait en revanche important. Lucien songea que la commune pourrait vendre le bois pour financer une partie des travaux. Ils parvinrent aux Fontanilles en moins d'une heure, surpris d'être arrivés aussi vite. Lucien, d'abord désorienté d'être arrivé par le sentier du bord du fleuve plutôt que par le plateau, retrouva ses sensations originelles, faites d'un mélange de curiosité inassouvie et de bien-être. Le lieu continuait à dégager pour lui un charme magique. Pendant qu'il écoutait les bruits et observait les alentours en silence, Hélène s'adossa à un arbre et le regarda d'un air amusé. Après quelques minutes, elle voulut le sortir de la quasi-léthargie dans laquelle il s'était enfoncé et lui demanda :

« Eh bien ! Lucien, vous ne souhaitez pas me montrer cette fameuse source ? »

Embarrassé de s'être ainsi laissé distraire, Lucien reprit sa progression. Au bout de quelques dizaines de mètres, derrière un tapis d'herbe vert clair, apparut la bouche d'une grotte, adossée à la montagne. C'était l'étiage. Il s'en échappait une belle quantité d'eau si pure qu'elle jetait de magnifiques reflets bleus. Tout le paysage environnant en paraissait rafraîchi. Hélène se montra à son tour fascinée par le spectacle. Ils restèrent bouche bée. Pour une fois, ce fut Lucien qui rompit leur silence :

« Le plus étonnant, c'est que l'eau qui coule ici met plusieurs jours pour y arriver à partir du moment où la pluie est tombée sur le plateau. Je l'ai moi-même vérifié en descendant ici tous les jours après de gros orages pour voir à quel niveau montait la source. Eh bien ! pendant plusieurs jours, il ne varie quasiment pas avant de s'élever brutalement. L'eau devient toute boueuse, même s'il fait beau, et il y a belle lurette alors que le plateau est redevenu tout sec. J'ai même remarqué que s'il ne pleut pas pendant longtemps, et qu'il éclate seulement un petit orage, le débit de la source varie à peine, comme si le peu d'eau tombée n'avait pas réussi à remplir toutes les réserves du plateau. »

Après ces paroles, Lucien posa les musettes et en sortit un quart émaillé qu'il rinça à l'eau de la source avant de le remplir et de le tendre à Hélène. Elle y but lentement en le fixant intensément des yeux. L'eau était fraîche et parfaitement limpide ; elle sut à cet instant qu'il s'agissait d'un véritable trésor.

Après avoir visité les abords et s'être rendus jusqu'aux berges du fleuve où affleurait une bonne dizaine de sources secondaires, ils revinrent s'asseoir au point d'émergence principal où les attendait leur déjeuner. En fait, ils en trouvèrent deux, car chacun en avait préparé un de son côté. Hélène insista pour que celui de Lucien soit consommé en priorité, car elle était très touchée de son attention. Elle se demanda comment il s'était arrangé au domaine de la Croix de Fer pour le préparer, lui qui avait dû finir son travail à la nuit et surtout recourir à l'entremise de Louise pour accéder au garde-manger.

Pleine de curiosité sur ce qu'elle allait découvrir, elle le regarda déballer de petits paquets qui sentaient délicieusement bon. Il avait déjà mis une bouteille de vin rouge à rafraîchir dans l'eau de la source ; apparurent alors une belle miche de pain à la croûte très brune, deux petits pots de pâté, l'un de grive, l'autre de sanglier, ainsi qu'un assortiment de fromages de chèvre, allant du plus crémeux au plus sec. Il y avait aussi quelques pêches de vignes, mûres à point. Alors qu'elle le regardait faire avec un sourire complice, il lui avoua que les pâtés et les fromages provenaient du mas, qu'il avait pris les pêches sur les arbres à la Croix de Fer, et qu'il devait le vin à la complicité de Louise, avec laquelle il semblait s'entendre au mieux.

Hélène éclata de rire en écoutant ces aveux. Elle se sentait si bien en sa compagnie ! Leurs âmes paraissaient communier à l'unisson car, l'un comme l'autre, ils aimaient jouir à plein des instants simples de la vie. Les mêmes valeurs les rapprochaient en dépit de grandes différences dans leur éducation respective. Émue par cette évidence, Hélène constatait encore qu'ils goûtaient la nourriture de la même manière, c'est-à-dire à la fois comme un objet de plaisir et comme le symbole du partage.

En dévorant leurs provisions de bon appétit, ils parlèrent avec animation de l'ouverture du chemin et de la façon dont pourrait se faire l'organisation du travail autour de la source. Assise en face de lui, Hélène s'apercevait que Lucien était capable de défendre ses convictions et qu'il pouvait rester ferme lorsqu'il était persuadé d'avoir raison. Cela lui plaisait. Tels deux enfants occupés à un jeu, ils oubliaient le monde et leurs éclats de rire se perdaient dans les frondaisons que, l'heure tournant, le vent commençait à balancer doucement au-dessus de leur tête. Ce ne fut qu'à la fin de la matinée qu'ils épuisèrent leur sujet, certes momentanément, car, pour aller plus avant, ils devaient attendre l'étude du cabinet, suivie d'une nouvelle décision du conseil municipal.

Il était temps de rentrer. Ni l'un ni l'autre n'y étaient obligés, car personne ne les attendait, et ni l'un ni l'autre n'en avaient envie. Mais quel prétexte invoquer ?

Ce fut Hélène qui, par l'une de ces espiègleries dont elle avait le secret, sauva la situation :

« Puisque nous avons apporté par hasard deux repas, pourquoi n'en profiterions-nous pas pour nous attarder un peu et déjeuner ici ? »

Lucien s'empressa d'acquiescer et s'allongea en posant la tête contre un tronc d'arbre pour bien marquer son approbation. Son sourire en disait long sur le plaisir qu'il éprouvait à ne pas bouger. Elle vint s'asseoir à ses côtés, joua avec des brins d'herbes qu'elle s'amusait à tresser. Au-dessus de leur tête, le soleil s'acharnait cruellement à marteler la garrigue. Ils avaient presque l'impression d'être dans leur maison, isolés du reste du monde par des murs de fraîcheur et consacrés tout entiers à leurs projets d'avenir. Ils ne cessèrent de parler au long de la journée. Lucien raconta en détail sa nouvelle vie au mas de la Croix de Fer et ne put s'empêcher d'évoquer l'inquiétude qui le rongeait quand il songeait au misérable sort de sa mère, là-haut sur le plateau.

Vers le milieu de l'après-midi, ils se rendirent au bord du fleuve pour explorer les berges et trouvèrent, un petit peu en amont de la source, un passage à gué. Ils aperçurent quelques sources de l'autre côté, et Lucien proposa à Hélène de se déchausser pour traverser. Ravie par cette proposition, elle s'empressa de délasser ses bottines et suivit son compagnon. À cet endroit, le courant était plus rapide, et les pierres très glissantes. Ils faillirent perdre l'équilibre à plusieurs reprises et finirent par atteindre l'autre rive où ils constatèrent, à leur grande surprise, la présence de petites résurgences, beaucoup plus nombreuses qu'ils n'auraient pensé. Elles drainaient l'eau infiltrée dans le plateau qui formait l'autre bordure de la gorge. Amusés par une découverte qui les confortait dans l'idée que cet endroit était un véritable château d'eau, ils revinrent à leur place initiale, d'un pied plus sûr grâce à leur précédente expérience.

Ils étaient presque arrivés lorsque Hélène parut perdre l'équilibre. Lucien se précipita à son secours et glissa prestement les bras sous ses épaules. Comme si le temps s'était arrêté, ils restèrent figés telles des statues. Face à l'embarras de la situation, Hélène, qui s'était remise d'aplomb, se cambra soudain et, en deux bonds, prit pied sur la berge. Elle se retourna en riant aux éclats :

« Bravo pour votre promptitude, mon cher Lucien ! Sans vous j'aurais pris un bon bain et, bien que l'eau soit à une agréable température, je préfère en avoir été épargnée. »

Les pieds toujours plantés dans l'eau, il lui souriait béatement ; elle lui tendit la main pour l'inviter à sortir de la rivière. Sans réfléchir, il s'en saisit vigoureusement et avança lentement vers elle avec un regard pétri de douceur. Dès qu'il eut posé un pied sur l'herbe, elle dégagea sa main et s'assit sur un rocher pour relacer ses bottines. Leur retour sur le sentier fut nonchalant et silencieux. Lorsqu'ils retrouvèrent la calèche, les ombres commençaient à s'étirer dans la lumière jaune du crépuscule.

Hélène proposa à Lucien de le déposer à la Croix de Fer avant de rentrer chez elle mais, constatant la gêne que semblait lui procurer cette proposition, elle comprit sa maladresse : il se sentirait trop confus devant le personnel du mas. Elle n'insista donc pas. Il décida de descendre au carrefour des chemins. Lorsqu'ils l'atteignirent, ils firent une halte assez prolongée pour décider du jour où ils se rendraient tous deux en ville.

Ils choisirent le lundi en quinze, car ce laps de temps permettait à Lucien de bien organiser son absence dans le cadre de son travail au mas, et à Hélène de trier et de préparer les documents pour le bureau d'études. Lorsqu'ils se séparèrent dans la lumière du soleil couchant, ils venaient de passer une très longue journée ensemble ; elle leur parut avoir filé en un instant.

Lucien regarda disparaître la calèche dans son nuage de poussière, imaginant déjà sa prochaine journée de bonheur. Il arriva au mas alors que le soleil plongeait à l'horizon. Il pénétra dans la cour et se dirigea directement vers la cuisine. Il espérait que Louise lui aurait préparé un en-cas rapide car, le dimanche, les ouvriers agricoles étaient absents. Poussant la lourde porte de bois, il la trouva affalée sur un coin de la table ; elle éclata en sanglots dès qu'il parut. Il s'approcha d'elle doucement. Que se passait-il ? Entre deux hoquets, elle parvint à lui raconter le drame de la journée.

M. Clément était parti le matin même à la messe du village comme tous les dimanches. Un peu plus tard, des enfants qui jouaient à proximité avaient trouvé son corps sans vie dans le fossé. Accouru sur les lieux, le docteur Trébise avait conclu à une attaque. On l'enterrerait dès le lendemain car il n'avait aucune famille dans le coin. Lucien réconforta Louise et, les yeux dans le vague, pensa à la vigueur avec laquelle, ces derniers temps, soufflait sur lui le vent de la vie.

Quatrième partie

LE TEMPS DU PARTAGE

I

Aimer

Octobre 1946.

APRÈS AVOIR LANCÉ ses derniers feux, l'été s'en alla brusquement et céda la place à un automne doux et pluvieux. On aurait pu croire que l'enterrement de M. Clément avait sonné le glas de la belle saison. Au cours de l'une des dernières journées de chaleur, Hélène et Lucien se rendirent à la ville pour apporter au cabinet d'études les documents nécessaires à leur travail. Comme leur journée au bord de l'eau, cette escapade fut pour l'un et l'autre un véritable enchantement. Ils passèrent trois soirées entières à trier dans le volumineux dossier les documents indispensables des pièces annexes. Ce furent trois soirées durant lesquelles, dans le bureau du père Vincent, éclairé par un grand feu de cheminée, ils fouillèrent, consultèrent et rangèrent. Ensuite, leur tâche accomplie, ils se mirent en route un matin avant le lever du jour dans le cabriolet bâché. Lucien resplendissait dans un costume gris, couvert de fines rayures, qu'Hélène lui avait offert au cours de leur dernière soirée de préparation. Il provenait de la garde-robe de son père. Surpris par un tel cadeau, Lucien s'était fait prier pour l'essayer puis le garder. Il avait peur de paraître ridicule. Jamais il n'avait connu dans sa vie d'événements plus solennels que la messe dominicale au village où personne, parmi les siens, n'apparaissait dans de tels atours.

L'entrée en ville par les faubourgs lui parut un spectacle inoubliable. Malgré l'heure matinale, l'agitation était déjà intense. La ronde des charrettes et la circulation de quelques voitures qui surgissaient de tous les côtés dans le plus grand désordre semblaient s'accroître au fur et à mesure que l'on se rapprochait du centre, où se trouvait le cabinet d'études. Après s'être renseignés à plusieurs reprises, ils trouvèrent la bonne adresse et abandonnèrent leur cabriolet à proximité d'un jardin public. Ils furent reçus par un ingénieur. Ce fut Hélène qui négocia l'ensemble de la transaction pendant près de deux heures. Lucien ne proféra pas un seul mot et l'écouta avec une vive admiration.

Ils sortirent alors que midi approchait. Elle l'attrapa sans façon par le bras :

« Voilà une bonne chose de faite. Nous aurons les conclusions sous quinzaine. Maintenant, mon ami, la journée est à nous. Je vous invite au restaurant car nous n'avons pas fini de parler affaires, dit-elle avec un sourire mystérieux. Ensuite, cet après-midi, je vous entraînerai dans les rues de mon enfance, et nous pourrons regarder à loisir tout ce que vous voudrez. Prenez mon bras pour que nous ne nous perdions pas. Et il est plus correct qu'une femme ne pénètre pas seule dans un restaurant. Allons donc choisir un établissement où on nous servira quelque chose de bon. »

Ils marchèrent jusqu'à la grand-place où se serraient terrasses de café et salles de restaurant. Hélène parlait sans arrêt, évoquait un souvenir de son enfance ou une histoire dans chaque rue, devant chaque immeuble, et Lucien l'écoutait béatement en espérant que cette promenade ne finisse jamais. Lorsqu'elle se dégagea pour pousser la porte d'un restaurant, son rêve lui parut se briser. Au milieu d'une atmosphère feutrée, on les installa au fond de la salle. Quand Hélène s'assit en face de lui, sur une épaisse banquette de velours rouge, Lucien la trouva plus belle que jamais.

Les mets proposés par la carte les enchantèrent. Ils portaient des noms tour à tour mystérieux, évocateurs ou alléchants. Hélène choisit un repas de poissons parce qu'elle en était friande et qu'au village, il était très difficile de s'en procurer qui fussent aussi frais et d'aussi bonne qualité. Elle commanda des moules et une sole grillée. Quant à Lucien, après moult hésitations, il opta pour une choucroute. Il n'en avait jamais mangé mais il avait souvent entendu parler de ce plat, et même vu sa photo à l'épicerie. Son aspect, qui lui semblait quasiment exotique, l'intriguait énormément.

Le début du repas fut gai, surtout une fois que Lucien fut servi et qu'il voulut s'attaquer à sa choucroute sans savoir comment s'y prendre. Le dilemme surmonté, la conversation prit un tour plus sérieux :

« Lucien, je veux vous remercier de tout ce que vous avez fait au mas de la Croix de Fer depuis la mort de M. Clément. Je crois sincèrement que vous avez déjà su vous faire aimer des ouvriers puisqu'ils acceptent de travailler aussi facilement sous vos ordres après avoir été si longtemps et si profondément attachés à M. Clément.

— Comment n'aurais-je pas fait tout mon possible, Hélène ? Ce que je suis devenu aujourd'hui, je vous le dois entièrement ! Après avoir vécu près de vingt ans sur mon plateau comme un sauvage, vous m'avez accueilli à bras ouverts, sans jamais rien me demander. Il me semble que vos remerciements sont inutiles. Je continuerai à travailler dur pour le domaine si vous pensez que j'en suis capable, et je ferai tout ce que me demandera le nouveau régisseur.

— Mais quel régisseur, Lucien ? reprit-elle interloquée. Croyez-vous que je chercherai quel-qu'un pour remplacer M. Clément, alors que vous êtes sur place ? Dans mon esprit, j'ai toujours pensé que vous seriez capable de le remplacer un jour. C'est vous désormais le régisseur du domaine, si vous souhaitez prendre ce poste bien entendu. Et c'est dans ce cadre que je voudrais vous entretenir des projets nouveaux que nous pourrions former pour la Croix de Fer et les biens qui pourraient s'y rattacher. La mort de M. Clément m'a profondément touchée, car il était un vieil ami de la famille, mais elle a aussi accéléré la frénésie qui s'est emparée de ma vie et qui me pousse à tout changer autour de moi pour l'avenir. Je voudrais que vous demeuriez à mes côtés pour me soutenir parce que votre présence me rassure et m'encourage à la fois. Voilà ce que je vous demande instamment, Lucien.

C'est beaucoup, mais je brûlais de vous le proposer.

— Une fois de plus, Hélène, je ne me sens pas capable de faire ce que vous attendez de moi, mais une fois encore, je ne saurais rien vous refuser. Je me sens fortifié par la grande confiance que vous m'accordez. Il n'y a rien que je n'essaierai de faire pour vous, même si je n'y réussis pas comme il le faudrait. Sachez que vous pourrez me demander tout ce que vous voudrez et que je ne réclamerai jamais rien en retour.

— Votre réponse va bien au-delà de ma demande, mais je l'accepte volontiers, reprit-elle doucement en plongeant son regard dans le sien. J'étais venue chercher un régisseur, et voilà que je trouve un ami. Levons donc notre verre à cette nouvelle amitié ! J'étais optimiste en venant ici et me voilà tout simplement heureuse. »

À la sortie du restaurant, grisés de paroles, de vin et de bruit, ils furent éblouis par la luminosité intense qui régnait sur la place. Aveuglée, Hélène s'agrippa instinctivement au bras de Lucien. Ils marchèrent ainsi pendant un long moment sans dire un mot, sur l'allée bordée de platanes et parmi les nombreux promeneurs. Le sol était jonché de feuilles jaunies arrachées par le vent du nord. Lucien les regardait tourbillonner. À ses côtés, Hélène rosissait de plaisir au fur et à mesure qu'elle retrouvait les lieux qui avaient enchanté son enfance. Soudain elle le retint par le bras :

« Mon cher Lucien, voici la maison où j'ai passé une partie de mon enfance. »

C'était une grande bâtisse qui paraissait fort ancienne mais dont la façade témoignait de soins attentifs. Il y avait une grande cour plantée d'acacias séculaires autour desquels couraient de nombreux enfants.

« Ma tante Léa, reprit-elle, se retrouva veuve après seulement trois années de mariage. Son mari mourut de la fièvre typhoïde sans lui avoir donné d'enfant, alors qu'elle avait pourtant désiré fonder une nombreuse famille. Après être restée longtemps dépressive, elle trouva un réconfort dans la religion et plus particulièrement dans l'aide à l'enfance malheureuse. Tout d'abord, comme je vous l'ai dit, son premier acte fut de m'accueillir comme sa propre fille durant mon enfance et mon adolescence, puis elle se tourna plus intensément vers les œuvres de l'Église. À sa mort, il y a quatre ans maintenant, elle a légué sa maison à l'évêché pour qu'il la transforme en orphelinat. C'est ce résultat que vous avez devant vous. »

Visiblement très émue par l'évocation de ces souvenirs, Hélène souriait en écoutant les cris de la marmaille, qui continuait à jouer bruyamment pendant que deux nonnes s'efforçaient de la rassembler en retroussant leur longue robe.

Ils continuèrent leur promenade à travers le dédale de la vieille ville où le soleil ne pénétrait quasiment jamais. La fraîcheur y régnait en toute saison. Ils s'arrêtaient longuement devant chaque boutique, et, de temps à autre, Hélène poussait une porte pour acheter un article qu'elle déposait ensuite dans les bras de Lucien. Celui-ci commençait à être chargé de paquets plus colorés les uns que les autres. Vers la fin de l'après-midi, alors que l'heure de rentrer avait sonné, elle insista pour se rendre dans un dernier magasin. Elle y pénétra sans hésitation, au grand étonnement de Lucien, puisqu'il s'agissait d'une boutique de confection pour hommes. Elle en ressortit presque aussitôt avec un paquet qui avait été, à l'évidence, préparé à l'avance, et qu'elle lui tendit avec un lumineux sourire :

« Voilà pour vous, c'est mon premier cadeau d'associée. Regardez, vous voyez le costume marron placé sur le mannequin, au coin de la vitrine ? Eh bien ! ce paquet devrait contenir le même, à votre taille. Enfin… si mes yeux ne m'ont pas trompée », poursuivit-elle en s'esclaffant.

Face à Lucien médusé, elle montrait du doigt la vitrine :

« Une veste épaisse, un pantalon bien coupé, un gilet satiné et une chemise de bon drap, vous voilà équipé pour m'accompagner une prochaine fois à la ville. Pour prendre vos mensurations, je me suis servie de l'un de mes talents cachés, celui du portrait. À chacune de nos rencontres, j'ai griffonné sur une feuille à dessin ce que j'avais constaté à vue d'œil. Quand j'ai eu terminé, j'ai envoyé le tout par courrier à ce magasin, en lui demandant de confectionner le costume d'après le modèle que j'avais déjà vu dans sa vitrine, l'an dernier. Allons, rentrons-y maintenant, je préfère que vous l'essayiez car je crains malgré tout qu'il y ait des retouches. Or je veux qu'il vous aille comme un gant ! »

À cet instant, Lucien la retint par le bras et la fixa longuement, les yeux embués de larmes. Il se sentait envahi par un sentiment qui lui était inconnu jusqu'alors, bouleversé au plus profond de son être. Il saisit Hélène par les épaules et l'attira contre lui dans une longue accolade qui les fit frissonner tous deux de la tête aux pieds.

« Hélène, il n'y a rien en vous que je n'aime intensément comme quelque chose de beau et de bon à la fois, lui murmura-t-il à l'oreille. À chacune de nos rencontres, il me semble que l'on ne peut aller plus loin dans ce sentiment, et pourtant, à chaque fois, vous me montrez que l'on peut aimer encore plus que je ne l'aurais cru. C'est un puits sans fond. Votre bonté, votre générosité et votre affection à mon égard dépassent tout ce que j'ai pu imaginer. Tout est allé si vite ! Je me sens comme paralysé, incapable de vous démontrer à mon tour, pour une fois au moins, ce que j'éprouve. Aujourd'hui, vous êtes devenue le centre de ma vie. Jusqu'ici elle n'était remplie que par l'amour triste que je porte à ma mère. Je voudrais tellement être moins maladroit à votre égard et parvenir à vous prouver que… »

La voix cassée, Lucien s'interrompit. Il s'aperçut que de grosses larmes coulaient sur les joues d'Hélène qui s'était blottie contre son épaule. Maladroitement, il essuya avec le revers de l'une de ses grosses mains rugueuses les perles de bonheur qui y ruisselaient. Elle ne bougea pas, comme si elle attendait que Lucien lui parle à nouveau. Puis elle posa ses mains gantées sur les joues de Lucien et attira lentement son visage contre le sien en fermant les yeux. Lorsque leurs lèvres se touchèrent enfin, Lucien sentit une gigantesque bouffée de chaleur l'envahir. Il resta les bras ballants, penché sur son visage comme un pantin désarticulé, les yeux grands ouverts. Au bout de quelques secondes, comprenant le grotesque de son attitude et cédant enfin à son désir, il la serra très fort dans ses bras. Posant sa tête contre son épaule, il murmura d'une voix rauque :

« Je vous aime, Hélène, comme je n'avais jamais osé aimer. Vous êtes la vie dans ma vie et, si je demeure toujours à vos côtés, je crois bien que rien ne me sera impossible, parce que c'est pour vous que je le ferai. »

Un sourire radieux illumina le visage d'Hélène. Elle posa sa main sur la sienne et lui répondit, mi-grave, mi-railleuse :

« Si vous ne lâchez plus cette main, alors rien ne sera jamais impossible. Pour commencer, nous allons faire de vous le régisseur le plus chic du canton avant de nous dépêcher de nous mettre en route pour rentrer chez nous », ajouta-t-elle avec un hochement de tête malicieux.

De l'essayage complet chez le tailleur, il ressortit la nécessité de procéder à quelques retouches. Lucien n'en avait pas moins fière allure. Il fut convenu que le travail serait effectué dans la semaine, et que le vêtement serait expédié au village par colis. En quittant le magasin, Hélène récupéra l'esquisse qui avait servi à reporter les mesures, et Lucien fut stupéfait par la ressemblance et la qualité du dessin. Il avait été réalisé au fusain et à la gouache, et le représentait debout, de trois quarts, revêtu du fameux costume. Qu'Hélène ait pu le dessiner de mémoire et l'habiller à coups de crayon d'un vêtement qu'elle avait vu un an plus tôt dans une vitrine dépassait son entendement. Il était subjugué. Elle le constata et en tira une grande fierté. Avec un généreux élan de spontanéité, nouveau pour lui, il déposa sur son front un baiser sonore, et ajouta sur un ton de gaieté qui lui était inhabituel :

« Vous voyez bien, vous m'étonnerez toujours, c'est absolument magnifique, vous êtes vraiment merveilleuse. »

Et d'un ton plus sérieux, presque suppliant, il ajouta :

« Hélène, me donnerez-vous ce portrait ? Je voudrais l'offrir à ma mère parce que je crois qu'elle n'a jamais imaginé de me voir ainsi. Il lui tiendra compagnie, là-haut sur le plateau, dans sa terrible solitude en attendant que… »

Il ne termina pas sa phrase, surpris par ses propres mots et ce qu'ils suggéraient. Hélène le tira de son vague effroi en éclatant de rire :

« Il est à vous, bien entendu. Votre pensée vous honore mais, mon cher Lucien, il faudra au préalable que vous trouviez une bonne explication à lui fournir. »

Ils rirent tous deux comme deux galopins qui se préparent à faire une bonne farce et s'acheminèrent vers la rue qui descendait vers l'esplanade puis le square où les attendait leur attelage. Ils se mirent en route à la nuit tombante et regardèrent s'éloigner les dernières maisons des faubourgs. Hélène s'enveloppa dans un châle et étala une couverture sur leurs genoux car la fraîcheur devenait persistante après le coucher du soleil. Bercée par le rythme des cahots, elle s'assoupit sur son épaule. Ils n'avaient plus prononcé un seul mot après leur sortie de la ville. Ils étaient grisés de paroles, d'images et de sentiments. Cette journée, peut-être la plus belle de leur vie, les avait moulus, mais ils auraient voulu la prolonger à l'infini, comme s'ils ne devaient plus jamais s'arrêter sur une route qui leur semblait être celle de la vie et du bonheur. À l'horizon montait une lune pleine, ronde et brillante comme le diamant d'une alliance.

II

Haïr

Ce soir-là, Hélène arriva fort en avance dans la salle du conseil municipal. Après avoir soupé légèrement, elle avait affronté le vent du nord glacial qui soufflait en tourbillonnant dans les ruelles sur le chemin de la mairie. C'était la fin de l'automne et il faisait déjà nuit, mais la journée était loin d'être finie puisqu'elle allait défendre son projet et demander au conseil de voter les crédits nécessaires à une première tranche de travaux. Le cabinet d'études l'avait estimée à neuf cent mille francs. Il fallait aussi choisir, en fonction du résultat de l'appel d'offres, un transporteur pour l'eau potable, pendant la première année.

La première tranche de travaux consistait à ouvrir un chemin et à construire un grand bassin qui permettrait de stocker l'eau. La deuxième, qui était aussi la plus importante, viendrait l'année suivante. Elle prévoyait de poser un canal d'alimentation allant de la source au village. Le coût total s'élevait à un million et demi de francs. La troisième année, il resterait à équiper la commune pour la distribution de l'eau, avec la construction d'un réseau. Le montant de cette opération serait de huit cent mille francs.

Hélène n'avait cessé d'étudier ces estimations depuis une semaine et connaissait le projet sur le bout des doigts. Mais, avec ce sérieux qui l'animait dans toute chose, elle avait décidé d'arriver une heure avant les autres pour tout vérifier une dernière fois et se mettre dans un bon état psychologique. Elle attendit les conseillers et le maire devant la cheminée, où crépitait un bon feu qui embaumait la pièce en consumant de gros troncs de cade. Elle se remémora ses derniers entretiens avec le docteur Trébise, ici même, dans le bureau de la mairie. Il s'était montré plus distant que d'habitude et elle en avait déduit que c'était à cause du peu d'empressement dont elle avait fait preuve lorsqu'il lui avait proposé de s'associer avec elle dans le transport de l'eau, pendant la première année. Elle essaya de chasser le sombre pressentiment qui la tenaillait depuis quelques jours et se concentra à nouveau sur la façon dont elle présenterait les choses. Ce fut peine perdue car l'image de

Lucien l'envahit soudain. Elle se leva alors et se réchauffa les mains à la flamme du foyer, le regard plongé dans le vague. Presque au même moment, la porte grinça et le docteur Trébise, en bel habit du soir, apparut dans la lumière. Il posa sa canne et son chapeau, la salua avec froideur, puis alla s'asseoir à sa place. Il commença à lire divers papiers qui avaient été déposés à son attention par le secrétaire de mairie. Ce comportement étrange lui causa un profond malaise, que seule l'arrivée des autres membres du conseil parvint à dissiper.

La réunion commença enfin. Trébise lui céda tout de suite la parole puisqu'il n'y avait pas d'autre point à l'ordre du jour. Elle commença alors un exposé brillant et passionné avec les trois solutions possibles sur le transport de l'eau, issues de l'appel d'offres. La première émanait d'une entreprise de la ville qui proposait de travailler avec des camions-citernes. C'était une solution moderne, mais elle fut rejetée d'emblée car l'entreprise n'était pas du village, et qu'en plus elle se contentait d'aménager un chemin de charrettes, et nullement une route susceptible d'assurer le passage de véhicules motorisés. La deuxième proposition, élaborée par Hélène, était originale. Elle associait quatre propriétaires du village, dont elle-même, qui réuniraient leurs tombereaux loués par la commune pour l'occasion. Cela en faisait neuf au total. La municipalité les équiperait de citernes adaptées. Le charroi, rémunéré par la mairie, serait effectué avec le concours d'ouvriers agricoles. Le prix de l'eau ainsi distribuée par la commune serait fixé d'avance à un prix raisonnable pour que tout le monde puisse y avoir accès. Par ce système, Hélène voulait que la commune garde la maîtrise totale de l'opération qu'elle présentait comme touchant à l'intérêt public. La troisième proposition émanait du docteur Trébise, qui suggérait la création d'une société par actions, à laquelle pourraient souscrire les habitants du village. Celle-ci assurerait le charroi de l'eau jusqu'au village et se rémunérerait sur la vente de celle-ci. Le médecin avait par ailleurs déclaré à plusieurs reprises qu'il était prêt à investir massivement dans ce projet à titre personnel pour éventuellement pallier, prétendait-il, l'insuffisance des souscripteurs. Il avait souligné très clairement que la société devrait détenir l'exclusivité de l'approvisionnement à la source. L'exposé d'Hélène passionna l'assemblée. Seul le docteur Trébise sem-blait attendre patiemment la fin en se plongeant ostensiblement dans la lecture de ses documents. Lorsqu'elle eut terminé, après quarante-cinq minutes d'intense concentration, elle se proposa de répondre aux questions. À ce moment-là, à la surprise générale, s'éleva la voix du docteur Trébise :

« Voilà, je crois, une présentation parfaitement complète. Il ne nous reste plus qu'à examiner les avantages et les inconvénients de chaque projet avant de nous décider. »

Il demanda donc à Hélène Vincent de défendre le sien. Elle le fit avec conviction et mit l'accent, une nouvelle fois, sur la nécessité d'obtenir une implication forte de la commune dans le projet afin de garantir le meilleur service à chacun. Elle insista également sur le fait qu'il s'agissait d'une solution transitoire qui ne devait pas excéder une année ou deux puisque, par la suite, la construction du canal réglerait définitivement le problème posé par le transport de l'eau. Mieux valait donc mettre en œuvre une solution simple et légère, plutôt que de réunir des capitaux importants pour une durée aussi courte.

Quand elle eut terminé, le docteur Trébise prit à son tour la parole pour défendre sa proposition :

« Mes chers concitoyens, nous venons d'écouter la voix du cœur avec Mlle Vincent, et je retrouve bien là cette générosité qui la caractérise et que reconnaît chacun d'entre nous. Nous avons entendu de fort belles paroles dictées par la bonté et le souci du bien-être de nos administrés. Pour ma part, je me propose de vous faire entendre la voix de la raison afin que chacun puisse se prononcer en toute connaissance de cause. Notre village a grandi et nous avons tous pour ambition de le voir continuer à se développer sur la voie de la prospérité. Pour cela, nous devons vivre avec notre temps et regarder l'avenir aussi loin que possible. Je le désire sincèrement, et je suis prêt à payer de ma personne et de ma fortune pour qu'il en advienne ainsi. Puisque j'ai foi en mon projet, je m'engage donc officiellement à en financer plus de la moitié afin que chacun soit convaincu que je ne prendrai pas cette décision à la légère. »

Sa déclaration provoqua immédiatement de nombreux murmures dans l'assemblée. Puis, chose incroyable, Gaston Puech se leva d'un bond et applaudit frénétiquement, suivi par les autres membres du conseil municipal, devenus tous hilares. Seule resta immobile Hélène qui dévisagea les deux hommes avec un regard qui avait perdu toute son aménité habituelle.

« Écoutez-moi, reprit Trébise en essayant de faire cesser les applaudissements que leur intensité rendait tout de même un peu suspects. Nous devons maintenant voter. Que chacun s'exprime librement au préalable, car ensuite il sera trop tard. Nous allons prendre là une décision capitale, dont dépendra le bien-être de tous. Je suis réellement désolé que nous ne soyons pas parvenus à une solution commune avec Mlle Vincent, mais malgré tout le respect que je lui porte, je crois sincèrement que mon projet est le plus sensé. En tant que maire, je vous propose de voter à main levée pour accepter la première tranche de travaux avec la concession du transport de l'eau à la société qui sera créée. »

À la stupéfaction d'Hélène, quatorze des dix-neuf conseillers municipaux se prononcèrent favorablement sans hésiter, y compris Gaston Puech et son acolyte, ceux-là même qui l'avaient autrefois considérée comme une folle lorsqu'elle parlait d'exploiter l'eau des Fontanilles. Quatre conseillers municipaux exprimèrent une abstention prudente. Seule Hélène vota contre, apparemment imperturbable. Rayonnant devant sa victoire, le docteur Trébise recueillit une nouvelle salve d'applaudissements, qui résonna comme autant de gifles aux oreilles d'Hélène. Il reprit avec une insupportable bonhomie :

« Je crois que voilà une excellente chose de faite. Pour sceller notre détermination, je vous propose de nous engager chacun à titre personnel à acheter des actions pour financer notre beau projet. Ainsi, nous pourrons dès demain annoncer à tous nos concitoyens le début d'une grande aventure dont personne ne sera exclu. »

Pour la première fois depuis des lustres, Hélène eut envie de pleurer de rage. Elle découvrait qu'elle avait été sinon trompée, du moins bassement manœuvrée dans cette affaire, et elle se trouvait obligée de faire bonne figure en contribuant financièrement à un projet qu'elle avait certes suscité, mais dont elle se retrouvait maintenant dépossédée. Pire, sa fortune étant notoire, elle serait obligée d'y participer à un niveau important. Mais le plus douloureux pour elle était de deviner que le docteur Trébise dissimulait derrière son habileté des projets peu avouables. À l'évidence, il cherchait un enrichissement personnel ou le renforcement de son pouvoir sur la commune. Quant à Gaston Puech, il ne faisait aucun doute qu'il était de connivence avec le docteur Trébise sur la base de quelque sordide accord matériel. L'écœurement jusqu'à la nausée l'envahit d'autant plus qu'elle comprenait comment le docteur Trébise avait utilisé abondamment ses plans avant de l'abandonner avec ses rêves brisés.

Une fois la séance levée, tous les conseillers se groupèrent autour du maire dans une sorte de séance d'enchère frénétique, où chacun y allait de sa flatterie. Pour tous, Trébise incarnait l'avenir. Elle eut soudain l'impression de ne plus rien représenter. Elle s'éclipsa donc vite de la mairie et fut parcourue par un long frisson en descendant les marches du perron. Elle avança comme un automate dans les rues balayées par des bourrasques de vent glacial et, sans qu'elle pût les retenir, de grosses larmes ruisselèrent sur ses joues. Elle était désemparée. Une fois devant sa porte, elle fit brusquement demi-tour et se dirigea vers la remise où son cheval passait la nuit. Elle ouvrit la lourde porte à deux battants et alluma la lampe à pétrole qui se trouvait à l'entrée. Une lumière blafarde envahit la vaste pièce et réveilla le cheval qui s'ébroua. Sans hésiter, elle le scella immédiatement puis sortit dans la rue en le tenant par la bride. Parvenue sur la petite place où se jetait la ruelle, elle enfourcha sa monture, noua son châle, et se mit au galop comme elle ne l'avait pas fait depuis bien longtemps. Elle dépassa bientôt les dernières maisons du village et commença à filer entre les vignes sur les chemins de terre. Elle se sentait déjà beaucoup mieux, comme si elle abandonnait derrière elle toute la bassesse du monde. Sa tête se vidait de toutes les épreuves qu'elle avait vécues au cours des derniers jours. La pâle lueur de la lune et le vent qui agitait sans relâche la végétation donnaient un aspect fantomatique au paysage. Mais elle n'y prêta guère d'attention, toute tendue, dans sa course folle, vers le but qu'elle s'était assigné.

Elle se dirigea vers de grands bâtiments dont la silhouette profilait sa masse sombre dans la plaine. Bientôt surgit le mas de la Croix de Fer. Sans faire ralentir son cheval, elle passa sous le porche qui permettait d'accéder à la cour et s'arrêta sous les fenêtres du corps de logis. Sans hésiter une seconde, elle poussa la lourde porte qui restait toujours entrouverte, et monta rapidement les deux étages qui donnaient accès aux anciens appartements de M. Clément, repris par Lucien. Elle avança à tâtons dans le couloir, ouvrit doucement la porte de sa chambre et saisit la boîte d'allumettes qui se trouvait toujours sur la commode pour allumer, chaque soir, la lampe à pétrole. Elle en craqua une et, à sa lueur, se dirigea vers le lit où Lucien dormait. Puis elle revint sur ses pas, ôta le verre et alluma la mèche. La lumière fit cligner les yeux de Lucien. Hélène lui apparut comme dans un rêve, les cheveux défaits et le regard empreint d'une grande gravité. Comme elle ne bougeait plus et restait muette malgré l'incongruité de la situation, il sortit de son lit, presque nu, et se dressa à ses côtés. Alors, elle se précipita dans ses bras et se mit à sangloter longuement. Blottis l'un contre l'autre, ils restèrent silencieux en se réchauffant de leur tendresse. Leurs ombres se découpaient sur le mur blanc de la chambre. Dehors le vent redoublait de violence, comme pour leur signifier que, lorsque la fureur des hommes se déchaînerait, ils ne pourraient désormais s'en protéger que par la force de leurs étreintes.

III

Rire

LE LENDEMAIN MATIN, les cheveux défaits d'Hélène ruisselaient sur l'épaule de Lucien. Un profond silence enveloppait la chambre. Ils restèrent ainsi immobiles, un long moment éveillés, sans dire un mot. Puis ils s'embrassèrent longuement et tendrement. Les bruits familiers de la ferme ne tardèrent pas à pénétrer peu à peu dans la pièce. Après s'être habillés tous deux, ils descendirent le grand escalier. En bas, ils trouvèrent Louise à genoux, qui lessivait le carrelage devant l'entrée. Elle leva vers eux un regard gêné, puis baissa la tête et se remit à l'ouvrage pour se donner une contenance.

Hélène lui tendit la main comme pour l'aider à se relever :

« Bonjour, Louise, ne soyez pas gênée de me trouver ici à cette heure, dit-elle. Cela risque d'arriver souvent désormais, et je serais ravie qu'à ces occasions vous me fassiez grâce de l'un de vos plus jolis sourires. C'est le bonheur qui m'a conduite ici, sachez-le. »

Le visage de Louise s'éclaira et elle embrassa la main d'Hélène, en murmurant :

« Ce n'est pas le bonheur qui vous a amenée, c'est vous qui l'avez fait entrer dans cette maison. »

Et elle alla spontanément déposer un baiser sonore sur les joues de Lucien, tandis que deux grosses larmes d'émotion perlaient sur les siennes. Puis, abandonnant son nettoyage, elle les conduisit jusqu'à la cuisine où elle déposa devant eux les ingrédients indispensables pour prendre un petit déjeuner à la mesure de l'événement.

Quand ils eurent fini, Hélène demanda à Lucien de l'emmener faire le tour du domaine à cheval. Marchant au pas, côte à côte, ils parlèrent peu, et seulement à propos des travaux à organiser sur la propriété. Ils avaient examiné dans tous les sens les événements de la veille pour essayer de leur trouver une explication, et éventuellement une issue. Ils en avaient juste conclu que la séance ne présageait rien de bon pour l'avenir du village et qu'il fallait surveiller les intentions et les méthodes du docteur Trébise. Pour l'heure, rien n'était encore perdu et il pouvait encore défendre leur projet commun. Hélène, si abattue en arrivant au milieu de la nuit, avait retrouvé toute sa force et sa lucidité au contact de Lucien. Pris au dépourvu par une situation inattendue, celui-ci l'avait accueillie avec les gestes qu'il fallait et l'avait totalement rassurée sur l'authenticité de ses déclarations. Rencontrés après Louise, les ouvriers agricoles qui travaillaient déjà aux champs leur avaient adressé des regards complices qui en disaient long sur la vitesse avec laquelle s'était répandue la nouvelle de leur union et l'assentiment joyeux qu'elle avait suscité de leur part. Ils regagnèrent la ferme à l'approche de midi, et y déjeunèrent avec l'ensemble du personnel. L'ambiance était gaie et chacun se réjouissait apparemment des événements de la nuit.

Dans l'après-midi, Hélène reprit au pas le chemin du village, savourant tout ce que la vie lui offrait et semblait lui promettre. En atteignant les premières maisons du village, elle ne put s'empêcher de sourire en pensant à l'état dans lequel elle allait trouver Marthe, qui avait dû connaître une des plus grandes inquiétudes de sa vie. Néanmoins, elle ne se donna pas la peine de réfléchir à la façon dont elle pourrait lui présenter les choses. Seule la vérité comptait, et les masques lui paraissaient dérisoires et puérils. Lorsqu'elle poussa la lourde porte d'entrée, elle entendit au bout du couloir, dans le salon, un brouhaha inhabituel. Elle se faufila sans bruit jusqu'à la porte et s'empressa d'épier en catimini ce qui se passait.

Le spectacle qu'elle découvrit était si surprenant qu'elle dut se retenir de rire aux éclats car elle aurait pu ainsi gravement blesser Marthe. Cette dernière était affalée sur un fauteuil, un mouchoir dans une main, et un verre de vin de noix dans l'autre. En larmes, elle répétait devant un auditoire composé de toutes les amies qu'elle comptait parmi les vieilles dames du village :

« C'est de faire de la politique à la mairie qui lui a tourné les sens, et maintenant elle a dû devenir folle et partir au diable ! »

Ou alors :

« Ce n'est pas bon de posséder une telle fortune quand on est une femme seule. Quelqu'un doit l'avoir enlevée et il va nous demander bientôt une rançon ! »

À chacune de ses lamentations, les femmes répondaient par des murmures incompréhensibles. Marthe profitait du répit pour avaler une nouvelle gorgée de vin de noix puis se mouchait bruyamment. Au bout de quelques minutes où elle s'amusa du spectacle, Hélène se décida à mettre un terme à la comédie, au risque de surprendre et de ridiculiser Marthe.

Elle s'avança simplement, d'un rythme nonchalant, jusqu'à l'encadrement de la porte avec l'air le plus ingénu. Son visage arborait un petit sourire entendu. Dès qu'elle l'aperçut, Marthe se figea, les bras en croix, dressant verre et mouchoir au-dessus de sa tête, pendant que ses amies poussaient des « Oh… » stupéfaits. Quelques-unes se signèrent même subrepticement. Puis, comme par enchantement, elles disparurent une à une de la pièce à petits pas serrés en jetant autour d'elles des regards effarés et gênés. Comme Marthe ne bougeait pas d'un pouce, Hélène s'approcha d'elle doucement et lui libéra les mains des deux objets qui les embarrassaient. Elle les mit sur la table basse. Puis elle déposa sur les joues de sa vieille servante deux baisers avant de lui glisser à l'oreille :

« Je vous ai causé du souci depuis hier, mais ce n'était pas pour rien ! À partir de demain, vous vous en ferez beaucoup moins qu'avant… »

Se reculant un peu, elle attrapa ses mains dans les siennes, non sans s'amuser de la mimique de Marthe. Le visage de celle-ci exprimait à la fois le soulagement, l'incrédulité et même un soupçon de reproche. Sans se départir de son air espiègle, elle poursuivit :

« Je vous promets que je ne me laisserai plus tourner la tête par les affaires de la mairie, et, d'ailleurs, je ne risquerai plus de me faire enlever pour ma fortune puisque je ne serai plus seule désormais... »

Persuadée que sa patronne perdait la raison, Marthe la dévisagea longuement comme pour se convaincre de la réalité des paroles qu'elle venait d'entendre, puis, rassemblant ses dernières forces, elle se leva brutalement, prit un air de haute dignité et lâcha comme une sentence définitive :

« Mademoiselle, malgré mes nombreuses années de service irréprochables dans votre maison, je ne me permettrai pas de porter un jugement sur vos actes mais je me sens autorisée à vous demander le nom de cette heureuse personne, afin de savoir si je pourrai la servir comme vous-même, ou bien si je dois vous donner ma démission. Elles m'autorisent également à vous faire savoir que tout le village jase sur votre compte comme vous ne pouvez l'imaginer. »

Remettant ses mains dans les siennes, Hélène sourit à nouveau et serra Marthe contre elle :

« Il s'agit de Lucien, Marthe, et vous le savez bien. Tout comme vous savez aussi que je ne pourrai pas me passer de vous. Il est le seul homme qui puisse m'aider dans cette vie où tout paraît se compliquer aujourd'hui. Tous deux, vous formez ma seule famille et j'espère bien vous garder longtemps près de moi. Êtes-vous rassurée ? Maintenant, j'aimerais que vous nous prépariez un thé pour nous remettre de nos émotions. Nous le prendrons ensemble comme deux vieilles amies, et j'en profiterai pour vous raconter mes aventures. »

Marthe se leva et se dirigea vers la cuisine.

« Nous pouvons donc compter sur vous, n'est-ce pas ? » questionna-t-elle.

Sans proférer le moindre mot mais en se redressant fièrement, Marthe se dirigea vers le couloir. Dès qu'elle fut hors de sa vue, Hélène l'entendit proférer :

« Mon Dieu ! dans quelle époque vivons-nous ! »

IV

Donner

DEPUIS UN LONG MOMENT, Lucien tenait sa mère serrée dans ses bras et l'écoutait sangloter doucement. De pâles éclairs ponctuaient de temps à autre le cliquetis incessant de la pluie sur les tuiles. Dans la cuisine obscure du mas des Euzes, une grosse bûche se consumait avec peine et projetait vers le haut de la cheminée de lourdes volutes de fumée blanche qui envahissaient la pièce d'une odeur âcre.

Lorsque Lucien était arrivé le matin même, un peu avant midi, son père avait à peine daigné répondre à son salut. Durant tout le repas, la conversation avait été sporadique et lugubre. Lucien avait sans cesse essayé de la relancer, mais sans succès. À la fin, le père avait quitté la table rapidement en prétextant qu'il avait à faire des travaux urgents dans la remise. Lucien s'était alors approché de sa mère, au coin de la table, et lui avait raconté tout bas les événements importants des quinze derniers jours. Son récit l'avait profondément bouleversée. Elle avait eu peine à le croire, et pourtant elle en avait éprouvé de la joie car la nouvelle vie qu'il lui décrivait lui avait paru encore plus belle que celles des vedettes qu'elle avait entrevues dans les rares magazines qu'elle avait feuilletés. Elle l'avait questionné avidement pour tout savoir dans le détail, revenant sans cesse à l'idée qui l'obsédait : était-il sûr que tout cela n'était pas un caprice, que ça durerait vraiment, qu'il ne se faisait pas des idées, que l'on ne se moquait pas de lui ? Vers le milieu de l'après-midi, alors que le jour commençait à décliner, il avait expliqué qu'il devait rentrer. Ce fut alors qu'elle éclata en sanglots dans ses bras. À cet instant seulement, il se rendit compte qu'ils n'avaient pas pris cinq minutes pour parler d'elle et de la vie qu'elle pouvait mener ici. Lorsqu'il voulut l'interroger à ce sujet, elle l'arrêta immédiatement :

« Je t'en prie, mon Lucien, il n'y a plus rien qui vaille la peine d'être dit. Tu ne peux rien faire à ma vie et maintenant celle qui compte, c'est la tienne. Ce soir, j'en parlerai à ton père, je ne sais pas trop comment il le prendra, sûrement mal comme tout le reste, mais au fond je m'en fiche car je n'écoute même plus ce qu'il dit ; et puis, de toute façon, te savoir heureux me rend insensible à toutes ses jérémiades. C'est terrible, il me devient de plus en plus étranger de jour en jour. Il devient effrayant parfois et je ne reconnais alors plus celui que j'ai épousé autrefois. »

Deux grosses larmes roulèrent sur les joues de Lucien qui la serra un peu plus fort contre sa poitrine en ajoutant :

« Si, un jour, tu décides qu'il ne t'est plus possible de supporter cette vie, n'hésite pas, quitte-le et viens vivre avec moi. »

Elle leva la tête et, avec un sourire doux et aimant, elle murmura :

« Avec nous, Lucien, tu devrais dire “avec nous”. Car, un de ces jours, vous allez ressentir le désir de vivre ensemble et je ne doute pas que ton Hélène sera assez bonne pour ne rien refuser de ce que tu lui demanderas. Mais vois-tu, mon Lucien, jamais je ne ferai une telle chose ; j'aurais bien trop peur de briser le miracle qui est en train de vous unir, et qui est probablement le plus bel événement de ma vie. Maintenant, file chez toi et prends garde à ce que tu feras car, quand on possède quelque chose de précieux, on risque de le perdre à tout moment, et tu possèdes maintenant un trésor. »

Lucien se dirigea vers le fond de la pièce et, ramassant sa musette, il en sortit avec soin l'esquisse d'Hélène. Elle était emballée dans du papier paille et il l'avait fait encadrer par le menuisier du village. Sa mère n'en crut pas ses yeux. C'était si beau ! Non seulement il y avait un cadre en noyer verni, une vitre, et des couleurs vives sur la marie-louise tout autour, mais, en outre, le portrait était fort ressemblant même si les vêtements de Lucien n'étaient pas ceux qu'il portait habituellement. S'il avait déjà raconté sa journée en ville, il avait omis le détail du cadre pour ménager à sa mère un effet de surprise. Celle-ci se leva, lui fit signe de la suivre et l'emmena jusque dans la chambre, où elle déposa avec précaution l'objet sur la commode, face à la tête du lit.

Ensuite, elle alla fouiller dans la grande armoire où s'entassaient les piles de draps et le linge de maison. Avec des gestes précautionneux, elle se saisit d'un petit coffret, le posa sur le lit et l'ouvrit. Il contenait pêle-mêle quelques bijoux de famille qui n'avaient ni valeur ni originalité, mais qui constituaient toute la fortune du mas. Elle les écarta et, au fond du coffret, apparut un petit crucifix délicatement travaillé. Il était en olivier, sans aucune garniture, mais la finesse de la sculpture et la qualité du bois en faisaient un objet d'une grande beauté. Elle le tendit à Lucien intrigué :

« Ce crucifix vient de ton arrière-grand-père, il l'a fait sculpter voilà presque cent ans dans le bois d'un olivier du mazet, lorsque Guillaume Vincent, l'arrière-grand-père d'Hélène, le lui a vendu en viager. Il disait, paraît-il, que ce mazet était un don de Dieu et qu'il fallait lui en rendre une petite part. Depuis lors, ce crucifix est resté dans notre famille, il est magnifique et, comme tu le sais, on le dépose dans les mains de nos morts pendant la veillée funèbre, comme un lien unissant toutes les générations. J'attendais une occasion pour te le remettre afin qu'à ton tour tu puisses le placer entre mes mains lorsque le moment viendra. Après tout ce que tu viens de me raconter, je voudrais que tu le prennes et que tu le montres à Mlle Vincent. N'appartient-il pas, en quelque sorte, un petit peu à sa famille ? »

Lucien restait immobile, le regard fixe, les mains crispées sur le précieux objet. En bas, la porte de la cuisine grinça de manière sinistre. La mère de Lucien rangea vivement les bijoux dans le coffret qu'elle replaça dans l'armoire. Puis elle lui prit le crucifix des mains et le glissa dans sa musette, en ajoutant à voix basse :

« Ne t'inquiète pas, il ne s'apercevra de rien, il ne s'intéresse pas à ça. La seule fois que je lui en ai parlé après notre mariage, il a dit que c'étaient des affaires de bonnes femmes et qu'elles risquaient de porter malheur. En revanche, ne lui parle pas de tes relations avec Mlle Vincent, je le ferai moi-même petit à petit, chaque jour. Si on lui avouait tout d'un coup, ça ferait une catastrophe. Il est toujours persuadé qu'elle t'a embauché au mas de la Croix de Fer pour se venger de la mauvaise affaire que sa famille a faite autrefois par la vente du mazet. Il croit qu'elle veut tout récupérer en te faisant travailler comme un forçat ! Alors tu vois comme il est loin de la réalité ! J'ai aussi l'impression qu'il perd la tête par moments, certaines de ses réactions me font même un peu peur », ajouta-t-elle en le poussant vers la porte de la chambre.

En passant devant son père qui se réchauffait les mains au feu presque éteint, Lucien croisa son regard mauvais et n'eut pas le courage d'essayer d'engager à nouveau la conversation. Il finit de s'habiller, posa sa casquette sur la tête, et, après avoir embrassé sa mère, ouvrit la porte.

Le froid et l'humidité le giflèrent. Il faisait presque nuit, et dans le ciel roulaient de gros nuages noirs qui montaient de la plaine. La pluie qui n'avait cessé de la journée continuait à tomber avec une régularité déprimante, accompagnée par un vent froid et capricieux. Malgré la sensation désagréable que lui donna l'eau qu'il reçut en plein visage, Lucien se sentit soulagé d'avoir échappé à un tête-à-tête avec son père. Il ne put réprimer un frisson en pensant à la morne vie de sa mère.

Ce jour-là, le plateau lui parut plus étendu que jamais. Au bout d'une demi-heure de marche, il se retrouva déjà totalement trempé. Transi, il allongea le pas et, en abordant la descente du mazet, en vint presque à courir. Arrivé au carrefour de la Croix de Fer, au lieu de se hâter vers le mas, il s'arrêta net et resta quelques instants parfaitement immobile. Puis il repartit d'un pas résolu en direction du village. Il faisait maintenant nuit noire bien qu'il ne fût pas tard. Mais l'hiver et la tempête avaient transformé le paysage riant de la prairie en un océan d'ombres déchaînées. Il atteignit rapidement les premières maisons du village et coupa au plus court pour se rendre chez Hélène. Il était décidé à lui porter le crucifix sans tarder, et à profiter ainsi de l'occasion pour la voir. Mais plus il approchait de la maison, plus il trouvait sa démarche inconvenante. Qu'allait-elle dire d'une telle arrivée à l'improviste qui pourrait la mettre mal à l'aise ? Sa détermination, si ferme au carrefour de la Croix de Fer, s'émoussait à toute allure.

Parvenu à la porte, il se recroquevilla sous un auvent pour réfléchir si oui ou non il allait frapper. Puis il se persuada que le crucifix, aussi modeste soit-il, était un cadeau qui représentait une telle valeur aux yeux de sa mère qu'il pourrait largement justifier sa visite. Dans sa grande bonté, Hélène le comprendrait.

Alors qu'il s'était enfin décidé à frapper et qu'il s'élançait pour traverser la rue, il vit la porte d'Hélène s'ouvrir, et, dans la lumière du couloir, se dessiner la silhouette du docteur Trébise. Il baisa obséquieusement la main d'Hélène avant de s'élancer sous la pluie en rasant le mur de la maison. Bien qu'il n'y eût rien d'étrange dans cette scène, Lucien ressentit un violent pincement au cœur qui lui donna envie de hurler. Il n'avait encore jamais éprouvé une telle douleur. Il resta totalement hébété, incapable de bouger, envahi par une colère irraisonnée qui montait en lui sans raison sensée.

Au moment où elle allait refermer la porte, Hélène aperçut une ombre immobile de l'autre côté de la rue. La trouvant étrange par ce temps de chien, elle attrapa la lampe à pétrole et la tendit à bout de bras. Dans le halo haché par les traits de pluie, elle reconnut une silhouette familière.

« Lucien, mais que diable faites-vous là à l'heure qu'il est et par ce temps ? Entrez vite, je vous en prie. »

Toujours pétrifié, il ne savait que faire. Tout lui commandait de répondre à l'invitation, mais au fond de lui, un irrépressible sentiment de fierté lui commandait de partir sans donner d'explications. Devant son mutisme et son immobilité, Hélène retroussa ses jupes et traversa courageusement la rue. Elle lui prit la main et l'entraîna sur le pas de sa porte, sans comprendre ce qui se passait. Dans l'intervalle, Marthe, alertée par le courant d'air, était apparue dans le couloir et, ayant vu Lucien, se composait à la hâte son visage des mauvais jours. Hélène sentit que le début de soirée s'annonçait difficile. Elle décida instinctivement de ne ménager personne :

« Marthe, seriez-vous assez bonne pour saluer Lucien comme il convient ? Ayez ensuite la gentillesse de raviver le feu pour qu'il se sèche au plus vite. Il risque d'attraper mal… »

Lucien la saisit par le bras :

« Non, ne dérangez rien pour moi, j'étais juste passé pour vous remettre quelque chose de la part de ma mère à qui je viens de rendre visite. C'est un objet qui lui est précieux depuis son enfance et que je voulais vous montrer tout de suite en vous donnant quelques explications. »

Il s'ensuivit un silence pesant que brisa Marthe. Elle comprenait la gêne que suscitait sa présence au milieu du couloir sombre :

« Je vais regagner la cuisine et préparer le dîner. Je suis à votre disposition au cas où monsieur changerait d'avis.

— Très bien, Marthe », répondit Hélène sans même se retourner.

Dès que la servante eut disparu, elle saisit Lucien par le bras et l'entraîna au salon où une bûche achevait de se consumer en jetant une lueur tremblotante. Elle sentit sa réticence et s'arrêta net. Il sortit alors de sa besace le crucifix encore emballé et le tendit à Hélène. Celle-ci se raidit d'abord, puis se radoucit :

« Lucien, je vous en prie, vous vous torturez inutilement. Faites preuve de détermination. Nous avons pris ensemble une décision, celle d'ignorer ce qu'on pourrait raconter sur notre union. Voici qu'au premier obstacle, dont j'ignore la cause, je sens vos forces décliner et votre volonté faiblir. Je suis prête à tout entendre et à affronter qui que ce soit, faites donc de même. Qu'est-ce qui vous a donc tant effrayé ? Vous venez me remettre de la part de votre mère un objet dont vous dites qu'il représente une grande valeur pour elle, et vous voulez que je l'accepte ainsi ? Sans poser aucune question ? Sans savoir pourquoi j'ai droit à un tel honneur ? Non vraiment, vous n'y songez pas. Je crois qu'il vous faut vous expliquer ; je ne doute pas une seconde de l'attachement que vous me portez, mais je crois sincèrement que nous devons nous entendre sur la vie que nous comptons mener. Mettez-vous d'abord à l'aise car vous êtes tout dégoulinant et vous allez attraper la mort dans ce couloir. Puis nous réglerons tous les problèmes qui se posent, les uns après les autres, avant d'envisager l'avenir. »

Quelques minutes plus tard, séché et habillé de vêtements appartenant au père d'Hélène, Lucien était méconnaissable. Lorsqu'ils redescendirent tous deux au rez-de-chaussée, en haut de l'escalier, ils s'étreignirent furtivement, mais avec la violence de retrouvailles ardemment désirées. Puis Hélène l'entraîna à la cuisine, où ils retrouvèrent Marthe affairée à ses fourneaux, en train d'achever une soupe de légumes, dont les premiers effluves embaumaient déjà la maisonnée :

« Marthe, il me semble que votre rencontre avec Lucien, tout à l'heure dans le couloir, manquait de chaleur. Je le comprends car nous avons été toutes les deux prises au dépourvu. Maintenant que tout est réglé, il me paraît plus convenable de vous l'amener pour vous permettre de l'accueillir comme il convient. »

Pendant quelques secondes, la vieille servante hésita, se tordit les mains dans son tablier de cuisine, comme si elle craignait encore de faire un premier pas. Puis, dans un élan spontané et sous les yeux ébahis d'Hélène, elle se précipita sur Lucien et l'embrassa sur les deux joues en disant :

« Excusez-moi pour tout à l'heure, monsieur Lucien, mais je m'étais fait tellement d'idées sur la première fois où Mlle Vincent me présenterait à vous comme son... enfin, plus comme avant... s'emberlificota-t-elle, que, tout à l'heure, j'ai été, comment dire... déçue, oui déçue que ça arrive comme ça, sans que j'aie même eu le temps de m'y préparer et de bien m'en rendre compte. Ne m'en veuillez pas parce que je suis tellement heureuse au fond ! »

Elle était devenue rouge écarlate et tenait la tête baissée. Lucien lui prit les mains et resta quelques secondes sans rien dire.

Marthe se dégagea brusquement et reprit un air de bonne femme affairée :

« C'est pas tout ça mais, si vous voulez souper ce soir, j'ai encore à faire, et je n'ai pas l'intention de vous servir une soupe toute *rabinée.* »

Lucien et Hélène rirent de bon cœur. Ils s'en retournèrent au salon où ils se calèrent sur le canapé, au coin du feu. Lucien lui conta alors l'histoire du crucifix et lui remit le précieux objet. Elle l'écouta gravement, et lorsqu'il lui relata le souhait de sa mère, deux larmes encadrèrent son visage. Puis ils restèrent un long moment silencieux à regarder vaciller les flammes dans l'âtre.

Marthe leur annonça que le dîner était servi. Pendant le repas, ils n'échangèrent que des propos anodins, mais Hélène remarqua vite que Lucien n'était pas naturel, surtout lorsqu'ils abordèrent le sujet des Fontanilles. Elle se demanda pourquoi il devenait si tendu à chaque fois qu'elle évoquait le docteur Trébise. Peu à peu, elle se douta que la jalousie le tenaillait depuis qu'il l'avait vu sortir de la maison. Afin d'en avoir le cœur net, elle relata la visite du médecin en faisant semblant de créer un mystère sur le sujet de leur conversation. Or, plus elle parlait, plus Lucien s'agitait, non sans faire de visibles efforts pour se contenir. Elle éprouva, pour la première fois de sa vie, la sensation grisante d'exercer un pouvoir sur autrui, sans rien révéler vraiment mais juste en semant le doute. Cependant, elle s'en lassa très vite lorsqu'elle sentit que ce jeu faisait souffrir Lucien trop cruellement. Se reprochant d'avoir succombé au péché d'amour-propre, elle partit d'un éclat de rire qui finit de le décontenancer :

« Le docteur Trébise est venu passer une partie de l'après-midi avec moi pour essayer de m'amadouer après son mauvais coup de l'autre soir. Mais, à la soirée de désespoir où je me suis sentie bafouée, seule et faible, a succédé cette nuit merveilleuse pendant laquelle nous avons tant parlé. J'en suis sortie plus fortifiée que jamais. Aujourd'hui, ce projet a quitté le centre de ma vie bien qu'il reste important pour moi. Il représente infiniment plus que l'argent qu'il coûte, et c'est là toute notre force. Notre "cher" docteur Trébise peut bien habiller son projet de transport de l'eau en fausse souscription municipale, chacun sait qu'il compte avant tout en tirer profit pour lui tout seul et non dans l'intérêt de ses concitoyens. En conséquence, j'ai pensé que vous me donneriez raison si nous lui interdisions de traverser le domaine de la Croix de Fer par le chemin qui borde le fleuve. Ce chemin, que tout le monde emprunte librement depuis toujours, appartient au domaine, et nous pourrions tout à fait le clôturer si nous le voulions. Cette décision obligerait le charroi à contourner le domaine par les chemins communaux, qu'il faudrait d'ailleurs refaire pour l'occasion.

Le trajet en serait singulièrement rallongé et risquerait de rendre le projet caduc. Je l'ai donc écouté me démontrer que je finirais par comprendre, un jour ou l'autre, que ma solution n'était pas la meilleure et que je devais faire contre mauvaise fortune bon cœur, c'est-à-dire souscrire une part minoritaire dans le capital de la société. Cela reviendrait à étouffer mes éventuelles protestations et à m'éviter de passer pour indifférente au bien de la commune. J'ai fait mine de l'écouter favorablement mais, au milieu du flot de ses paroles, je me disais que nous tenions notre revanche. M'accompagnerez-vous demain chez le docteur Trébise pour lui faire cette mauvaise surprise ? »

Soulagé de l'oppression que suscitait sa jalousie et subjugué par la clairvoyance d'Hélène, Lucien fut saisi d'une irrésistible envie de la prendre dans ses bras. Il se leva d'un bond de sa chaise. Elle l'imita et ils se retrouvèrent enlacés. Elle lui glissa à l'oreille :

« Lucien, jusqu'à aujourd'hui, je vous aimais… mais maintenant, je t'aime !

— Moi aussi, je t'aime », lui répondit-il dans un souffle.

V

Savourer

Le lendemain, Hélène et Lucien se rendirent à la mairie, où le docteur Trébise avait pris l'habitude de tenir sa permanence. Il recevait tout au long de la journée. Ils s'installèrent donc à côté d'autres administrés. Après plus d'une heure d'attente, ils finirent par être introduits dans le bureau du médecin, qui ne cacha pas sa surprise de les voir. Il les invita à s'asseoir et fixa Hélène droit dans les yeux avec un regard inquiet, tout en ignorant Lucien. Puis il commença d'un ton emprunté :

« Je suis gêné de vous avoir fait attendre ainsi. Pourquoi ne pas avoir pris un rendez-vous ? Puisque vous êtes venue accompagnée de votre régisseur, je pense que nous devons traiter d'abord le problème qui le concerne pour le libérer aussi vite que possible. Ensuite, nous pourrions reparler de notre petite affaire à tous les deux ? »

Lucien aurait voulu crier sa rage de n'exister aux yeux du médecin que par le filtre d'Hélène, mais lorsqu'il lui jeta un regard, il la vit si sereine qu'il garda le silence.

« Cher ami, reprit-elle, Lucien Peyrasse m'a accompagnée ce matin car nous avons tous deux à vous faire part d'une décision que nous avons prise ensemble à propos du domaine de la Croix de Fer et qui vous touche de si près. J'irai droit au but. Nous avons décidé de refuser le droit de passage par le chemin qui borde le fleuve pour transporter l'eau depuis les Fontanilles jusqu'au village, selon les modalités que vous nous avez mesquinement imposées. Je ferai connaître cette décision à la prochaine réunion du conseil municipal, puis dans tout le village, en précisant que ce refus ne vaut que pour votre projet privé, et qu'en revanche nous ne verrions aucun inconvénient à ouvrir notre chemin pour un transport organisé par la municipalité elle-même, voire même à céder du terrain pour construire une canalisation. Enfin, ajouta-t-elle, j'annoncerai également que je donnerai à la commune une somme de cent mille francs pour que l'eau jaillisse un jour dans notre village. »

Au fil des phrases, le docteur Trébise blêmit et se figea. La dernière proposition d'Hélène le secoua des pieds à la tête. Il devinait qu'en apprenant son intention généreuse, personne au village ne douterait plus de sa bonne foi et de son désintéressement au profit du bien-être général. Il sentait aussi que s'il pouvait aisément convaincre les membres du conseil municipal en les manipulant par des promesses plus ou moins avouables, quitte à graisser la patte des plus récalcitrants, il lui serait fort difficile d'entamer le crédit d'Hélène auprès des habitants du village. Tous lui vouaient, il l'avait constaté, un vif attachement.

Comme il ne répondait pas, Hélène reprit :

« J'ajoute que le don que je ferais serait conditionné à l'exécution des travaux qui permettront d'apporter l'eau par un canal et d'abandonner l'activité de charroi. Car je veux éviter de mettre le village dans un état de dépendance à l'égard d'une quelconque société privée qui pourrait un jour tomber dans les mains de gens mal intentionnés. »

À ces mots, le docteur Trébise ne put réprimer un frisson. Se sentait-il mis à nu par ce regard perçant ? Il s'en détourna comme pour lui échapper mais croisa celui de Lucien auquel il n'avait prêté aucune attention jusque-là. Ce dernier lui apparut empreint d'une dureté et d'une détermination qui achevèrent de le décontenancer. Hélène sentit la peur qui l'ébranlait et jugea le moment venu d'abattre ses dernières cartes. Elle se pencha légèrement vers le bureau et reprit avec un ton d'une affabilité extrême :

« Entendez-moi bien, il ne s'agit en aucun cas d'intenter un procès d'intention à qui que ce soit, mais, comme je vous l'ai annoncé dès le premier jour de nos entretiens, je n'ai accepté de me faire élire que pour veiller au bien-être de mes concitoyens. Or je crois fermement qu'en l'occurrence la décision qui a été prise sur ce projet n'est pas la bonne. Par ailleurs, les relations de ma famille avec les Fontanilles appartiennent à une très longue histoire inachevée. Nul doute que mon pauvre père aurait aimé que j'en écrive le dernier chapitre. C'est ce que je m'efforce de faire aujourd'hui. Cette eau n'appartient à personne, ou plutôt elle appartient à nous tous. Il faut qu'elle devienne accessible à l'ensemble de la communauté. Mais cette perspective ne doit léser personne de son dû et l'empêcher de récolter le fruit de son labeur. C'est pourquoi je vais terminer en vous proposant une solution qui vous dédommagerait, si vous acceptiez de reconsidérer votre position et obteniez un vote du conseil municipal en faveur de ma proposition. Je vous l'expose. Il se trouve que, lorsque le conseil municipal décidera de financer la construction du canal, nous serons obligés de faire appel à des sociétés extérieures au village puisqu'il n'en existe pas chez nous. Associons-nous pour créer une entreprise de ce type, qui pourrait notamment employer les quelques chômeurs de notre commune, et les ouvriers agricoles privés d'emploi à la saison creuse. Bien sûr, il s'agit d'un investissement lourd mais il me semble que le chantier prévu est de taille à fournir du travail pour plusieurs années. Enfin, je pourrais financer la moitié du capital avec les cent mille francs dont je vous ai parlé et que je garderais en ce cas puisqu'ils serviront d'une autre manière à transporter l'eau. Quant à vous, vous pourrez placer là avantageusement l'argent que vous destiniez au charroi. »

Le docteur Trébise demeurait impénétrable. Il scrutait Hélène avec méfiance, les yeux plissés. Puis son regard se posa sur Lucien. Il se rendait compte peu à peu qu'il l'avait sous-estimé, et que son rôle, aussi mystérieux soit-il, était prépondérant dans cette affaire. Les trois protagonistes s'affrontaient dans un combat muet. Au bout d'un long moment, le docteur Trébise cassa le silence, se racla la gorge, et commença à répondre, visiblement mal à l'aise :

« Tout cela me paraît mûrement réfléchi, et j'imagine que si vous considérez cette solution comme la meilleure, rien ne pourra donc vous en détourner. Je ne doute pas de votre capacité à vous faire entendre des habitants du village qui vous honorent de leur confiance. Je conclus donc que dans ces conditions il me faudra composer avec vous. Mais comment comptez-vous faire changer d'avis le conseil municipal qui vient à peine de se prononcer à ce sujet ? »

Un sourire se dessina sur les lèvres d'Hélène Vincent.

« Je pense que si vous avez su susciter un vote dans un sens, vous saurez de la même manière le retourner, tant nos conseillers municipaux vous semblent dévoués. »

Le docteur Trébise ne s'avouait pas tout à fait vaincu. Il acquiesça de la tête et ajouta avec cynisme :

« Je vous remercie de votre confiance et vous promets de ne pas la décevoir au prochain conseil municipal. »

À ces mots, Hélène se leva et salua le médecin avant de sortir. Lucien lui emboîta le pas et, au moment où Trébise lui tendait distraitement la main, il s'en détourna ostensiblement, tortillant sa casquette pour se donner une contenance. Lorsque les visiteurs franchirent la porte de la mairie, le soleil brillait dans un ciel sans nuages et inondait de lumière le perron. Ils se regardèrent puis, dans un sourire complice, se prirent par le bras et descendirent ainsi, aux yeux de tout un chacun. Ils se dirigèrent vers le marché qui se tenait tous les lundis, feignant de ne pas remarquer certains passants qui les dévisageaient avec surprise. Parmi les étals, ils rencontrèrent Marthe, qui achetait des produits frais pour la semaine et qui faillit se trouver mal en les voyant aussi visiblement affichés.

Hélène s'adressa à elle avec un visage rayonnant :

« Marthe, avez-vous donc vu le diable ? Votre panier est très chargé, donnez-le à porter à Lucien. Nous allons faire le tour du marché ensemble, et nous effectuerons ainsi nos achats pour la semaine. »

Précédés par Marthe, un peu honteuse de se montrer avec eux, un peu stupéfaite de l'audace dont sa patronne faisait preuve, ils déambulèrent dans les rues du village durant la plus grande partie de la matinée. Alors que 11 heures sonnaient au clocher, elle finit par leur dire sentencieusement :

« Mademoiselle, je dois maintenant rentrer car je vous rappelle que, comme tous les lundis, nous avons M. le curé à déjeuner. Si je veux faire rôtir l'épaule de mouton comme il se doit, il n'est que temps que je m'y mette.

— Allez-y donc, Marthe. Nous vous rejoindrons pour midi et demi puisque M. le curé est toujours ponctuel. »

La bouche de Marthe dessina un cercle parfait et ses yeux s'agrandirent démesurément. Hélène et Lucien se retinrent d'éclater de rire. Offensée par leur réaction, la servante tourna les talons et déguerpit comme si le diable était à ses trousses. Elle pensait à l'irréparable péché auquel elle serait associée tout à l'heure en faisant déjeuner M. le curé avec un couple adultère.

Hélène et Lucien achevèrent leur matinée à la terrasse de l'hôtel-café-restaurant de l'esplanade où ils savourèrent, même si ce n'était pas leur habitude, une gentiane sous les chauds rayons du soleil. Ils y furent salués en toute simplicité par de nombreux villageois qui, leur première surprise passée, se montrèrent plutôt amusés de les voir ainsi ensemble. Brisant la magie du moment, ils s'arrachèrent bientôt à cet éden pour être rentrés à midi trente. Marthe les accueillit sans chaleur. Elle se borna à montrer à Lucien la place de la table à laquelle il devrait s'installer afin de ne pas déranger les habitudes de M. le curé.

L'abbé Doumenc arriva, ponctuel comme toujours, arborant son visage imperturbablement affable et son air bonhomme. Mais il plissa malicieusement les yeux lorsqu'il pénétra au salon où Hélène se tenait à côté d'un Lucien fort empêtré.

Tout au long du repas, ils parlèrent des personnes en difficulté dans le village qu'Hélène, comme toujours, s'engageait à aider. Lucien resta silencieux, écoutant religieusement leur conversation. Une fois dégusté son volumineux morceau d'agneau grillé, accompagné de savoureuses pommes de terre boulangères, le curé ferma les yeux et se renversa légèrement en arrière pour mieux goûter son verre de vin, une syrah charpentée et généreuse. Puis, revenant à ses hôtes et comme transporté au paradis, il posa son regard sur Lucien et lui dit d'une voix douce :

« Lucien, voilà maintenant dix-sept ans que je te connais, en fait depuis mon arrivée dans ce village. Je t'ai connu sauvage quand tu étais enfant, et je t'ai vu le rester ! Je sais que tu n'aimais guère descendre au village, et voilà que je te retrouve régisseur d'un domaine. Je m'en réjouis pour toi car la vie, là-haut sur le plateau, n'est pas facile. Tu as d'autant plus de mérite d'avoir réussi à trouver toi aussi une belle place. Mais dis-moi, mon garçon, tu ne parles guère. Raconte-nous comment tu envisages ton avenir... »

Déconcerté par la question, Lucien resta bouche bée, posa couteau et fourchette au bord de son assiette et saisit la main d'Hélène dans la sienne ; bien que surprise, elle ne fit rien pour la retirer. Il la regarda brièvement avec douceur et se tourna vers le père Doumenc :

« Mon avenir, mon père ? Il m'apparaît tout simple. Je souhaite rester aux côtés d'Hélène et l'aider de toutes mes forces. Je n'étais rien et elle m'a fait renaître à la vie. Chaque jour qui passe me montre la générosité de son cœur. Même si je ne mets pas souvent les pieds dans votre église, je crois savoir ce qui est bon. Avec Hélène, j'en sais dorénavant davantage encore, il me suffira de la suivre sans jamais avoir peur de me tromper. Nous serions ravis que vous bénissiez bientôt notre union. »

De grosses larmes ruisselèrent sur le visage radieux d'Hélène. Elle serra la main de Lucien dans la sienne. Le père Doumenc ne s'était pas départi de son éternel sourire, même si, quelques minutes plus tôt, il était à des lieues de soupçonner la tournure que prendrait leur entretien à cause d'une simple question qu'il avait posée. Hélène et Lucien se regardaient avec tendresse sous son œil bienveillant. Chacun semblait au comble de la félicité. Marthe entra en apportant le dessert. C'était une tarte aux pommes fumante. Elle ne pouvait deviner la teneur de la scène qui venait de se dérouler mais, en voyant le père Doumenc aussi jovial, elle crut que la folie s'était définitivement emparée de la maison. Pour ne pas l'exclure des réjouissances, Hélène se leva et l'invita à s'asseoir à la droite du curé pour partager le dessert avec eux. Non sans embarras, Marthe obtempéra, ôta son tablier, et avant de s'installer, redressa son petit chignon. Dès qu'elle fut attablée, Hélène lui annonça :

« Très chère Marthe, il y a des jours où la vie semble vouloir rattraper le temps perdu. Aujourd'hui, en présence d'un homme de Dieu que vous respectez profondément, Lucien et moi nous avons décidé de consacrer notre union aux yeux de tous. Nous venons de solliciter la bénédiction du père Doumenc. Nous feriez-vous l'honneur d'être notre témoin à cette cérémonie, puisque vous avez déjà été celui des événements qui nous y ont conduits ces derniers mois ? »

C'en était décidément trop pour le même jour. Marthe, incapable de prononcer un mot, enfouit son visage dans ses mains et fondit en sanglots bruyants. La main du père Doumenc se posa doucement sur son épaule et la fit sursauter. Celui-ci, qui l'entendait régulièrement en confession, la connaissait fort bien.

« Ma bonne Marthe, rassurez-vous, il n'y a rien qui prête à pécher dans cette belle histoire.

Pour aussi surprenante que soit sa conclusion rapide, elle ne peut contrarier notre Seigneur. Réjouissez-vous-en au contraire, même si je conçois qu'il vous faudra du temps pour vous y accoutumer. Les deux êtres qui sont en face de nous auront besoin de votre présence. Calmez-vous et versez-nous encore un peu de ce vin exquis. Nous allons trinquer au bonheur et à la vie qui sont entrés dans cette maison. »

Dans la lumière laiteuse d'une journée de fin d'hiver, il ne fut plus question que de la préparation de l'événement annoncé. La conversation débridée qui suivit était celle d'une famille excitée par de joyeuses perspectives. Chacun éprouvait le sentiment d'être aimé et respecté, de recueillir le fruit d'une longue attente.

Cinquième partie

LA VALSE DES INNOCENTS

I

Le tir aux pigeons

Avril 1948.

DIX-HUIT MOIS s'étaient écoulés depuis le jour où Hélène et Lucien avaient uni leurs destins. En plein cœur de l'été, leur mariage avait suscité une grande fête qui avait entraîné la bourgade dans des festivités sans précédent. Quasiment dépourvu, l'un comme l'autre, de famille, ils avaient voulu associer à leur bonheur tous les habitants du village et même ceux du plateau. Ils avaient donc organisé une journée entière de fête qui s'était poursuivie jusque fort tard dans la nuit. Avec la plus grande simplicité, chacun avait apporté sa contribution aux réjouissances, qui en organisant une partie des repas, qui en créant çà ou là une animation. Le moment le plus beau et le plus symbolique avait été l'arrivée des premières citernes d'eau en provenance des

Fontanilles, alors que l'élargissement du chemin dans les gorges était à peine terminé. Elles avaient été alignées sur la place, et la municipalité avait organisé une distribution d'eau gratuite. Comme Hélène l'avait prévu, le docteur Trébise avait, sans difficultés apparentes, réussi à faire changer d'avis le conseil municipal. Cet épisode avait révélé sans ambiguïté l'étendue du pouvoir que ce diable d'homme avait acquis. Hélène et Lucien avaient été médusés par la versatilité, où plutôt la soumission dont avaient fait preuve les membres du conseil, Gaston Puech en tête. Depuis leur entrevue tendue à la mairie, ils n'avaient plus entretenu que des rapports très courtois mais aussi très distants. Dès la première année, qui avait été particulièrement sèche, l'approvisionnement en eau avait été fort précieux et très apprécié. Certes, quelques esprits chagrins avaient trouvé qu'il n'y en avait pas assez et que le prix était élevé, mais l'immense majorité avait rapidement pris l'habitude de se rendre chaque matin sur la place pour acheter une cruche de deux, cinq ou même dix litres, selon la taille de sa famille. L'eau était conservée précieusement à l'abri de la chaleur, et sa fraîcheur, dans la canicule, procurait un ineffable bien-être. Peu après, comme par miracle, le village fut débarrassé de la plupart de ces maladies que l'on appelait alors les maladies de chaleur.

C'était maintenant le début du printemps. On s'apprêtait à la fois à commencer à creuser le futur canal et à organiser, pour la deuxième année, la distribution d'eau. On avait décidé de le faire plus tôt que l'année passée.

Allongé contre un talus, Lucien laissait vagabonder ses pensées. La fin de la matinée était splendide. Il partageait désormais son temps entre le domaine de la Croix de Fer et la maison d'Hélène pour les moments de bonheur. Les affaires étaient florissantes et il ne connaissait aucun souci matériel particulier. Mais la détresse où s'enfonçait sa mère le préoccupait. Elle était venue seule assister discrètement à leur mariage car son mari avait refusé de l'accompagner. Le père de Lucien avait donc été le seul du plateau à ne pas descendre, si l'on excepte la vieille Mangeaclou qui en aurait eu le désir mais qui, vu son très grand âge, n'avait pas voulu courir de risque. Personne n'avait osé évoquer cette curieuse absence, mais chacun sentait bien que l'homme basculait dans une folie de plus en plus dangereuse. Sur le plateau, la situation ne s'arrangeait guère. Les deux familles du hameau de la Jalbertasse, auquel appartenait le mas des Euzes, avaient décidé de venir s'installer dans la plaine. L'une, dans une maison du village dont ils avaient hérité, l'autre dans un autre bourg de la plaine où le père et le fils avaient été embauchés sur le même domaine en tant qu'ouvriers agricoles. Quant à l'autre hameau du plateau, la Calmette, tous les enfants en étaient partis, laissant sur place leurs parents âgés. Il n'y avait plus personne qui veuille leur succéder.

Lucien pensait sans cesse à sa mère. Pour compagnie, celle-ci n'avait plus qu'un époux rustre et une vieille femme bientôt centenaire dont elle assurait presque entièrement la garde et l'entretien. Le grondement sourd d'un moteur, appartenant à l'une des premières automobiles qu'il voyait sur les chemins du domaine, le tira de ses pensées. Elle s'arrêta, quelque peu brinquebalante, à sa hauteur, et ses trois occupants le dévisagèrent longuement avant de lancer :

« Pardon, monsieur, sauriez-vous où il serait possible de trouver Lucien Peyrasse, le régisseur du domaine de la Croix de Fer ?

— Et de la part de qui ? questionna Lucien, intrigué.

— Nous devons prendre les marques pour la construction du canal. À la mairie, on nous a dit qu'il pourrait nous indiquer le chemin. »

Lucien se souvint alors que, quelques mois plus tôt, il avait effectivement donné son accord pour aider les géomètres à déceler la source lorsqu'ils viendraient délimiter l'implantation de l'ouvrage.

« Il est devant vous, messieurs. Je suis à votre disposition.

— Eh bien ! montez avec nous, vous allez nous guider jusqu'à l'endroit où peut aller l'automobile. »

Lucien obtempéra, et quelques secondes plus tard, dans une pétarade continue, la voiture fila entre les vignes et les oliviers. C'était un modèle un peu ancien et dépourvu de toit. Il n'était guère possible de s'y parler tant il était bruyant. En revanche, la sensation était grisante. Lucien regarda défiler à toute vitesse les terres du domaine, à tel point que celui-ci lui en parut rapetissé. À peine eut-il le temps de goûter ces nouvelles sensations que la voiture atteignit le bout de l'ancien chemin de charrettes, à l'entrée des gorges. Le nouveau chemin, aménagé jusqu'à la source pour le charroi de l'eau, n'était pas praticable en voiture.

Les géomètres durent donc abandonner leur véhicule. Ils rassemblèrent le matériel nécessaire à leurs premiers relevés.

Ils expliquèrent alors à Lucien qu'ils s'étaient installés à l'auberge du village, car il leur fallait plusieurs jours pour topographier l'ensemble du tracé qui couvrait une distance de neuf kilomètres environ. Lucien hésita avant de leur proposer de les accompagner jusqu'à la source. Il craignait qu'on s'inquiétât au mas de son absence. Ravis de son offre, les hommes le remercièrent chaleureusement et se mirent en route aussitôt.

Le vieux sentier qui longeait le fleuve avait fait place à un chemin que les charrettes portant les citernes d'eau avaient parcouru chaque jour durant l'été dernier. Elles avaient creusé par endroits, dans le sol encore meuble, de profondes ornières qu'il faudrait combler avant le début du prochain charroi. De plus, sur cette zone inondable, les crues de l'hiver avaient laissé quelques montagnes d'embâcles qu'il faudrait brûler dès qu'ils seraient secs.

Lucien, qui connaissait ce décor, ne prêtait guère d'attention au paysage grandiose des gorges, mais s'amusait des airs tour à tour impressionnés, admiratifs, voire craintifs qu'affichaient ses compagnons. Au bout d'une heure, ils atteignirent la source dont l'eau s'écoulait désormais par une sorte de déversoir placé en hauteur et destiné au remplissage des citernes.

Comme à l'accoutumée, Lucien tomba sous le charme de l'endroit. Il ne put s'empêcher de s'écarter un moment pour écouter le bruit de l'eau mêlé au chant des oiseaux, toujours très nombreux. En les écoutant, il se remémora son grand-père et sa vieille histoire sur cette source diabolique. Il se retourna et scruta avec émotion la pente escarpée qui menait jusque sur le bord du plateau. Il n'y avait pas si longtemps, n'y posait-il pas des pièges en maudissant cette eau qui filait tout en bas vers la plaine ? Que de chemin parcouru depuis lors ! Quelques mois avaient été infiniment plus fertiles en événements que plusieurs dizaines d'années.

Il fut sorti de sa rêverie par quelqu'un qui le tirait par la manche. Comme un somnambule dérangé au plus profond de son sommeil, il lui jeta d'instinct un regard mauvais qui fit reculer son interlocuteur d'un pas. Il éprouva à son encontre une aigreur irraisonnée. La présence d'étrangers profanait ce lieu. Il parvint cependant à se ressaisir et, d'un hochement de tête, signifia qu'il était prêt à écouter :

« Savez-vous pourquoi, interrogea le géomètre, cette source coule régulièrement toute l'année alors que la contrée est aussi sèche ? »

Très à son aise sur le sujet depuis qu'il avait lu les papiers du père Vincent et qu'il avait étudié toutes les conclusions des études commandées pour l'aménagement de la source, Lucien se lança dans un exposé détaillé, qu'il conclut de la façon suivante :

« Cette eau, que vous voyez couler ici, vient de très loin aussi bien dans le temps que dans l'espace. Tout se passe comme s'il y avait sous le plateau qui nous surplombe d'immenses réservoirs qui stockent l'eau de pluie et alimentent la source, même quand il n'a pas plu depuis longtemps. La sécheresse ne dure jamais assez pour les épuiser. Et, avec le retour de l'automne et des orages, ils se remplissent à nouveau. »

Peu habitués à travailler dans des endroits aussi sauvages, les géomètres écoutèrent les propos de Lucien avec passion. Lorsqu'il eut terminé, le plus petit des trois, arborant un air imperturbablement jovial, déclara :

« L'eau, c'est bien beau, mais goûtez-moi plutôt ça », alors qu'il exhibait une bouteille de vin de Bordeaux cachetée.

Ils invitèrent Lucien à se joindre à eux. De toute évidence, ils étaient rompus à un tel rituel. Après la promenade en automobile, ce fut pour Lucien la seconde découverte de sa journée. Il n'avait jamais bu de vin de Bordeaux. Quel nectar capiteux, comparé à la production locale ! Quant aux boîtes de conserve, il les avait souvent vues sur les étagères de l'épicerie, mais n'en avait jamais achetées. Il dégusta leurs saveurs tout à fait nouvelles. Pour finir, il se vit offrir un petit cigare long et fin. Voyant chacun des trois compères fumer avec délectation, il fit de même, allongé sur le dos, le regard perdu dans le bleu du ciel. La tête lui tournait délicieusement.

Durant une bonne partie de l'après-midi, les géomètres furent occupés à prendre diverses mesures et demandèrent à Lucien de temps à autre de les aider à tenir une perche, ou à débroussailler tel ou tel endroit. Puis ils commencèrent à topographier le chemin, mais la lumière du jour qui déclinait rapidement les incita à plier bagage et à rejoindre leur voiture.

En marchant à leurs côtés sur le chemin, Lucien se sentit un peu lourd, la bouche pâteuse et l'esprit peu clair. C'est pourquoi lorsqu'ils arrivèrent au véhicule, il déclina leur proposition de le reconduire au domaine et préféra rentrer à pied pour se remettre. Chacun des géomètres lui serra la main et le remercia chaudement de son aide. Puis ayant ajouté qu'ils reviendraient le lendemain matin, ils s'en allèrent dans la direction du village. Leur voiture souleva dans le crépuscule un nuage de poussière bleutée qui s'évanouit à la lumière du soleil couchant.

Quelques jours plus tard, l'ambiance était chaude à l'hôtel-café-restaurant de l'esplanade. Les géomètres y avaient élu domicile et finissaient leur mission. Ils s'étaient accoudés au zinc autour d'un apéritif qui commençait à durer plus que de raison. Les conversations allaient bon train sur la prochaine construction du canal, et quelques habitués du *Café de l'Union* étaient venus pour en savoir plus. Les trois messieurs de la ville tenaient la vedette. De nombreux curieux les entouraient et, moyennant un verre supplémentaire, ils répondaient de bonne grâce aux questions qui fusaient de toutes parts. Malgré la confusion ambiante, il ressortait que la future construction du canal ne présenterait pas de difficultés majeures. Certes, le volume des travaux à prévoir était important mais leur coût pourrait peut-être être revu à la baisse. Ne restait qu'à lancer des pronostics sur leur durée et la date d'inauguration du canal.

Peu après les 8 heures, le docteur Trébise surgit dans l'encadrement de la porte. Après s'être débarrassé de son lourd manteau, de son chapeau et de ses gants, il apparut à tous qu'il était très irrité. Il s'approcha des géomètres dont la figure rougeoyante trahissait leur ébriété naissante. Après les avoir salués individuellement, il les invita nerveusement à passer dans la salle de restaurant, où il avait fait réserver une table. Ce déplacement suscita un murmure désappointé dans l'assistance qui perdit d'un coup l'objet de son animation.

Dans une ambiance feutrée, au coin de l'immense cheminée où crépitait un gros feu, une magnifique table ronde était dressée. Les quatre convives prirent place, et soulevant un petit bristol disposé dans chaque assiette, se délectèrent par avance du menu. On devait leur servir un velouté de potiron, dont la recette était une spécialité de la maison et qui attirait les gourmets de loin. Ensuite venait une terrine de lapereau, accompagnée de sa confiture d'oignons et de ses feuilles d'estragon confites. Ces deux entrées seraient suivies par une quenelle de brochet, puis un salmis de pigeonneau, avant de laisser la place à un classique pélardon chaud sur un lit de salades sauvages, puis à une tarte aux mirabelles. C'était le docteur Trébise qui régalait. Le prétexte était d'offrir à ces messieurs une sorte de réunion de fin de chantier où l'on examinerait les relevés topographiques. En fait, le docteur cherchait surtout à s'informer des résultats et des conclusions, notamment pour savoir ce qu'il en adviendrait de la constitution d'une société pour la construction du canal.

Il n'avait jamais pardonné l'affront que lui avait fait subir Hélène mais il avait dû céder pour ne pas entamer son crédit aux yeux de la population. Malgré un accord donné du bout des lèvres, il n'avait jamais compté partager vraiment la société de travaux. Il voulait disposer des données scientifiques afin d'investir au mieux et d'emprunter au minimum. Il entendait bel et bien faire cavalier seul et se débarrasser de son encombrante conseillère municipale. Il comprit que les trois géomètres n'étaient pas très malins et qu'il lui suffirait de flatter leur ego pour que, l'alcool aidant, ils lui livrent dans le détail le contenu de leur travail. C'était contraire aux dispositions prises selon lesquelles le conseil municipal devait être le premier informé.

Avant même de toucher au plat principal, le docteur Trébise connaissait l'essentiel. L'affaire lui paraissait plus simple que prévu avec peu de difficultés à surmonter. En suivant le fleuve dans les gorges, et même dans la plaine, la pente restait très régulière, ce qui réduisait le nombre des ouvrages à construire et le volume du terrassement à prévoir. De plus, seuls deux ou trois passages nécessitaient de dynamiter des zones rocheuses, et encore sur de petites distances. Regardant avec mépris ses hôtes se goinfrer de salmis de pigeonneau, les mains luisantes de graisse, le docteur ne cessait de remplir les verres d'un vin de Bourgogne particulièrement capiteux. Il resta silencieux quelques instants. Puis, avant que ne soit servi le fromage, il décida de passer à la phase la plus critique de son plan. Il se pencha légèrement en avant, et fixa ses convives dans les yeux :

« Messieurs, j'ai été particulièrement impressionné par la qualité de votre travail, je trouve bien regrettable aujourd'hui de le voir arrivé à son terme. Je suis certain que la commune vous en sera éternellement reconnaissante. Quel dommage qu'il faille désormais nous passer de vos services ! »

Il marqua une pause, observa son auditoire, puis reprit en se raclant la gorge :

« Oui, puisque malheureusement votre tâche s'achève, il m'est venu à l'idée que nous pourrions tout de même poursuivre une coopération fructueuse. J'ai, en effet, l'intention d'investir dans la constitution d'une société qui serait chargée de réaliser les travaux de construction du canal. Cela me semble à la fois une bonne chose pour la commune, et une bonne affaire pour ceux qui y participeront. Et il me serait particulièrement agréable de compter parmi mes associés des gens de votre compétence. »

À ce moment, il s'interrompit pour étudier l'effet de ses paroles sur son auditoire et pour ne pas être entendu par les serveurs qui débarrassaient la table. Les trois messieurs se regardèrent bouche bée, l'esprit embrumé. L'un d'eux trouva cependant la force de bredouiller :

« Votre proposition semble intéressante, mais nous ne disposons pas de beaucoup de capitaux à investir… »

Le docteur Trébise ressembla soudain à un fauve prêt à fondre sur sa proie :

« Bien entendu, je sais que cela représente beaucoup d'argent, et je prends moi-même un certain risque dans cette affaire. Mais j'ai imaginé une forme de transaction qui pourrait vous satisfaire tant je pense aux bienfaits de notre collaboration. Je vous propose de vous allouer des actions en nombre conséquent, sans débours immédiat de votre part, à deux conditions. La première, c'est que vous me remboursiez celles-ci au bout de deux ans avec les dividendes qu'elles rapporteront alors ; ainsi, si elles n'ont rien rapporté, vous n'aurez rien à rembourser et votre perte sera nulle. La seconde, et c'est là le point délicat pour lequel je vous demande un peu de discrétion, c'est que vous acceptiez de rédiger votre rapport d'expertise en donnant une évaluation plus importante des travaux à effectuer afin que, comment dire, nous assurions mieux la rentabilité future de la société. Me comprenez-vous ? »

D'un coup d'œil circulaire, il jaugea ses interlocuteurs et comprit, à leur silence embarrassé, qu'il pouvait aisément gagner la partie. Très vite, il reprit, comme pour emporter leur agrément :

« Je conçois votre gêne à satisfaire cette seconde condition. C'est pourquoi je vous promets un silence absolu. Je puis notamment vous garantir que j'interviendrai auprès du conseil municipal dans le cas où quelqu'un viendrait à contester le coût des travaux estimés. J'ajoute que, si vous jugez bon d'accepter ma proposition, je vous offrirai un nombre d'actions supplémentaires correspondant à 5 % du montant des travaux, rajoutés au devis initial ; vous vous les partagerez à votre convenance. »

Un silence sépulcral accueillit sa proposition. Les trois compères se dévisagèrent furtivement du coin de l'œil, alors que le docteur Trébise, calé dans sa chaise, jouissait du trouble produit par ses propos. L'entrée des serveurs, avec les pélardons chauds disposés sur de petites assiettes en terre vernissée, débloqua la situation. Comme si de rien n'était, le docteur

Trébise lança à la cantonade devant les deux serveurs :

« Goûtez-moi donc à ces délices ! Trêve d'affaires, place maintenant aux plaisirs de la bouche. Oubliez donc pour l'instant tous les petits soucis matériels, mais si d'aventure ils vous reviennent à l'esprit, faites-moi part sans tarder de votre décision », ajouta-t-il, avec un sourire faussement débonnaire.

Autour de la cheminée de l'hôtel-café-restaurant de l'esplanade, la soirée se prolongea tard dans la nuit à grand renfort de digestifs et de cigares. Au même moment, Hélène et Lucien s'endormaient côte à côte dans leur vaste chambre du domaine de la Croix de Fer tandis que la mère de Lucien sanglotait doucement dans la pénombre de son mas, inquiète de n'avoir pas vu rentrer son mari.

II

La défaite de la confiance

Juillet 1948.

DURANT TROIS JOURS, le temps fut exécrable, mêlant pluie et vent sans discontinuer. Les recherches entreprises pour retrouver Fernand Peyrasse, le père de Lucien, furent totalement vaines.

Disparu sans autre raison apparente que la folie qui le gagnait peu à peu, il n'avait plus donné signe de vie depuis maintenant plus d'un mois. Tout le plateau avait été ratissé par les chasseurs du village avec leurs chiens, et aidés par une cohorte de bénévoles. Durant trois journées éprouvantes, ils avaient fouillé *rases* et *bartas* et étaient revenus bredouilles, trempés jusqu'aux os.

Pendant ce temps, Lucien resta aux côtés de sa mère pour la soutenir de son mieux. Lorsque tout espoir de le retrouver fut perdu, il se décida à prendre la situation en main et à imaginer une solution pour assurer ses vieux jours. Lorsqu'il demanda conseil à Hélène, celle-ci n'hésita pas une seconde et lui indiqua qu'elle possédait une vieille maison à la limite du village qui pourrait, moyennant quelques travaux, l'abriter de façon tout à fait convenable. Cette offre charitable combla Lucien qui s'empressa de la mettre à exécution. Il prêta lui-même la main aux premiers aménagements tant et si bien que la maison devint vite provisoirement habitable au bout de quelques jours. Le déménagement fut mené tambour battant par tous les ouvriers du mas de la Croix de Fer, avec les charrettes du domaine.

Paulette n'émit aucune objection, tant il lui tardait de fuir le lieu de son malheur et d'un insondable ennui. Ne réclamant rien pour son compte, elle posa toutefois comme condition de pouvoir y amener la vieille Mangeaclou. La malheureuse centenaire ne se suffisait plus à elle-même et n'aurait pu rester seule là-haut. Lucien se montra un peu réticent, car il aurait voulu que sa mère, fatiguée, ne s'encombrât pas d'un lourd fardeau, mais Paulette insista tant qu'elle eut gain de cause. Consultée, Hélène s'empressa d'approuver cette charitable initiative.

Dans le village où tout se savait très vite, l'histoire fit grand bruit. Elle fut présentée en chaire par le père Doumenc, au sermon dominical, comme un éclatant exemple de charité chrétienne. Hélène en tira un surcroît de popularité.

Au début de l'été, avec l'arrivée des premières chaleurs, le charroi d'eau potable reprit de plus belle, alors que deux nouvelles citernes furent aménagées sur des charrettes achetées pour l'occasion. La demande ne cessait de croître. Il fut même envisagé que, pour l'année suivante, deux villages voisins, distants de quelques kilomètres, s'équiperaient à leur tour de charrettes appropriées pour acheter à la commune, eux aussi, de l'eau des Fontanilles.

Pendant ce temps, le docteur Trébise fit voter en conseil municipal les crédits nécessaires à la construction du canal. Bien sûr, les importants surcoûts annoncés firent tiquer quelques conseillers, au premier rang desquels Hélène. Elle en demanda à plusieurs reprises la raison. Mais à chaque fois qu'elle posait la question, il y avait toujours un expert invité à la réunion, qui sortait une tonne de documents techniques pour justifier ces dépenses supplémentaires.

Au bout d'un certain temps, mi-convaincue, mi-lassée, Hélène lâcha prise et se dit que cela pouvait être tout à fait normal. L'essentiel était que la société se constituât et que les travaux pussent démarrer. Ce qui l'étonnait davantage en revanche, c'était qu'à quelques semaines du moment où allait échoir l'appel d'offres, le docteur Trébise n'eût toujours pas sollicité sa bourse et fût resté très évasif lorsqu'elle abordait le sujet avec lui.

Le coup de tonnerre retentit dans le ciel bleu des premiers jours de juillet. Ce fut un détail insignifiant qui révéla toute l'affaire. Alors qu'elle se trouvait à la mairie pour régler quelques questions sur le sort des plus démunis de la commune, elle vit s'approcher le secrétaire de mairie. Il arborait un air soucieux :

« Madame, je tiens là un papier de la chambre de commerce, apparemment destiné à M. Trébise, non pas en tant que maire, mais en tant que gérant de société. Je ne comprends pas bien de quoi il s'agit, et comme il n'est pas là et que je crois que cela concerne le canal, j'ai pensé que vous sauriez de quoi il ressort. »

Sans laisser paraître son émotion, Hélène sourit et s'empara du papier. Au fur et à mesure de sa lecture, elle sentit ses cheveux se dresser sur sa tête et le sang affluer à son visage. Il s'agissait du récépissé de déclaration d'une société de travaux publics au registre du commerce, qui comportait les noms de quatre actionnaires. Parmi eux, Hélène découvrit celui du docteur Trébise, ainsi que celui de l'un des géomètres, qu'elle avait mémorisé. À l'époque, elle avait, en effet, trouvé amusant qu'il s'appelât M. Piquet, et elle en avait beaucoup plaisanté avec Lucien. Maîtrisant son émotion, elle répondit à l'employé :

« Je vous remercie, mon ami, de m'avoir informée. C'est effectivement très important, et je vais garder ce document, si vous le voulez bien, pour le lui remettre en main propre.

— Le docteur ne doit pas venir aujourd'hui, il consulte chez lui.

— Raison de plus pour me déplacer jusqu'à son domicile. D'ailleurs, c'est bien à cette adresse que ce document aurait dû être délivré, n'est-ce pas ? »

Quelque peu embarrassé, le secrétaire de mairie s'éloigna en se disant que ce n'était pas son affaire. Hélène resta un long moment à méditer sur ce qu'elle devait faire en regardant par la fenêtre le ballet incessant des hirondelles qui rasaient les toits en piaillant. Puis, après avoir rapidement expédié les dossiers du jour, elle rentra chez elle où Lucien se trouvait déjà.

Il venait de faire à Marthe la surprise de deux pleins paniers de grosses fraises, cueillies le matin même. Elles embaumaient la cuisine. Après une période d'adaptation courte mais difficile, tous deux étaient, en effet, devenus de grands amis, pour le plus grand plaisir d'Hélène. Marthe avait appris à glisser discrètement dans la musette de Lucien quelques pâtisseries de sa composition, lorsqu'il devait passer deux ou trois jours à la Croix de Fer à cause de gros travaux. Pour sa part, lui n'oubliait jamais de lui rapporter le meilleur des produits du domaine. Ils en étaient tous les deux à disserter sur le meilleur assaisonnement des fraises lorsque Hélène fit irruption dans l'encadrement de la porte de la cuisine avec un air sombre.

Pendant le repas, elle raconta tout à Lucien et lui donna son point de vue :

« Je crois que le docteur Trébise n'acceptera jamais que nous nous mêlions des finances pour l'exploitation de l'eau au village. Il a su m'amadouer au départ pour que je lui serve à faire voter le projet par le conseil municipal. Il était parfaitement conscient que les études de mon père et mon intérêt pour la question étaient connus de tous et rendaient légitime mon intervention. Maintenant, il veut que je retourne à mes œuvres charitables. En outre, il a manigancé dans notre dos la création d'une société dont nous sommes exclus et il nous met devant le fait accompli, sans que nous puissions faire quoi que ce soit. Car la construction du canal sera probablement assortie d'une déclaration d'utilité publique et nous serons expropriés sur la bande de terrain nécessaire au passage du canal. D'ailleurs, personne ne comprendrait que nous continuions à refuser de céder du terrain. Quant à la promesse non tenue du docteur Trébise de nous associer au capital de la société, elle n'a eu aucun témoin. C'est donc lui qui recueille les lauriers de l'opération, et lui seul. Dieu seul sait ce qu'il fera de ce pouvoir plus tard ! »

À ces mots, Hélène, qui n'avait quasiment rien mangé, éclata en sanglots et se réfugia dans les bras de Lucien. Défigurée par les larmes, elle reprit :

« J'ai pris la décision d'aller voir le docteur Trébise cet après-midi à son domicile. Je veux au moins lui jeter mon mépris à la face, même si je sais qu'avec un homme comme lui, ce genre d'éclat ne sert pas à grand-chose. Je lui présenterai ma démission du conseil municipal…

— Ah ! non… ne fais jamais ça ! s'écria Lucien en faisant sursauter Hélène, peu habituée à voir chez lui cette brutale réaction. Ta place est au conseil municipal, et tu le sais, parce que tu peux y faire beaucoup pour les autres, tout en faisant beaucoup pour toi-même. Rends-toi chez le docteur comme tu le souhaites, et laisse-moi t'accompagner. Mais, je t'en conjure, ne démissionne pas. »

Encouragée et revigorée par une telle détermination, Hélène répondit fiévreusement :

« Partons tout de suite, je ne veux pas attendre. »

Sous l'œil ébahi de Marthe qui apportait deux coupes débordant de fraises au sucre, Hélène et Lucien descendirent atteler le cabriolet dans la remise, puis filèrent comme le vent vers la sortie du village, dans une atmosphère électrique déchirée par le chant des cigales. Ils n'échangèrent pas un mot durant leur trajet, et arrivèrent rapidement en vue de la somptueuse maison du docteur. Elle était située un peu à l'écart du bourg et ne ressemblait à aucune autre. Elle avait le style très particulier des maisons de maître, dont le principal but est d'annoncer à ses visiteurs l'étendue de la fortune de son propriétaire. Ils franchirent au trot la grille du parc, et stoppèrent dans la large allée gravillonnée d'où partaient les marches du perron. Lucien aida Hélène à descendre et ils se dirigèrent vers la maison lorsqu'une voix grave les fit sursauter :

« Que me vaut donc le plaisir de cette visite aussi agréable qu'inattendue ? »

Ils se retournèrent et découvrirent le docteur en train de lire son journal. Il tirait en même temps sur un gros cigare, assis à une table d'extérieur qu'un massif de mimosas leur avait cachée.

D'un pas très assuré, Hélène se dirigea vers lui. Lucien, qui la suivait, arborait un visage fermé, qui n'échappa pas à son interlocuteur. Sans prononcer au préalable le moindre mot, Hélène se planta devant lui et jeta la lettre sur la table. Le docteur posa un œil circonspect sur l'enveloppe, puis planta son regard dans celui d'Hélène :

« Ma chère amie, seriez-vous venue jusque chez moi pour me reprocher d'avoir suivi mon plan, après m'avoir ridiculisé devant tout le monde ? »

N'obtenant aucune réponse, si ce n'est un regard flamboyant de colère et de mépris, il poursuivit calmement :

« Je fais partie des gens qui cultivent une philosophie pratique, qui ne doit rien à l'utopie, et qui se nourrit exclusivement de concret. Ainsi, je vous observe depuis longtemps maintenant, et pour tout vous dire, votre conduite m'irrite au plus haut point. Qu'entendez-vous donc faire pour le village, si ce n'est y jouer la bonne âme providentielle qui entend à tout bout de champ mêler fortune privée et intérêt public en échange d'une reconnaissance personnelle ? Je prétends qu'il faut désormais changer cela, et laisser à chacun le droit de gagner sa propre reconnaissance, qui est celle de l'argent gagné, et qui vaut bien la vôtre, ne vous en déplaise. Faites-moi donc grâce d'un nouveau sermon ou de nouvelles menaces, je crois que nous sommes suffisamment raisonnables tous deux pour savoir que, si vous avez gagné sans coup férir la première manche, vous avez perdu la seconde. Abandonnez donc votre rancœur, et poursuivons ensemble, chacun selon ses choix. S'il vous faut une raison supplémentaire pour vous décider, songez que l'intérêt du village se trouve là. Moi à mes affaires, vous à votre reconnaissance. Tout n'est-il pas bien ainsi pour nos administrés qui, au fond, ne désirent qu'une chose, que l'eau coule claire et fraîche ? »

Sans bouger d'un millimètre, et sans laisser voir la moindre émotion, Hélène répondit :

« Je vous donne raison sur un point, nos administrés sont effectivement bien indifférents à tout cela. Souhaitons qu'ils le restent, même s'il leur serait salutaire de savoir de quoi il retourne pour ne pas continuer à être bernés par vos manœuvres. Vous prétendez que je mêle mal à propos fortune privée et intérêt public, mais je vous signale que cela me semble préférable à ce que vous pratiquez vous-même, en mêlant intérêt privé et fortune publique. Quoi qu'il en soit, je ne souhaite pas vous combattre à ce sujet. Je suis extrêmement lassée de vivre avec la hantise permanente de vos manigances déloyales, et ma vie connaît de tels bonheurs qu'il serait dommage de les gâcher en m'épuisant vainement à essayer de défendre ce que je crois juste face à ce que vous considérez comme lucratif. Faites donc à votre idée puisqu'il semble que personne n'ait la volonté de vous arrêter dans la voie où vous vous êtes engagé. Comme je ne cours pas après la fortune avec autant d'opiniâtreté que vous, je me contenterai de me dévouer au bien de mes concitoyens, et d'essayer d'honorer la confiance qu'ils m'ont accordée. Désormais, loin de moi toute idée d'association avec vous. En revanche, soyez assuré que, dans le projet d'alimentation en eau, je me trouverai toujours du côté de l'intérêt du plus grand nombre, ne serait-ce que pour rendre justice au travail de mon père, grâce à qui tout a été fait. Je vous salue, monsieur, et vous engage à prendre cette mise en garde avec tout le sérieux qu'elle contient. »

Tournant les talons, Hélène se dirigea vers le cabriolet, dont le cheval commençait à piaffer. Elle s'installa sur le siège et brandit le fouet, dès que Lucien l'eut rejointe. L'attelage s'ébranla brutalement. Filant à vive allure au milieu des vignes, Hélène et Lucien n'échangèrent aucun mot. Une chaleur écrasante blanchissait le paysage et ils sentaient avec délices l'air frais de la vitesse leur caresser le visage. Au lieu de pénétrer dans le village, Hélène poussa l'attelage encore un peu plus vite pour prendre la direction du fleuve. Parvenu à ses abords, Lucien attacha le cheval au tronc d'un gros peuplier. Ils empruntèrent un petit sentier qui les conduisit à la berge, là où sous d'épaisses frondaisons poussait une herbe verte, protégée des ardeurs du soleil.

Hélène, oppressée, s'assit au meilleur endroit, et éprouva l'irrésistible besoin de se défaire du carcan de ses vêtements. Penché à ses côtés, Lucien la regardait tendrement. D'abord, elle délaça ses bottines, puis ouvrit les premiers boutons de sa robe, et enfin lâcha ses cheveux. Tournant la tête l'un vers l'autre, ils se sourirent dans un instant de complicité parfaite, puis, envahis par le désir, commencèrent à s'embrasser avec fougue.

Alentour, le crépitement de la garrigue surchauffée semblait ne pas pénétrer l'îlot de fraîcheur dans lequel ils s'étaient réfugiés, comme pour échapper enfin à un monde qui n'en finissait pas de s'acharner sur eux.

III

L'amour blessé

Septembre 1948.

Le jour à peine levé, Hélène présentait un visage d'une effrayante pâleur, les yeux enfoncés. Elle brûlait de fièvre et s'agitait faiblement dans ses draps humides. À ses côtés, Lucien attendait avec impatience l'arrivée du médecin. Marthe était partie le chercher au village voisin, car il n'avait pas été question de solliciter les services du docteur Trébise. Elle avait dû atteler à la hâte le cabriolet, et recourir aux services d'un voisin, M. Vignal, pour le conduire.

Lorsque le médecin arriva enfin, il jugea la situation si préoccupante qu'il oublia tout de suite la mauvaise grâce dont il avait fait preuve pour venir. Informé par Marthe de l'état de la malade pendant le chemin, il put donner son diagnostic immédiatement après l'auscultation.

Enceinte de trois mois, Hélène portait en elle un enfant mort, et son organisme était en proie à une infection qui commençait à se généraliser. Encore à demi consciente, elle sombra à l'annonce de cette nouvelle dans une torpeur comateuse qui porta leur inquiétude à son comble. Il fallait agir vite, et il n'était pas question de la transporter jusqu'à la ville car il était vital d'intervenir immédiatement. N'ayant jamais été confronté à un tel cas, et peu expérimenté à cause de son jeune âge, le médecin réclama de toute urgence, et à la stupeur générale, l'assistance du docteur Trébise. Il connaissait la réputation du praticien, le seul à pouvoir l'aider.

Comme chacun restait pétrifié lorsqu'il annonça sa décision, il menaça d'aller lui-même le chercher en abandonnant sa patiente. Marthe se décida enfin à bouger, non sans bougonner entre ses dents :

« Par tous les saints, celui-là, il aura fait assez de mal comme ça, pour commencer à en réparer un peu. »

Elle sortit de la chambre, héla dans le couloir un voisin, aimablement resté là au cas où l'on aurait besoin de lui. Hélène avait totalement perdu connaissance. Lucien se mit au service du médecin qui préparait la délicate intervention qu'il faudrait pratiquer dès l'arrivée du docteur Trébise. Il en profita pour lui raconter le difficile début de la grossesse dès la fin du premier mois. L'état d'Hélène n'avait fait qu'empirer progressivement jusqu'à la veille, où des saignements noirâtres étaient apparus, accompagnés de violentes douleurs. Elle n'avait jamais voulu voir Trébise, remettant par deux fois le projet de se déplacer jusqu'à la ville pour consulter un spécialiste. Le jeune praticien semblait sidéré par un tel comportement. Il ne put s'empêcher de demander pourquoi Hélène s'était montrée si opposée aux soins du docteur. Lucien ne lui répondit pas.

Ce dernier arriva en moins d'une heure. Saluant son jeune confrère à la hâte, il lui indiqua que, grâce à la description de Marthe, il avait préparé son diagnostic. Il connaissait ce genre de situation. Après une rapide auscultation, il tomba d'accord avec lui et fit à Hélène une piqûre pour combattre la propagation de l'infection. Puis, avec l'autorité naturelle que lui conférait son rôle médical, il demanda à Marthe et à Lucien de quitter la pièce afin de limiter le risque de surinfection pendant l'intervention.

Marthe entraîna son maître à la cuisine, en lui répétant qu'il était vain de stationner devant la porte de la chambre. Ils se retrouvèrent autour de la grande table, le regard plongé dans un bol de café, en compagnie de leur inamovible voisin, M. Vignal. Le craquement incessant du plafond indiquait que l'on s'affairait sans répit à l'étage supérieur. Au bout d'un long moment, les deux praticiens descendirent dans la cuisine. Autant le docteur Trébise semblait, sinon serein, du moins confiant, autant son jeune confrère paraissait totalement retourné. Inquiète, Marthe lui offrit de s'asseoir. Il s'affaissa sur une chaise mais repoussa le bol de café qu'elle lui apporta. Le docteur Trébise rompit le silence d'une voix assurée :

« Il était temps d'intervenir. Je crois que nous sommes parvenus à ôter ce qui aurait pu être fatal. Pour l'instant, elle n'a pas repris connaissance, et il est possible qu'elle reste dans cet état pendant vingt-quatre heures. Je ne saurais trop vous conseiller de nettoyer à fond la chambre, et de la veiller. Quant à moi, je repasserai ce soir pour l'ausculter, et lui faire une nouvelle piqûre. D'ici là, quelqu'un devra se rendre en ville pour chercher le traitement adéquat ; voici mon ordonnance, dit-il en déposant la feuille de papier sur le coin de la table. J'ajoute que vous ne devez pas hésiter à m'envoyer chercher à tout moment si la fièvre vient à monter ou si votre femme s'agite excessivement. Je vous propose enfin de libérer mon jeune confrère qui a déjà eu la gentillesse de se déplacer malgré l'éloignement », ajouta-t-il, en fixant Lucien d'un air mi-conciliant, mi-réprobateur.

Après le départ des deux médecins, on convint que Marthe irait, accompagnée de M. Vignal, chercher les médicaments, Lucien tenant absolument à rester aux côtés d'Hélène et assister à son réveil. Bien que l'aller-retour à la ville en cabriolet soit éprouvant pour une vieille dame comme Marthe, celle-ci n'hésita pas un instant. Vers le milieu de l'après-midi, dans sa chambre où régnait la pénombre, Hélène reprit soudain connaissance. Elle ouvrit de grands yeux effarés, puis se détendit lorsqu'elle aperçut Lucien assoupi dans un fauteuil. Immédiatement revint à son esprit la terrible annonce qui l'avait plongée dans le coma, quelques heures auparavant. Elle se mit à pleurer et secoua faiblement la tête en proie à un profond désespoir. Elle resta ainsi prostrée de longues minutes, puis tenta de se redresser sur son lit pour lire l'heure au cadran du gros réveil qu'on avait posé sur la table de nuit. Une douleur aiguë dans le ventre lui arracha un petit cri perçant qui réveilla Lucien en sursaut. D'un bond, il fut auprès d'elle et, prenant sa tête dans les mains, la reposa délicatement sur les coussins en remontant doucement le drap jusqu'à son cou. Il saisit ensuite sa main et s'installa sur une chaise, à la tête du lit. Tous deux restèrent ainsi, sans mot dire, unis par leur seul regard. Aucun des deux ne voulait parler, tant ce qui leur brûlait les lèvres était douloureux. Lucien s'y résigna pourtant. Il ne pouvait songer à ce qu'elle vît surgir le docteur Trébise pour la piqûre du soir sans y avoir été préparée. Il parla sans détour, après l'avoir réconfortée de son mieux, par de petites caresses qui semblèrent redonner quelques couleurs à son visage mortifié.

« Hélène, ce que tu as eu est très grave et aurait pu t'emporter. Nous avons beaucoup tardé pour solliciter le médecin et, lorsqu'il est enfin arrivé, il était presque trop tard. Il fallait t'opérer tout de suite. Ce jeune médecin, qui a eu la gentillesse de se déplacer, n'était pas capable d'intervenir tout seul... Alors il a demandé l'aide du docteur Trébise... »

À ces mots, Hélène se raidit et regarda fixement le plafond, en dégageant sa main de celles de Lucien. Son immobilité le déconcerta et lui fit craindre le pire. Elle avait l'impression que toute sa tête brûlait, elle éprouvait un violent sentiment mêlé de honte, de douleur, de désespoir et de rage. Elle venait de perdre ce qui avait constitué un nouveau but dans sa vie, cette vie qu'elle devait désormais d'avoir conservée à son ennemi juré. En outre, celui-ci avait pu découvrir son intimité la plus secrète. Elle se sentit souillée et, pour la première fois, constata que la présence de Lucien ne lui était d'aucun secours. Elle se laissa entraîner dans un tourbillon de douleur qui lui accorda quelques brefs instants de répit, puis la happa de nouveau, avant de l'abandonner dans un puits de désespoir.

La nuit était tombée. Lucien n'avait pas bougé d'un pouce. Il continuait à observer le masque impénétrable d'Hélène sans oser lui parler. Il sursauta en entendant frapper à la porte. Descendant les escaliers quatre à quatre, il ouvrit en pensant que c'était Marthe. Elle avait donc fait bien vite ! Il se trouva nez à nez avec le docteur Trébise. Celui-ci, sans cérémonie, s'engagea résolument dans le couloir en disant :

« Je suis passé plus tôt que prévu car je suis réellement inquiet pour votre femme. J'ai donc inversé l'ordre de mes visites. Je viens lui faire sa piqûre. Comment va-t-elle ? »

Surpris et désorienté par une telle assurance, Lucien bredouilla :

« Ben… elle a repris connaissance en milieu d'après-midi, puis elle a replongé dans ses rêves, mais comment dire… tout en restant éveillée. »

Affichant une mine perplexe, le docteur Trébise commença à gravir l'escalier, se retourna et darda sur Lucien son regard perçant :

« Dites-moi, Lucien, est-ce que vous lui avez annoncé que c'est moi qui l'avais opérée ?

— Eh bien oui… justement.

— Comment ça, justement ?

— C'est quand je lui ai annoncé que c'était vous qu'elle s'est raidie et qu'elle n'a plus dit un mot.

— Très bien, je vois ce dont il s'agit. Très franchement, je crois que ça fait beaucoup d'épreuves pour elle dans la même journée. Allons, il faut au moins que je m'attache à guérir le corps. Son cœur restera, je le crains, meurtri à jamais. »

Balançant la tête, il acheva de gravir l'escalier et pénétra dans la chambre. Lucien le suivit. Hélène n'avait pas bougé et ne donnait toujours pas signe de vie. Comme si de rien n'était, le docteur Trébise se prépara à sa tâche et, ayant compris qu'elle ne lui adresserait pas un mot, choisit Lucien comme interlocuteur :

« Il faut que je l'examine pour voir si les saignements se sont interrompus et que je vérifie le pouls et la tension avant de faire la piqûre. Voulez-vous bien m'aider ? » dit-il en montrant la couverture.

Lucien, tétanisé, jeta un regard implorant à Hélène et chercha désespérément l'expression de son accord. Pour toute réponse, elle ferma les yeux. C'était donc le signe d'une soumission douloureuse et forcée. Trébise souleva la couverture et le drap, puis retroussa la chemise de nuit. Son examen fut extrêmement long et minutieux. Une fois Hélène à nouveau recouverte, il s'exclama avec une bonhomie qui eut pour effet de détendre une atmosphère devenue oppressante :

« Allons, beaucoup de repos, des soins attentifs et Marthe à la cuisine. Voilà une malade qui pourra être sur pied d'ici à une quinzaine de jours. »

Reprenant un ton plus sérieux, il poursuivit :

« L'hémorragie a cessé et la cicatrisation ne devrait pas poser de problèmes. En revanche, il subsiste une sérieuse infection qui devrait mettre du temps à se résorber et engendrer une grosse fatigue. Voilà pour le présent, bien difficile, je le reconnais... Pour l'avenir, je le vois plus souriant parce que, ce qui est fort rare en pareil cas, il ne me semble pas que les lésions causées par cette fausse couche vous empêchent de garder l'espoir. Vous m'en voyez fort heureux », ajouta-t-il en prenant la main d'Hélène, sous le regard interloqué de Lucien.

Sursautant sous un accès de répulsion, Hélène ouvrit les yeux et essaya vivement de retirer sa main. Comme s'il l'avait prévu, le docteur Trébise raffermit son étreinte pour mieux emprisonner les doigts frêles et diaphanes. Il reprit, en posant doucement son regard sur les yeux brillants de fièvre :

« Nous devons tout faire pour protéger la vie, soit en la sauvant, soit en l'épargnant, soit en la donnant. C'est le lien sacré qui unit tous les hommes. Nulle discorde ne doit jamais y faire déroger. Aussi, je serais extrêmement peiné d'apprendre, d'ici à quelques mois, l'arrivée d'un heureux événement dans votre foyer en découvrant qu'un confrère, dérangé à l'autre bout du canton, en aurait été l'auxiliaire, ajouta-t-il en souriant et en lâchant la main d'Hélène. Allons, je vous embête encore cinq minutes avec ma fameuse piqûre et puis je file. »

Pendant qu'il se retournait pour préparer la seringue, Lucien s'approcha du lit. Il voulut dénuder la fesse d'Hélène. Mais celle-ci l'arrêta d'un geste du bras et se mit en position pour recevoir l'aiguille. Quand le docteur Trébise fut prêt, il remarqua l'attitude de sa patiente mais ne pipa mot, tout occupé d'exécuter son geste médical. Une fois celui-ci terminé, il rangea sa sacoche, s'habilla et sortit après les avoir salués.

Hélène replongea dans son mutisme obstiné et Lucien la veilla tristement. Vers 10 heures du soir arrivèrent enfin Marthe et M. Vignal avec les précieux médicaments qu'ils avaient eu du mal à trouver. Ils avaient dû, en effet, courir en plusieurs pharmacies de la ville, et pour l'un d'entre eux, attendre qu'on le leur préparât. Devant un bol de bouillon que Marthe fit réchauffer, Lucien écouta le récit de leurs pérégrinations. Il fera sans nul doute un sujet de conversation au village pour de nombreux mois.

À l'étage, Hélène était enfin assoupie. Son désespoir avait laissé la place à une lourde lassitude. Des images confuses avaient encombré son esprit ; les souvenirs de ces deux dernières années s'étaient sans cesse bousculés. Il s'était passé tant de choses en si peu de temps ! Au moment où elle avait décidé de profiter de ce repos forcé pour faire un point sur sa vie, elle avait sombré dans un sommeil profond et tranquille.

IV

Au bout de la folie

Un automne doux et très pluvieux s'écoulait, plongeant le village dans une longue torpeur. Au milieu de la plaine, les eaux du fleuve gonflèrent démesurément, provoquant de nombreuses inondations dévastatrices. Elles ne cessèrent pas jusqu'au début du printemps, où chacun guetta le retour du beau temps et le réveil d'une nature martyrisée par les intempéries.

Personne n'avait été épargné par la morosité ambiante ; Hélène et Lucien avaient vécu assez repliés sur eux-mêmes, laissant de côté leurs projets et le chantier des Fontanilles. Leur priorité avait été la guérison complète d'Hélène. Si le corps avait assez vite recouvré la santé, une langueur infinie s'était emparée de son esprit. Malgré ses innombrables et délicates attentions, Lucien n'était pas parvenu à la chasser et avait peu à peu cédé à un sentiment de découragement. Il s'était contenté d'emmener sa compagne dans de longues promenades à pied, qu'ils avaient faites en silence le plus souvent, entre deux ondées. Hélène semblait s'être résignée à reporter son retour au conseil municipal et sa participation au chantier des Fontanilles. Quant à parler d'une nouvelle grossesse... Ils avaient ainsi laissé s'écouler des semaines interminables, qu'étaient venues ponctuer les visites du docteur Trébise. Celui-ci avait manifesté un zèle étonnant pour la santé de sa patiente. À plusieurs reprises, il avait essayé de renouer les fils de leur relation. Mais Hélène était restée sur sa réserve en ne parlant que du strict nécessaire.

Un jour, Lucien eut la surprise de le voir arriver à l'improviste au domaine de la Croix de Fer, où il soignait une brebis. Le médecin affichait un air jovial. Il alla droit au but de sa visite :

« Mon cher Lucien, comme vous le savez, les crues de l'hiver ont probablement arraché et charrié de nombreux arbres. Ces troncs ont dû recouvrir une partie du chemin que nous avons ouvert l'an dernier et provoquer de sérieux dégâts. Il faudra absolument le réparer pour reprendre le charroi de l'eau, qui se fera d'ici trois à quatre mois au plus tard, et pour commencer à creuser le canal. À mon avis, personne n'y est retourné depuis l'automne dernier, et il conviendrait de mesurer l'étendue du travail qui nous attend. Si vous en étiez d'accord, et Hélène aussi naturellement, je souhaiterais que vous fassiez cette évaluation pour le compte de la commune, et que vous organisiez, à ses frais, l'enlèvement de toutes les laisses de crues qui seraient gênantes. J'ai pensé qu'en cette saison les ouvriers agricoles du domaine auraient le temps de se consacrer à cette tâche et seraient heureux d'avoir du travail. Qu'en dites-vous ? »

Bien que méfiant envers un être aussi ambigu et double, Lucien ne se montra pas pour autant hostile à la proposition, tant sur le plan financier pour le domaine, où l'activité était réduite, que sur le plan personnel. Il regrettait beaucoup, en effet, de n'être plus impliqué dans le projet des Fontanilles. Il réfléchit plusieurs secondes avant de répondre prudemment :

« Cela me semble effectivement indispensable. Je serais volontiers partant mais ne m'engagerai pas sans l'avis d'Hélène. Je vous promets de lui en parler dès ce soir et je vous donnerai demain ma réponse. »

Puis, pour couper court à une conversation qui lui était tout de même désagréable sur le fond, il se remit ostensiblement au travail. Il empoigna sans douceur la brebis qui se mit à bêler bruyamment. Après un salut poli, Trébise s'écarta, monta sur son magnifique attelage et disparut sous le porche de la cour.

Lucien ne put chasser la proposition de sa tête pendant toute la journée. Il en rapporta fidèlement le contenu à Hélène, alors que tous deux prenaient, comme à l'accoutumée, une infusion de verveine au coin du feu. Ce qu'il avait redouté se produisit : elle le regarda tristement, puis se réfugia dans un mutisme qui lui devenait insupportable. Elle finit par lâcher un « Fais comme tu veux », dans lequel il lui crut déceler une pointe de mépris. Embarrassé et sachant qu'elle n'en dirait pas plus, il décida d'agir comme il l'entendait, c'est-à-dire de répondre par l'affirmative.

C'est ainsi que, quatre jours plus tard, il se retrouva à l'entrée des gorges du fleuve, où il découvrit, le cœur déchiré, un spectacle de désolation. Les eaux étaient encore très hautes et de grandes vagues boueuses agitaient la surface du fleuve en de monstrueux soubresauts. Par endroits, le chemin disparaissait totalement sous d'impressionnants amoncellements de troncs et de branchages affreusement entrelacés. Ailleurs, des rangées entières d'arbres avaient été couchées par le courant et gisaient là, attendant d'être emportées par la violence du courant. Au-dessus de sa tête, dans un ciel noir, roulaient d'épais nuages chargés d'eau, qui laissaient présager le pire pour les jours à venir. Poussés depuis la mer par un vent violent, ils se dirigeaient à l'assaut des montagnes où naissait le fleuve. Lui revint alors à l'esprit la phrase qu'avait souvent répétée son grand-père : « Tout ce que *mounta, davalera* un jour. » En avançant dans la gorge, parfois au ras de l'eau qui, par endroits, menaçait de recouvrir le chemin, ou plutôt ce qu'il en restait, Lucien mesurait l'énormité du travail à réaliser. Il prenait confusément conscience que la construction du canal et surtout son entretien seraient probablement une affaire plus compliquée qu'elle n'avait paru. À force d'opiniâtreté, il finit par se frayer un passage jusqu'au niveau de la source. Il lui fallut pour y arriver le double du temps habituel. Fatigué par l'effort, il s'assit sur une pierre humide et fut consterné de ne pas y reconnaître l'endroit idyllique qui l'avait fait rêver autrefois. Le parterre d'herbe verte s'était transformé en une étendue de boue souillée par les dépôts du fleuve, les vertes ramures étaient remplacées par des branches décharnées qui grinçaient sinistrement sous la torture du vent, et la source, ordinairement délicieusement rafraîchissante, lui apparaissait comme une monstrueuse gueule béante vomissant une écume blanche, dans un fracas assourdissant. Non, il ne reconnaissait rien de la maison de verdure qui avait abrité son amitié naissante avec Hélène. Était-ce un présage ? Tout lui parut triste alors que sa vie était encore si gaie quelques mois plus tôt.

Il passa en revue le paysage alentour, notamment la pente abrupte qui montait au plateau et où il aimait poser ses pièges. Replongeant au cœur de ses souvenirs, il suivait du regard les lambeaux du brouillard qui se déchirait, quand un détail le fit sursauter. Il crut apercevoir, au tiers de la pente, une minuscule tache rouge, imperceptible pour un œil moins exercé que le sien, mais celle-ci disparut instantanément. Se concentrant à nouveau, il la retrouva et, la scrutant avec attention, il découvrit à ses côtés comme un gros objet qu'il n'arrivait pas à identifier à cause de la pluie. Celle-ci s'était remise à tomber en abondance et opacifiait davantage l'air brumeux. La curiosité de Lucien eut raison de sa fatigue. Il pensait être le seul à connaître le dangereux chemin qui permettait de descendre directement du plateau jusqu'au fleuve, au milieu des nombreuses barres rocheuses. Bien que trempé jusqu'aux os, il commença à gravir les premiers mètres de la pente après avoir perdu l'objet de vue. Il persévéra pendant encore un quart d'heure tout en se rendant compte que, sans recul, il risquait de ne jamais débusquer ce curieux objet. Une broussaille pouvait facilement le dissimuler à sa vue. Découragé, il finit par faire demi-tour et commença une descente encore plus périlleuse. Tout à coup, au détour d'une barre rocheuse, il tomba sur ce qu'il cherchait. Il s'agissait d'une boîte en fer, peinte en rouge vif. Elle portait une inscription : *Explosif agricole* avec une inquiétante tête de mort. Accroupi devant elle, il resta médusé jusqu'à ce que, levant ensuite un peu les yeux, il aperçût, à quelques mètres en contrebas, une casquette en partie recouverte par une pierre qui l'avait probablement empêchée de s'envoler. De plus en plus intrigué, il se releva, descendit et ramassa la casquette.

C'est à ce moment qu'il ressentit un malaise l'envahir. Il dut s'asseoir pour respirer. La casquette qu'il tenait entre ses mains, c'était celle de son père. Crasseuse et usée jusqu'à la corde, noire de charbon de bois. Pour s'en assurer, il huma le tissu détrempé puis, malgré lui, ne tarda pas à fondre en larmes. Après un instant de désarroi, il commença à battre les broussailles alentour et tomba alors sur le spectacle qu'il redoutait sans se l'avouer, celui d'un corps en grande partie décharné que recouvraient des lambeaux de vêtements. À côté gisait une autre caisse, identique à la première. Il n'eut pas le courage de déplacer le corps disloqué. La cause du décès était claire et il reconstitua en pensée le drame qui s'était déroulé.

Les bras chargés des deux caisses qui pesaient une dizaine de kilos chacune, encombré par sa volumineuse musette, le malheureux avait glissé de la barre rocheuse située immédiatement en contre-haut. En effet, à cet endroit, le bartas obligeait à marcher près du bord et celui-ci, en légère pente, était recouvert de cailloutis. Dans sa chute, son père avait dû lâcher l'une des caisses, puis perdre sa casquette qui, en roulant, était allée se coincer sous un caillou. Ensuite, le corps avait dû terminer sa course à quelques mètres en contrebas. Le crâne, enfoncé sur plusieurs centimètres, attestait une mort instantanée.

Une fois l'émotion de sa découverte un peu dissipée, Lucien s'étonna de ne pas se sentir accablé de chagrin, comme il l'aurait cru. À sa grande surprise, il éprouvait plutôt de la curiosité car, s'il n'avait eu aucun mal à deviner comment son père était mort, il ne savait toujours pas ce qui l'avait poussé à venir ici avec des explosifs qu'il n'utilisait jamais dans son travail. Et pourquoi avoir disparu aussi subitement du mas ? Malgré la pluie qui redoublait de violence, il restait insensible au froid et à l'humidité qui le transperçaient. Après de longues minutes de contemplation, il se décida, en dépit de la répulsion qu'il éprouvait, à aller récupérer la musette accrochée au cadavre afin de voir si son contenu pourrait lui fournir quelques indices. Il coupa la bandoulière avec son laguiole, l'emporta et revint s'accroupir sous un surplomb rocheux. Le contenu, fort détérioré, ne lui révéla rien. Dépité, il fut pris soudain par un violent frisson et des tremblements incontrôlés. Il venait de passer de longues heures sous la pluie, de fournir de gros efforts et de connaître d'intenses émotions sans avoir rien mangé depuis la veille. À présent, son corps lui échappait et il comprit qu'il était urgent de rebrousser chemin, d'autant qu'il n'était pas parvenu au bout de ses peines. Cet endroit était devenu un véritable lieu de cauchemar et il avait hâte d'en partir au plus vite. Il décida d'emporter les deux caisses. Le chemin du retour fut un vrai calvaire. Épuisé, trempé, grelottant, fiévreux et bouleversé par sa découverte, Lucien avançait, hagard. Encore grossi depuis tout à l'heure par la pluie récente, le fleuve débordait de son lit en de nombreux endroits, et envahissait la gorge. Ses flots furieux grondaient en emportant tout sur leur passage. Lucien, qui brûlait de fièvre, crut voir dans les vagues autant de bras qui tentaient de le happer pour l'engloutir. À plusieurs reprises, il dut se frayer un passage à travers des broussailles entrelacées car le chemin avait disparu sous l'eau. Il avait peu de temps pour sortir de la gorge avant que celle-ci ne soit totalement envahie. Il manqua une fois de s'évanouir, mais à aucun moment, il n'envisagea d'abandonner les deux encombrantes caisses qui le ralentissaient dans sa progression et contribuaient à accroître sa fatigue. Quand il parvint enfin au sortir de la gorge, il s'imposa un effort surhumain ; au lieu de gagner la Croix de Fer, il décida de pousser jusqu'au village pour rentrer chez lui. Titubant, il écoutait avec frayeur le tonnerre mugir dans la plaine. Il n'avait plus qu'une idée en tête, celle de retrouver un foyer dont l'ambiance avait pourtant commencé à lui peser, après l'hiver difficile qu'il venait d'y vivre. Cette journée l'avait brisé.

Il arriva enfin après une heure et demie de course harassante. Montant péniblement les quelques marches du perron, il parvint à cogner au marteau. Soudain, il sentit à sa grande surprise ses jambes se dérober. Dans un ultime sursaut de conscience, il entrevit le visage effrayé de Marthe qu'éclairait le halo de la lampe à pétrole.

Sixième partie

D'UNE RIVE À L'AUTRE

I

La fin d'une légende

LA DOULOUREUSE MÉSAVENTURE de Lucien eut au moins une conséquence heureuse ; elle fit sortir Hélène de sa léthargie après plusieurs mois. Le soir où, alertée par les cris de Marthe, elle découvrit son mari affalé sur le perron, gisant entre les deux caisses en fer et la vieille musette sous la pluie battante, elle retrouva en quelques secondes, comme par miracle, sa force et sa détermination. Après l'avoir traîné du couloir au canapé du salon, les deux femmes le déshabillèrent, puis le rapprochèrent du feu qu'elles avaient copieusement alimenté. Lucien recouvrit rapidement ses esprits, mais dans un état d'épuisement patent. Lorsqu'il rouvrit les yeux, Hélène ne put s'empêcher de le serrer dans ses bras et de le couvrir de baisers. Elle prenait conscience de son malheur si elle venait à le perdre, et du dévouement sans faille dont il avait fait preuve ces derniers temps.

Pendant que tous deux retrouvaient intensément leur amour, Marthe voulut aussi contribuer, à sa façon, à la joie qui revenait. Elle s'affaira dans la cuisine. Le repas du soir qu'elle avait prévu pour toutes les deux lui parut bien succinct pour un homme qui devait, en outre, être fort affamé. Si la soupe permettrait de le réchauffer, ce n'était pas suffisant. Elle décida de faire griller trois grosses tranches de gigot de mouton avec des herbes, et d'ouvrir un bocal de haricots verts qu'elle agrémenta d'une persillade fraîche. Pour le dessert, servi après un bon pélardon, elle confectionna un onctueux flan aux œufs. Une fois tout préparé et finissant de cuire, elle regagna le salon pour rajouter un couvert. Il n'y avait plus personne. Les craquements au plafond, auxquels elle était si habituée, lui apprirent qu'ils étaient montés. Sans doute Lucien enfilait-il des vêtements secs. Malgré le contenu macabre de son récit et son extrême fatigue, il fit honneur au repas. Pourquoi pleurer ? Tous trois avaient fait depuis longtemps leur deuil de Fernand Peyrasse, et se doutaient que ce dernier était en train de préparer un mauvais coup lorsque la mort l'avait saisi. Le mystère serait-il élucidé ?

Une fois terminé le flan aux œufs et bu son habituelle infusion, Lucien sentit ses yeux se fermer. Il se laissa entraîner par Hélène jusqu'à la chambre, où il eut à peine le temps de deviner le contact des draps avant de sombrer, comme assommé, dans un sommeil profond. Lorsqu'il se réveilla, le lendemain, sa première pensée fut qu'une page de la vie venait d'être tournée. Son père, sa mère et son grand-père, chacun à sa façon, avaient quitté le plateau, ainsi que la vieille Mangeaclou. Les Fontanilles s'étaient transformées en un lieu qu'il ne reconnaissait plus comme un îlot de bonheur. Trop de gens y étaient passés et en avaient fait un enjeu qui n'avait plus rien à voir avec le rêve. Enfin, lui qui regardait autrefois la plaine avec une aversion mêlée de crainte, il s'y était installé et y menait une vie plus agréable qu'il n'avait jamais espéré. Il se sentit profondément serein. Et même ses sordides démêlés avec le docteur Trébise ne parvinrent pas à entamer son sentiment de bien-être. Hélène ouvrit les yeux, tout ensommeillée, et lui adressa ce sourire radieux qu'elle avait perdu au cours des dernières semaines. Elle jeta ses deux bras autour de son cou.

Ils se levèrent, prirent leur petit déjeuner et envisagèrent leur avenir avec calme, comme ils ne l'avaient pas fait depuis bien longtemps. Puis ils décidèrent d'étaler sur la table de la cuisine le contenu de la musette afin de tenter de percer le mystère qui entourait les sombres projets de son père.

Le résultat fut décevant au premier abord. Elle ne contenait guère que des objets usuels et les reliefs d'un banal repas. Ils trouvèrent cependant une feuille de papier très délavée et recouverte de dessins griffonnés à la hâte. On aurait dit un plan de par les croix qui étaient indiquées en quelques endroits précis. Malgré un long et minutieux examen, ils ne purent en tirer aucune conclusion, si ce n'est que ce dessin n'était pas de la main de Fernand Peyrasse. Déçus, ils rangèrent ce qui méritait de l'être et jetèrent le reste. Puis Lucien récupéra les deux boîtes d'explosifs qu'il avait déposées dans le couloir, la veille, et décida de les emporter le jour même à la Croix de Fer, où elles représenteraient moins de danger et pourraient servir à des travaux agricoles. Il décida au préalable de passer à la mairie pour déclarer sa découverte et organiser la récupération du corps. Puis il irait prévenir sa mère.

Lorsqu'il arriva à la mairie, il trouva le docteur Trébise en pleine discussion avec le secrétaire. Arborant sa mine grave, celui-ci l'invita immédiatement à entrer dans son bureau. Une fois que Lucien eut achevé son histoire, il lui présenta poliment, mais non sans froideur, ses condoléances. Il lui assura que le corps serait récupéré l'après-midi même sous la responsabilité de Bonbonne et des trois autres employés municipaux. Lucien remercia sans manifester la moindre envie de se joindre à l'expédition. Il demanda simplement que le corps soit apporté dans un cercueil au domicile de sa mère, qu'il se chargeait de prévenir.

Cette dernière étendait du linge devant sa porte lorsque son fils arriva. Son visage s'éclaira, et elle se précipita dans les bras qu'il lui ouvrait, tant elle était heureuse de le voir à chacune de ses visites. Avant qu'elle n'ait pu rien dire, Lucien tira de sa poche la vieille casquette de son père, et la lui tendit silencieusement. Elle la regarda, les yeux embués. Pétris d'émotion, ils rentrèrent dans la maison où, pendant une heure, Lucien raconta sa triste découverte. Ils décidèrent que l'enterrement aurait lieu sur le plateau, au mas des Euzes, le plus tôt possible. Comme sa mère le lui demandait, Lucien accepta de passer la nuit chez elle pour veiller ensemble le défunt. C'était la coutume.

Contrairement à ce qu'il avait prévu, Lucien ne se rendit à la Croix de Fer que le lendemain pour y déposer les funestes boîtes. Dès son arrivée, il se mit en quête d'Hippolyte, qui était l'ouvrier agricole habituellement chargé de manier les explosifs. Il le trouva essayant de réparer le bras tordu d'une charrue :

« Salut, Hippolyte ! Il m'arrive une drôle d'histoire », annonça-t-il en déposant son fardeau à terre.

Il relata alors en détail sa découverte puis il demanda :

« Selon toi, à quoi pouvait servir le contenu de ces deux boîtes ?

— À vrai dire, je n'en sais fichtre rien En tout cas, il y en a là pour pas mal d'argent, et je ne vois pas à quoi votre père les destinait. En revanche, je sais peut-être qui pourrait vous renseigner. »

Après avoir examiné de plus près les deux boîtes, il reprit :

« C'est bien ce que je pensais, elles viennent de chez le père Mathieu. Allez donc lui demander pourquoi il les a vendues à votre père. Avec son habitude de toujours poser des questions, ça m'étonnerait beaucoup qu'il n'en sache pas davantage, d'autant qu'il a dû lui demander ce qu'il voulait en faire pour calculer la quantité nécessaire.

— Merci du conseil, Hippolyte. Comme je ne sais pas quoi en faire, je te les ai apportées pour que tu les ranges avec celles du domaine. Tu pourras même t'en servir à l'occasion. Adieu, je rentre au village et je passe chez le père Mathieu. »

Celui-ci tenait boutique dans une sorte de remise située un peu à l'écart du village. Depuis plus de trente ans, il faisait commerce de toutes sortes de produits que l'on ne trouvait pas ailleurs. On venait donc de loin pour les lui acheter. Il y avait là, entassés dans un désordre indescriptible, des sacs d'engrais agricole et de soufre, des bidons rouillés d'acide et de produits chimiques divers. L'endroit avait un aspect sordide, accru par l'odeur nauséabonde qui y flottait en permanence. Le vieil homme lui-même était à la couleur de son commerce. Obèse et rougeaud, il s'exprimait par grognements successifs. De plus, vivant seul depuis toujours, il était d'une saleté repoussante, qui donnait à maints clients des haut-le-cœur. Il avait en outre la réputation d'être un personnage louche auquel les gendarmes avaient plusieurs fois rendu visite.

Lorsqu'il vit Lucien arriver, et comme s'il flairait des ennuis, il prit un air méfiant avant de lui tourner délibérément le dos et de commencer à faire semblant de fouiller parmi les sacs et les bidons empilés.

Campé derrière lui, Lucien l'interpella avec assurance :

« Père Mathieu, vous connaissez la nouvelle ? »

N'obtenant aucune réaction, il reprit plus fermement, d'un ton presque menaçant :

« Savez-vous, oui ou non, que j'ai retrouvé mon père mort juste au-dessus de la source des Fontanilles ? »

Se retournant lourdement, le vieux répondit d'une voix sourde :

« Oui, comme tout le village, et alors ?

— Et alors, je trouve bien étrange qu'il se soit rompu le cou en descendant aux Fontanilles, où il n'allait jamais, et je trouve encore plus étrange qu'il s'y soit rendu en possession de deux caisses d'explosifs qu'il a achetées chez vous. »

Détournant son regard sournois, Mathieu grogna encore :

« C'est bien triste, mais qu'est-ce que vous voulez que j'y fasse ? »

Lucien sentait son agressivité monter. Il fit un effort pour la maîtriser :

« Peut-être pourriez-vous au moins me dire à quoi il destinait ces explosifs ? »

Feignant de n'avoir rien entendu, le père Mathieu se retourna et recommença à fouiller dans son affreux bric-à-brac. Agacé, Lucien le saisit alors par le bras pour l'obliger à le regarder en face. En l'attirant vers lui avec tant de vigueur, il le déséquilibra si bien qu'entraîné par son poids, le vieux alla s'étaler bruyamment au milieu des sacs et des bidons. Surpris par la conséquence imprévue de son geste, Lucien resta debout à le fixer, les bras ballants. Le gros bonhomme essayait vainement de se relever en roulant des yeux terrorisés. N'y parvenant pas, il bredouilla comme pour se mettre à l'abri d'un nouvel accès de violence :

« C'est lui qui l'a voulu. Il est arrivé comme un cambrioleur, un soir, bien après la tombée de la nuit. Il avait bu, et disait que tout le monde voulait le voir crever, même son fils qui s'était fait avoir par une garce qui voulait lui voler le mas et les terres du plateau. Il a dit aussi que l'eau des Fontanilles, personne ne l'aurait, et que le canal ne serait jamais creusé parce qu'il n'y aurait plus de source. Moi, je l'ai écouté, et puis j'ai cru que ça allait lui passer comme ça, et qu'il venait juste chercher de l'engrais ou du soufre. Puis au bout d'un moment, il a arrêté de dire n'importe quoi, comme s'il venait de dessoûler tout d'un coup, et il m'a demandé ce qu'il faudrait comme explosif pour faire sauter de gros blocs de pierre. Bien sûr, je lui ai demandé ce qu'il voulait faire exactement. Comme il ne m'a pas répondu, je lui ai dit que je ne pouvais pas savoir quoi lui vendre s'il ne m'en disait pas plus. Là, subitement, il s'est mis en colère et a commencé à me menacer... »

À ce moment, le père Mathieu s'interrompit, comme s'il venait de trop parler.

« Il vous a menacé de quoi ? » reprit immédiatement Lucien.

N'obtenant aucune réponse, il insista :

« De quoi mon père a-t-il pu vous menacer ? »

Son interlocuteur restant toujours silencieux, Lucien commença de se pencher vers lui. L'effet immédiat de ce geste fut à nouveau loquace pour le père Mathieu. Il était terrorisé à l'idée que toute cette histoire ne dégénère et finisse par lui retomber dessus :

« Il a dit que, si je ne lui vendais pas ce qu'il voulait, il irait me dénoncer aux gendarmes pour cette sale histoire de pêche à la dynamite dans le fleuve.

— Quelle histoire ? s'enquit Lucien.

— Une vieille histoire mais qui m'a empoisonné la vie pendant dix ans, et qui continue encore. Un soir d'automne, à la nuit tombante, j'étais allé pêcher au bord du fleuve, mais à ma manière, c'est-à-dire avec de l'explosif. De cette façon, en pêchant au bon endroit, c'est-à-dire là où se trouvent les caves où se cachent les gros brochets, je ramenais des kilos de poisson et au village je trouvais facilement à les vendre. C'était un secret de polichinelle, mais tout le monde se taisait, vu que les gendarmes du canton essayaient de me coincer depuis longtemps. Et puis ce soir-là, au moment où je finissais de récupérer les poissons à la surface, je les ai vus qui arrivaient en courant pour essayer de m'attraper. Alors là, je ne sais pas ce qui m'a pris, mais comme je savais qu'ils courraient plus vite que moi, j'ai allumé deux bâtons de dynamite, et je les ai jetés dans leur direction pour protéger ma fuite. C'était pas pour leur faire du mal, bien sûr, juste pour les effrayer et les obliger à se coucher par terre. Seulement voilà, un des gendarmes a continué à courir et, avec l'explosion, une pierre l'a touché au visage et lui a crevé un œil. Du coup, ils se sont arrêtés, et moi j'ai foncé jusqu'ici. En arrivant, j'ai trouvé ton père devant la porte, qui était passé en remontant sur le plateau. Il revenait du marché et voulait m'acheter du soufre pour les tonneaux du mas. Comme même lui savait pour la pêche, et qu'il m'avait vu rentrer en nage, je me suis dit qu'il valait mieux le mettre dans le coup, surtout dans le cas où les gendarmes auraient l'idée de passer ici pour voir si j'étais bien chez moi. Je lui ai donc proposé, dans l'affolement, que s'il disait qu'il avait passé toute la fin d'après-midi avec moi, il pourrait se servir au magasin sans payer. Je me rappelle encore son sourire mauvais quand il a accepté. Bien m'en a pris, car j'avais à peine fini de cacher les sacs de poissons et de me débarbouiller un peu que les gendarmes arrivaient. Ils étaient dans une rage folle et, comme leur collègue souffrait le martyre, ils ne se sont pas attardés. Ils ont cru ton père quand il leur a dit que nous parlions affaires depuis plus d'une heure. Ils sont partis précipitamment jusqu'à la ville. Depuis ce jour-là, je n'ai plus jamais pêché comme avant, car ils avaient juré de retrouver le coupable et de ne pas lui faire de cadeau. Quant à ton père, il se foutait bien de tout ça ! De toute façon, il nous détestait tous au village, et les gendarmes encore plus. Ce qui comptait désormais pour lui, c'était de venir prendre chez moi ce qu'il lui fallait sans payer. Heureusement, il descendait peu souvent. Je ne m'en suis donc pas trop mal sorti.

— Alors, vous lui avez donné ce qu'il voulait…

— Mais oui, bien sûr. Il a essayé de m'embrouiller avec une histoire de chemin à ouvrir sur le plateau dans un endroit plein de rochers, pour fabriquer de nouvelles charbonnières. Mais moi, je savais bien que dans son idée, ce qu'il voulait, c'était boucher la source des Fontanilles.

— Et vous l'avez laissé faire !

— Pardi ! et je l'ai même aidé. D'abord, parce qu'avec mon histoire, il me tenait et puis parce que je me suis dit que s'il faisait ça, après, c'est moi qui le tiendrais. En effet, je me suis dit que je pourrais toujours le menacer de raconter que je lui avais vendu des explosifs pour ouvrir un chemin, et qu'en fait il m'avait trompé en s'en prenant à la source. À la fin, je l'ai regardé dans les yeux, et nous avons conclu un marché. Je ne lui faisais pas payer les explosifs parce qu'il n'avait pas assez d'argent pour les acheter. Je lui faisais même un plan pour savoir où les poser pour que ça marche à coup sûr. En contrepartie, il savait qu'il ne pourrait plus me dénoncer pour cette vieille histoire. Nous étions ainsi liés par le silence, et chacun y trouvait son compte. Seulement voilà, je crois vraiment qu'il était devenu fou. Je me demande si cette mort n'est pas venue à point, parce qu'il me faisait peur, et je crois qu'il aurait été capable de tout crier sur les toits dans un accès de démence. Maintenant tu sais tout, laisse-moi tranquille. Mais ne t'avise pas de raconter quoi que ce soit. Si jamais tu le faisais, je dirais que ton père m'a volé les deux boîtes, et que tu es venu me menacer et me brutaliser jusque chez moi, juste parce que tu me rendais responsable de sa mort. Quant à l'histoire de la pêche, maintenant que le seul témoin a disparu, il serait sans effet de m'accuser. Allez, file ! »

Sans un mot, Lucien jeta un dernier regard plein de mépris à son interlocuteur toujours vautré dans son fatras. Il tourna les talons, pressé de quitter ce lieu nauséabond. Il tenait son explication et, même si elle lui paraissait aussi futile que sordide, c'était l'essentiel. Malgré tout, il ne parvenait pas à comprendre pourquoi son père avait été si hostile à son mariage et à l'exploitation de la source.

Que pouvait faire Lucien après ces sombres révélations ? Il avait envie de tout oublier et de reprendre le fil de sa vie. Il regrettait presque d'avoir retrouvé son père car, même mort, celui-ci avait encore réussi à lui faire du mal et à gâcher son bonheur. Tout en ressassant ces tristes pensées, il rentra chez lui, où une fois de plus il s'en déchargea auprès d'Hélène. L'ayant écouté avec compassion, elle ne trouva toutefois rien à lui dire pour apaiser son malaise et préféra rester en silence à ses côtés pour veiller sur son désarroi.

II

Une vie s'annonce

QUATRE JOURS après sa découverte, le corps de Fernand Peyrasse fut enseveli derrière le mas des Euzes, près du grand chêne, aux côtés du grand-père. Ce ne fut pas une journée vraiment triste tant cette mort avait suscité de sentiments contradictoires. Mais la cérémonie fut émouvante, car, à la fin du sermon du père Doumenc qui avait accepté de se déplacer jusque là-haut, l'on vit Lucien tenir par les épaules sa mère et Hélène. Après la messe, la petite assemblée se dispersa rapidement, comme pour signifier que le sinistre cauchemar était bel et bien terminé.

Depuis un certain temps, le souffle du vent balayait le plateau sans rencontrer âme qui vive. Finirait-il par dissiper les dernières traces de vestiges humains ? Hélène, Lucien, sa mère et Marthe redescendirent dans la plaine, secoués par les cahots du chemin, serrés sur la banquette, unis dans la peine, mais heureux au fond d'appartenir à la nouvelle famille qu'ils étaient en train de former. Le lendemain, Lucien alla à la mairie afin de rendre compte au docteur Trébise de ce qu'il avait vu et des travaux qu'il fallait entreprendre. Sa description ne manqua pas d'inquiéter le médecin. En effet, il semblait bien que les caprices du fleuve rendraient très difficile l'entretien du chemin, mais aussi la construction d'une canalisation et son fonctionnement. Ce récit n'entama toutefois en rien sa détermination, et il indiqua à Lucien qu'il paierait le nécessaire pour remettre rapidement en état le chemin. Il lui annonça en outre que la société de travaux était d'ores et déjà constituée, et que les premiers travaux de creusement démarreraient juste.

En fait, dans son ambition démesurée, le docteur Trébise s'était lourdement endetté. Il avait choisi de limiter au maximum les apports des habitants de la commune pour rester seul maître du projet. C'est pourquoi il souhaitait maintenant que le chantier avance vite, à la fois pour être payé des travaux de construction et pour commencer à toucher au plus tôt les dividendes récoltés par la distribution de l'eau. Lorsque Lucien rapporta leur conversation à Hélène, celle-ci l'écouta d'un air faussement détaché. Elle restait furieuse d'avoir été écartée de cette affaire, à la fois en tant qu'élue de la commune et en tant qu'associée. Elle était encore plus agacée de voir Lucien servir indirectement les intérêts du docteur Trébise en effectuant pour le compte de la commune les travaux de déblaiement. Il préparait ainsi la construction du canal et son exploitation par la société dont elle avait été écartée.

Ulcérée, elle ne put s'empêcher de se laisser aller à un accès de colère froide :

« Ainsi, Lucien, tu as bien réfléchi ? Il te semble naturel d'utiliser les ouvriers et le matériel de la Croix de Fer, notre propre domaine, pour aider le docteur Trébise qui nous a roulés depuis le début ? »

Lucien comprit l'absurdité de la situation. Il essaya en vain de se disculper :

« Il faut bien que le chemin soit remis en état avant l'été pour que le charroi reprenne ! Tout le monde compte sur cela au village désormais… »

Le regardant avec dureté, mais aussi avec une pointe de compassion, Hélène reprit :

« Comment peux-tu imaginer, mon pauvre Lucien, qu'un homme tel que le docteur Trébise, qui vient de s'endetter jusqu'au cou dans la constitution d'une société capable de mener à bien le creusement d'un canal, ait besoin de faire appel à toi pour dégager un simple chemin après les crues hivernales ? »

Tassé dans son fauteuil, Lucien commençait à se sentir penaud. Il attendit la suite.

« Il me semble singulier, dans ces conditions, de faire appel pour ce travail à un domaine agricole qui, certes, parviendra à un résultat, mais avec tellement plus de difficultés qu'une entreprise équipée pour cela. En outre, il me semble tout à fait étonnant, connaissant notre homme, que celui-ci n'en ait pas profité pour faire travailler sa propre société en commençant ainsi à rentabiliser son investissement. À la réflexion, je crois que cet individu a voulu te tendre un piège. De cette manière, il t'associe malgré toi à son projet, et m'associe aussi contre mon gré à travers le domaine. Il pourra prétendre plus tard que je souscrivais à la façon dont il a mené les choses. »

Elle s'interrompit et laissa un pesant silence s'installer. Se retrouvant dominé une fois de plus par la clairvoyance de sa compagne, Lucien resta coi. Au bout d'un long moment, Hélène se risqua à demander :

« Alors, que faites-vous, monsieur le régisseur ? »

Décomposé, Lucien jeta à Hélène un regard implorant qui lui fendit le cœur. Prenant sa grosse main entre les siennes, elle reprit en souriant :

« Avouons tout simplement que nous avons affaire à forte partie. À tel point que l'un comme l'autre, nous avons été possédés chacun à notre insu, et que ce sinistre personnage a même presque réussi à nous rendre jaloux et à provoquer une brouille entre nous deux. Moi, aujourd'hui, parce que je te vois te comporter comme les gens du village qui ne mesurent pas le danger qu'il représente et qui sont attirés par lui comme des papillons autour d'une lampe ; toi il y a peu de temps, parce que tu voyais en lui un rival. Alors, que faisons-nous ? »

Lucien sembla s'animer tout à coup et lança d'un ton enjoué :

« Nous allons tout simplement nous occuper du domaine de la Croix de Fer. Ce printemps, il y a tellement de choses à faire avant la saison chaude, que ce serait une folie d'aller passer du temps à déblayer un chemin plutôt que de penser à tailler et à semer. »

Riant aux éclats, au grand étonnement d'Hélène, Lucien se leva et arpenta la pièce en singeant les manières souvent obséquieuses du docteur Trébise. Marthe, qui pénétrait à ce moment-là dans la pièce, faillit en lâcher son plateau. Reconnaissant la victime de l'imitation, elle finit par éclater de rire aussi. Pour éviter une nouvelle entrevue, Lucien déposa le jour même à la mairie un message annonçant au docteur Trébise qu'il n'était pas intéressé par les travaux de déblaiement, et que la mairie ne lui devait rien en échange de la journée qu'il avait prise pour évaluer l'ampleur des travaux. Dans les jours suivants, le raisonnement d'Hélène se révéla juste. En effet, un matin, au milieu de la place du village, trônèrent divers engins de chantier flambant neufs. Ils constituaient une partie du matériel acquis par la société du docteur Trébise.

Au café, une quinzaine d'ouvriers, terrassiers, bûcherons et maçons buvaient bruyamment de petits verres de vin blanc, répétant à qui voulait l'entendre qu'ils allaient remettre en état le chemin des Fontanilles, et qu'ils cherchaient des ouvriers à embaucher pour un mois. Assis dans un coin, Lucien observait avec amusement toute cette agitation. Lorsque les ouvriers quittèrent enfin le zinc, il feuilleta distraitement lc journal du jour. Il y était fait mention, comme souvent depuis quelques années, des progrès réalisés en matière d'électricité, et de son installation à travers tout le pays. Au village, il n'en avait pas encore été question pour l'instant, et voilà qu'il apprenait que le fleuve pourrait bientôt constituer un atout majeur pour la région, puisqu'on pourrait très facilement produire de l'électricité à partir de l'eau. Sa curiosité piquée au vif, Lucien acheta un exemplaire du journal et fila directement chez Hélène.

Celle-ci, déjà prévenue par Marthe de l'arrivée des ouvriers, se félicitait de sa lucidité. Tous trois ne purent s'empêcher de commenter les faits avec ironie. Quelques instants plus tard, lors-qu'ils furent seuls, Lucien tendit le journal à Hélène afin qu'elle prenne connaissance de l'article qui l'avait impressionné. Après l'avoir lu, elle le posa sur la table basse et se plongea dans une intense concentration. Elle avait connu l'électricité à la ville et savait parfaitement ce que représentait ce progrès. Elle le considérait comme essentiel pour une collectivité après l'installation à domicile de l'eau potable. Elle avait toujours souffert d'en être privée au village. Même si elle ne savait pas encore de quelle manière ça se ferait, elle sentait que cette nouvelle était annonciatrice d'une évolution inéluctable qui changerait beaucoup de choses dans un proche avenir. Cette perspective lui redonnait l'envie de se battre pour le village, après le sombre épisode de sa lutte contre le docteur Trébise. À la fin du printemps, le village connut une activité débordante et retrouva enfin sa sérénité. À son image, Lucien passait le plus clair de son temps à la Croix de Fer, où, de l'aube au crépuscule, il travaillait dur pour terminer à temps les travaux des champs, nombreux et pénibles en cette saison. Cette activité soutenue lui laissait peu de loisirs pour penser aux Fontanilles, et aux travaux de réfection du chemin qu'il était content de ne pas avoir entrepris devant toute la besogne qu'il devait abattre.

En outre, Hélène était à nouveau enceinte. Elle avait franchi sans problème son troisième mois de grossesse. Se moquant de la distance qui séparait la maison du domaine, Lucien s'efforçait de rentrer tous les soirs, malgré l'heure tardive à laquelle il s'arrêtait de travailler et la fatigue qu'il éprouvait. À chaque fois, il se précipitait dans la maison et embrassait tendrement sa femme en regardant si son ventre s'était encore arrondi depuis la veille. Puis, sans même se laver, il dévorait le souper préparé par Marthe. Assise en face de lui, Hélène avait déjà dîné. Elle le regardait en silence et n'interrompait sa mastication que pour lui poser quelques questions sur la vie du domaine. Une fois le repas terminé, Lucien se débarbouillait rapidement avant de se mettre au lit et de s'endormir comme une masse, une main posée sur le ventre de sa femme.

Son ardeur au travail fut largement récompensée. Le domaine ne fut jamais aussi prospère ; vingt-trois ouvriers y travaillaient sans relâche, et les récoltes s'annonçaient exceptionnelles. C'est pourquoi, au début de l'été, juste avant d'entreprendre les premières moissons, le couple décida de s'octroyer une journée entière de repos. Dans la joyeuse perspective qu'elle offrait, il fut convenu qu'Hélène s'occuperait de l'intendance et que Lucien choisirait la destination et servirait de guide. Lorsque ce jour arriva, ils restèrent un long moment au lit avant de se retrouver dans leur cabriolet, filant à travers les vignes. Lucien avait désiré que le but de leur promenade restât une surprise pour sa femme. Pour sa part, elle se demandait simplement s'il l'amènerait aux Fontanilles afin de surmonter les douloureux moments qu'il y avait vécus lors de sa dernière visite.

Alors qu'ils se rapprochaient de l'entrée des gorges, leur conversation s'interrompit, laissant place à une émotion partagée. À l'entrée du défilé, ils s'engagèrent sur le chemin qui venait juste d'être rénové pour le transport de l'eau. Tous deux éprouvèrent des sensations grisantes. Hélène se souvenait avec bonheur de leur première escapade au bord du fleuve sur ce qui n'était encore qu'un sentier tortueux.

Elle fit mentalement un parallèle avec leur relation qui avait connu la même transformation. Lucien se souvint de son dernier passage dans un univers bouleversé, à proximité d'un fleuve en furie, et de la manière dont il avait découvert le corps de son père. Ils ne dirent pas un mot jusqu'à ce qu'ils fussent rendus à la source. Parvenus à quelques centaines de mètres en aval de celle-ci, ils n'en crurent pas leurs yeux. Devant eux, la végétation mutilée gisait à terre et formait un entrelacs de troncs et de branches sur plusieurs mètres de hauteur. Tout autour, une vingtaine d'ouvriers s'affairaient à maçonner une énorme tranchée, dont on devinait sans peine qu'elle constituait l'amorce du canal destiné à apporter l'eau jusqu'au village.

Hélène et Lucien éprouvèrent ensemble un haut-le-cœur. Voilà ce qu'était devenu ce magnifique coin de verdure, couvert de grands arbres, où ils s'étaient découverts une passion commune. Abandonnant leur attelage, ils poursuivirent à pied jusqu'à la grotte. Plus ils avancèrent, plus ils perçurent la saleté repoussante d'un endroit où vivaient la plupart des ouvriers depuis plus de deux mois.

Parvenus à la source, ils furent consternés. Le bassin surélevé qui servait à remplir les citernes était encerclé par plusieurs mètres de boue, à la surface de laquelle surgissaient des déchets de toutes sortes. Les grands arbres et l'herbe verte avaient disparu et laissé la place à une fange malodorante sur laquelle avaient été jetées des planches permettant le passage à pied sec. Seule une buse en terre cuite laissait couler une eau claire, témoin du trésor qu'on laissait se répandre vainement au milieu de toute cette saleté. Hélène et Lucien tournèrent les talons pour s'éloigner au plus vite. Remontant dans leur cabriolet, ils sortirent des gorges et se rendirent à l'endroit où ils avaient, quelques années plus tôt, scellé leur association autour d'un savoureux pique-nique. Par chance, rien n'y avait changé. Ils s'installèrent sous le même arbre et rirent tous deux longuement de leur bonheur préservé. Hélène avait voulu que ce repas fût une fête. Avec la complicité de Marthe, elle avait fait en sorte que chaque mets évoque un épisode de leur histoire.

Ils commencèrent donc par une brouillade d'asperges froide, puis un train d'appétissantes côtelettes d'agneau qu'ils grillèrent sur place. Ils terminèrent par un superbe assortiment de pélardons et un plein saladier des premières fraises de la saison. Lucien rassembla le petit bois pour le feu, Hélène disposa les couverts avec soin, puis s'installa aussi confortablement que son ventre arrondi le lui permettait. Durant tout le repas, ils conversèrent gaiement, évitant d'évoquer leur triste aventure du matin. Puis, dans la douceur de l'après-midi naissant, Lucien s'allongea aux côtés d'Hélène avec la ferme intention de somnoler paisiblement. Mais, au lieu de le laisser s'endormir, elle commença à le taquiner gentiment en effleurant son visage avec de longs brins d'herbe verte. Malgré sa langueur, Lucien se prêta au jeu en essayant d'attraper avec sa bouche les agaçantes tiges. Ensuite, Hélène se pencha et tira du panier le journal que Lucien avait acheté quelques jours plus tôt au café du village. Elle lui annonça d'un ton ironique :

« Voici les dernières nouvelles de la ville. Attention ! il va y avoir du changement ! »

En entendant sourdre les premiers ronflements, elle s'arrêta. Elle s'abandonna à son tour au sommeil non sans songer que si Lucien avait pu savoir ce qu'elle allait lui dire, il serait resté éveillé. Un sinistre grondement de tonnerre les réveilla tous les deux en même temps. Ouvrant les yeux, ils constatèrent que les innocentes nuées blanches du matin s'étaient muées en de gros nuages noirs qui cachaient maintenant le soleil et formaient un ciel de plomb, zébré par de longs éclairs. Ils rassemblèrent à la hâte les couverts et les reliefs du repas, et montèrent dans leur cabriolet. L'orage éclata au moment où ils se mettaient en route. De grosses gouttes claquèrent sur la capote en faisant un bruit assourdissant. La végétation détrempée exhala le parfum enivrant qui flotte toujours dans l'air rafraîchi aux premières pluies. Serrée contre Lucien qui tenait fermement les rênes afin de maîtriser les écarts des chevaux affolés par l'orage, Hélène ferma les yeux et se laissa conduire. La pluie tombait en trombes qui obscurcissaient l'horizon traversé par quelques éclairs. Afin de se mettre à l'abri au plus vite, Lucien fonça droit vers la Croix de Fer. En pénétrant dans la cour à toute allure, il arrêta l'attelage juste devant la porte d'entrée, et porta Hélène à l'intérieur. Puis il alluma un grand feu de sarments devant lequel ils se séchèrent du mieux qu'ils purent. Louise les avait vus arriver. Elle leur apporta un grand bol de camomille et s'attacha longuement à garnir puis à allumer une lampe à pétrole. Hélène profita de ce repos pour reprendre la conversation que leur sieste avait interrompue. Enroulés chacun dans leur couverture, ils se faisaient face devant le feu, le bol fumant entre leurs mains.

« Regarde cette lampe à pétrole, dit-elle ; elle donne peu de lumière comparé au travail qu'il faut pour la faire fonctionner, sans parler des risques d'incendie qu'elle peut provoquer. Eh bien ! avec l'électricité, tout cela devient tellement plus simple que, lorsqu'on l'a essayée, on ne peut plus s'en passer... »

Lucien l'écoutait d'une oreille distraite, tant ces remarques lui semblaient loin de ses préoccupations quotidiennes et, donc, d'un faible intérêt. Levant les yeux au ciel, Hélène trahit son exaspération :

« Ce que j'essaie de te dire, reprit-elle, c'est que l'arrivée de l'électricité va probablement tout chambouler au village. Et ici plus qu'ailleurs, car j'ai appris par l'ingénieur du bureau d'études que nous avions sollicité pour l'aménagement des Fontanilles que, parmi les sites retenus pour la construction d'un barrage, figuraient en bonne place les gorges du fleuve, à peu près à hauteur de la source. »

Subitement sorti de sa torpeur, Lucien afficha son air ébahi qui faisait encore sourire Hélène comme au premier jour.

« Lorsque tu m'as apporté le journal que tu avais acheté au café, j'ai essayé de me renseigner sur ce projet et j'ai finalement décidé d'écrire au bureau d'études. L'ingénieur m'a répondu que l'État, qui encourage les productions locales d'électricité, l'avait chargé d'étudier la construction éventuelle d'un barrage dans les gorges. Or, d'après lui, le site s'y prête très bien. Il m'a dit aussi que l'État ne souhaitait pas construire lui-même le barrage, mais préférait le confier à une coopérative locale, qu'il subventionnerait. J'ai tout de suite pensé que nous devions y participer en y investissant les cent mille francs que nous voulions placer dans la construction du canal. »

Une fois de plus, Lucien se sentit un peu dépassé par les événements. Il se trouvait à nouveau confronté à un projet, et celui-ci était plus important que les Fontanilles. Sur le moment, il aurait aimé avouer à sa femme combien il aspirait seulement à jouir de ce qu'ils avaient patiemment construit. La Croix de Fer et surtout l'enfant à naître le comblaient plus que tout. Mais il savait aussi qu'il avait promis de ne jamais décevoir sa femme, de la suivre et de lui faire confiance en tout. L'image de son père, replié sur lui-même jusqu'au bout de sa folie, le rappela à l'ordre. Il promit à Hélène de s'engager à ses côtés dans cette nouvelle entreprise.

III

Vers la lumière

Novembre 1949.

Le petit Antonin vit le jour au début du mois de septembre. Ce fut un événement important dans le village. Après moult hésitations, Hélène décida d'accoucher en ville, à la maternité, car on pouvait craindre des complications après sa première grossesse malheureuse. Afin d'éviter tout malentendu, elle annonça elle-même sa décision au docteur Trébise, en lui expliquant qu'il ne devait y voir aucune défiance ni animosité mais seulement une mesure de prudence. Ce dernier sembla sincèrement touché par cette marque de franchise. Il déclara avec simplicité que, de toute façon, il aurait bien le temps de soigner le petit plus tard. Hélène le trouva fort préoccupé.

Pendant les quinze jours qu'elle passa à la maternité, les événements s'accélérèrent à propos du projet de barrage. Tout d'abord, la déclaration d'utilité publique permettant d'indemniser les propriétaires dont les terres seraient noyées fut publiée dans la presse. Ensuite, le site des gorges fut définitivement retenu et on lança enfin la constitution d'une coopérative locale destinée à produire l'électricité. Il fallait réunir les capitaux nécessaires. Hélène n'avait pas le temps d'étudier la question. Elle se consacrait entièrement à son petit Antonin, se remettant d'un accouchement difficile. Elle n'en était pas moins énervée à l'idée qu'autant de choses se passent à son insu. Elle chargea Lucien de faire les démarches nécessaires pour placer les cent mille francs, autrefois destinés à la construction du canal. Cette somme fit d'eux les deuxièmes plus gros actionnaires de la coopérative, après une banque. Mais le projet était retardé à cause de la construction du canal d'alimentation en eau potable. En effet, même si l'implantation définitive du barrage était fixée dans les gorges, il restait à arrêter l'endroit où celle-ci se ferait. Si c'était en aval de la source, la mise en eau la noierait et rendrait inutile la poursuite des travaux et donc leur financement par la commune. En attendant la décision, la société de Trébise continuait ses activités de terrassement. Malgré l'assurance qu'il s'efforçait d'afficher, le médecin était particulièrement inquiet. En effet, au village, on commençait à jaser. Le coût des travaux grevait le budget de la commune, et peut-être en pure perte. Beaucoup s'interrogeaient également sur l'attitude du docteur qui faisait comme si le projet d'électrification du village et la construction du barrage n'existaient pas et qui continuait son projet initial en faisant la sourde oreille. En quelques jours, la rumeur s'installa : le barrage noierait les Fontanilles. Des groupes de villageois se formèrent spontanément et certains se rendirent à la mairie pour réclamer bruyamment des informations précises. Le docteur Trébise était dans une position délicate. Si les choses tournaient mal, il pourrait se retrouver en justice et il aurait toutes les peines du monde à justifier la confusion de son mandat de maire et de son statut d'entrepreneur. Mais, s'il suspendait, comme on le lui réclamait, la poursuite des travaux, son entreprise tomberait probablement en faillite. Il devrait alors assumer personnellement le règlement des dettes et la perspective d'affronter une banqueroute personnelle le jetait dans un état de terreur. Dans un premier temps, il refusa de recevoir quiconque et amplifia ainsi le mouvement de protestation. Bientôt, celui-ci rassembla la quasi-totalité du village. Hélène suivait tous ces événements avec attention, sans quitter sa maison et son bébé. Marthe et Lucien, de leur côté, s'employaient à glaner les informations du jour. Chaque soir, à l'heure du repas, ils évoquaient la situation au village.

Dans un second temps, le docteur Trébise comprit qu'il devait faire face à la situation. Il décida de convoquer le conseil municipal et de tenir publique sa réunion qui serait entièrement consacrée à ce sujet. Elle aurait exceptionnellement lieu dans la grande salle de l'hôtel-café-restaurant de l'esplanade, celle où l'on fêtait les mariages, afin que le maximum de public puisse venir.

Le jour venu, Hélène se prépara longuement. Elle avait décidé de marquer à cette occasion son retour au sein du conseil municipal après plusieurs mois d'absence. Devant une salle comble, les conseillers municipaux prirent place en tribune. Le docteur Trébise proposa immédiatement de dresser un bilan de la situation, malgré les sifflets et les quolibets injurieux qui fusaient de toutes parts, à son adresse comme à celle de la plupart des conseillers municipaux. Chacun savait qu'il les avait à sa botte. Il minimisa l'état d'avancement du projet concernant le barrage, s'attacha à défendre bec et ongles les travaux du canal, prétextant qu'il valait mieux poursuivre ce projet-là plutôt que de compter sur l'éventuelle construction d'un barrage qui, soulignait-il au passage, ne réglerait pas leur problème d'alimentation en eau potable, et qui pourrait toujours se réaliser un peu plus tard en amont de la source.

Installée au bout de la tribune, Hélène observait les réactions de l'auditoire qui abandonnait progressivement son agressivité et paraissait, une fois de plus, subjugué par les talents d'orateur du maire. En un peu moins d'une heure, la cause parut entendue. L'assemblée allait se disperser sans que soit remise en cause la poursuite des travaux financés par la commune pour l'année suivante. Le docteur Trébise avait retrouvé tout son calme et sa superbe, et il dominait maintenant le débat avec une aisance déconcertante. Ce fut le moment que choisit Hélène, à la surprise générale, pour demander à être entendue. Flairant un piège et prenant un sourire soudain crispé, le docteur Trébise essaya maladroitement d'éluder sa demande, mais un murmure grandissant lui indiqua clairement qu'il devait obtempérer. Il devait accepter de céder la parole à celle en qui les villageois avaient toute confiance, et qui était la seule au conseil municipal à n'être pas soupçonnée de collusion avec lui.

« Mes chers concitoyens, je m'adresse à vous avec d'autant plus de plaisir que je n'ai pas eu l'occasion de le faire depuis longtemps. Comme vous le savez tous, j'ai toujours œuvré pour que notre commune puisse mieux vivre grâce à l'eau des Fontanilles. Depuis trois ans maintenant, c'est devenu une réalité dont nous avons tous profité. Eh bien ! aujourd'hui je vais probablement vous étonner en vous disant que ce temps-là est révolu. »

À ces mots, la salle s'agita et fut subitement envahie par un brouhaha. Levant la main, Hélène obtint rapidement le silence.

« Rassurez-vous, je ne prétends pas qu'il faille revenir à la situation antérieure. J'ai simplement imaginé que la construction du barrage et l'arrivée de l'électricité nous ouvraient de nouvelles perspectives, moins coûteuses et nettement plus intéressantes… »

Cédant une nouvelle fois à la précipitation, le docteur Trébise lui coupa la parole :

« Madame Peyrasse, je vous reconnais bien là. Vous avez encore en tête je ne sais quelle chimère pour le bien de la commune. Seulement, voyez-vous, il s'agit ce soir de parler de choses bien réelles, et je ne crois pas que nous devions changer de débat au gré de votre fantaisie… »

Le docteur Trébise venait de commettre une erreur en ne prenant pas assez en compte la présence du public. En effet, si devant le conseil municipal, qui lui était acquis, il pouvait formuler des réponses désobligeantes à l'égard d'Hélène, il en était tout autrement dans ce nouveau contexte. Sa remarque lui valut de nouveaux sifflets et de nouvelles injures. Il dut immédiatement faire marche arrière :

« Soit, écoutons vos propos jusqu'au bout. »

Hélène reprit calmement :

« Tout cela ne repose pas que sur des idées en l'air, comme le prétend notre cher docteur, mais bel et bien sur un projet concret. J'ai demandé à M. Bonnet, ingénieur spécialisé dans la construction des barrages, qui travaille au bureau d'études en charge du dossier, de venir nous l'exposer. »

Tremblant de rage, le docteur Trébise assistait impuissant à la manœuvre d'Hélène qui, pour peu élégante qu'elle soit, semblait séduire l'assistance. Du deuxième rang sortit un homme de petite taille, qui grimpa sur l'estrade, chaussa ses lunettes, et entama un exposé d'une voix nasillarde mais particulièrement assurée. En se présentant, il expliqua qu'il était employé par un cabinet d'études auquel la coopérative d'électricité en cours de constitution avait demandé de dresser les plans du projet, et de réaliser un premier chiffrage. Il confirma tout d'abord que, selon toute vraisemblance, le barrage serait construit quelques dizaines de mètres en aval de la source des Fontanilles, à un endroit précis où les falaises, de part et d'autre de la gorge, permettaient un solide amarrage de l'ouvrage. Hélas ! ajouta-t-il, ceci condamnait irrémédiablement la source, qui serait noyée lors de la mise en eau. Il précisa ensuite que la coopérative, en contrepartie de la construction de l'ouvrage qui inonderait des terrains communaux, prendrait à sa charge l'équipement du village pour qu'il puisse bénéficier d'un éclairage public moderne. Et enfin, il indiqua que l'arrivée de l'électricité résoudrait le problème de l'alimentation en eau, car elle fournirait une énergie motrice suffisante pour alimenter des pompes de grande puissance qui permettraient d'exploiter, par forage, la nappe souterraine longeant le fleuve sur toute sa longueur, dans la plaine.

Dès qu'il eut terminé son exposé, il rangea soigneusement ses lunettes dans leur étui, puis, scrutant la salle en clignant les yeux, il constata qu'aucune question ne lui était posée. Il regagna lentement sa place. Un silence de mort accueillit sa déclaration avant que, progressivement, des conversations ne commencent à bourdonner çà et là, qui se transformèrent rapidement en un grondement sourd. Le docteur jeta un regard éperdu vers Hélène et comprit en quelques secondes qu'il avait définitivement perdu. En effet, il était patent que le projet de construction du canal, qui était limité à l'intérêt communal, ne tiendrait pas face à celui du barrage qui relevait de l'intérêt général, à l'échelle de toute une région. De plus, les conditions offertes à la commune étaient si intéressantes que personne au village ne comprendrait que l'on puisse les refuser, et que l'on continue à gaspiller de l'argent pour construire un canal. Il décida de mettre fin à la réunion et, invoquant le chahut qui s'installait, promit qu'une nouvelle rencontre publique aurait lieu, dès que les informations apportées ce soir auraient été officiellement confirmées. Après quelques minutes d'hésitation, l'assistance consentit à se disperser. Le docteur Trébise vit avec soulagement la salle se vider peu à peu. Puis, avisant Hélène qui discutait encore avec l'ingénieur, il s'approcha d'eux, fermement décidé à leur demander des comptes. Avant même qu'il ait ouvert la bouche, Hélène lui adressa un grand sourire, et lui assena en bâillant ostensiblement :

« Par pitié, cher ami, pas maintenant. Je suis bien trop fatiguée et je dois rentrer pour m'occuper d'Antonin. Épargnez-moi donc votre colère jusqu'à demain. Je vous promets d'être dans votre bureau à 10 heures. »

La rage au cœur tout en se contenant dans le moindre de ses gestes, le docteur acquiesça à la demande.

Le lendemain matin, à l'heure dite, Hélène lui fit face pour une confrontation houleuse, du même genre que celles qui avaient déjà émaillé leur tumultueuse relation. Le docteur souhaitait voir ce qu'il pouvait encore sauver dans sa position délicate. Il voulait savoir ce qui se tramait avec la construction du barrage, tant pour l'avenir de la commune que dans son intérêt personnel. Par un flot de questions, il essayait vainement de pénétrer au cœur de l'affaire. Mais Hélène prenait un malin plaisir à ne répondre que superficiellement. Après de longues joutes oratoires, aussi stériles les unes que les autres, elle sentit son interlocuteur à bout de nerfs, et choisit ce moment-là pour s'exprimer enfin :

« Cher ami, pour vous parler franchement, vous avez doublement contribué à susciter ma présence en face de vous, aujourd'hui. D'abord parce que vous m'avez sauvé la vie, voici bientôt deux ans, et je ne l'oublie pas. Je vous dois énormément à ce titre, et je ne vous en remercierai jamais assez. Mais aussi parce qu'à cause de votre indélicatesse en affaires, je n'ai jamais pu mettre ma fortune au service de la commune comme je l'entendais, et poursuivre ainsi le dessein de mon père. De cela, en revanche, je ne vous remercie pas. Voilà maintenant plusieurs mois, lorsque j'ai commencé à entendre parler du barrage et de l'électrification des communes du canton, je me suis dit que c'était là un beau projet, et qu'ayant été écartée du premier par vos soins, je pourrais participer à celui-ci. Seulement voilà, ayant pris la leçon des événements, j'ai agi, cette fois-ci, dans la plus grande discrétion pour garantir le succès de mon entreprise. J'avoue que le résultat a dépassé mes espérances… »

Calé dans son fauteuil, le docteur Trébise écoutait sans émotion apparente.

« Lorsque j'ai appris que l'État était prêt à encourager la construction d'un barrage dans la région et à susciter la création d'une coopérative, j'ai tout de suite pris les contacts nécessaires. Puis, dès que j'ai su que les avis techniques étaient favorables et que l'implantation serait toute proche du village, j'ai donné mon accord pour participer à hauteur de cent mille francs à la coopérative. Enfin, en tant que deuxième plus gros actionnaire, j'ai négocié les conditions que vous connaissez maintenant pour le village, et subordonné ma contribution financière à leur réalisation, en demandant la plus stricte confidentialité. Pendant ce temps, vous vous précipitiez tête baissée dans la construction du canal. »

Hélène s'interrompit et plongea son regard dans celui du docteur Trébise. Elle y lut une colère sourde, mêlée de crainte. Après un long silence, il se résolut à prendre la parole :

« Que voulez-vous que je vous dise ? Me voilà bien mal parti. À vrai dire, je suis un maire en sursis et un entrepreneur ruiné. J'ai le sentiment aujourd'hui de n'avoir connu que des échecs, excepté dans ma profession de médecin, et vous en êtes d'ailleurs un brillant exemple. Tout à ma victoire dans le différend qui nous a opposés, je vous concède volontiers que je n'ai pas su voir changer le cours des événements, et que je me trouve aujourd'hui dans une situation fort délicate à tout point de vue. Au plan personnel d'abord, me voici quasiment ruiné, puisque ma société va se retrouver privée du chantier pour lequel elle a été créée, et criblée de dettes. Au plan municipal ensuite, puisque la population du village ne me fait plus confiance depuis la réunion d'hier soir, où vous êtes parvenue à démontrer avec beaucoup de clarté l'absurdité de mes choix.

Oui, vraiment, que vous dire de plus ? Je vous avoue, très franchement, que je n'ai aucune idée de la façon dont je vais m'en sortir. »

Hélène regardait le docteur Trébise avec un sourire énigmatique. Au fond d'elle-même, elle n'était pas satisfaite de le voir ainsi humilié, et admirait son courage dans l'adversité. Depuis le début, elle savait qu'ils ne partageaient pas les mêmes valeurs, mais elle s'était laissé séduire. Aujourd'hui encore, elle éprouvait du plaisir à se mesurer à un tel adversaire. Elle répondit donc :

« Postulez à l'un des appels d'offres pour la construction du barrage.

— Pardon ? dit-il le souffle coupé.

— Mais oui, bien sûr ! Le chantier sera énorme, il faudra bien que la coopérative s'assure le concours de nombreux entrepreneurs. Bien entendu, nous serons conduits à nous adresser à des entreprises spécialisées qui se trouveront sans doute à l'extérieur du département pour les travaux délicats, mais il y aura aussi beaucoup de travail pour de petites sociétés comme la vôtre. Je vous promets de faire le nécessaire pour que votre candidature soit examinée avec attention par le conseil d'administration. Et ce serait bien le diable que, sur le nombre, certains marchés ne vous soient pas attribués !

— Pourquoi faites-vous cela ? demanda-t-il sèchement, en plantant son regard voilé dans celui d'Hélène.

— Ne m'avez-vous pas sauvé la vie, cher ami ? Mais laissons nos règlements de comptes. Ce qui m'importe d'abord, c'est que la commune dispose d'eau et d'électricité, et qu'elle possède aussi sur son territoire une entreprise florissante de travaux publics qui embauche quand il n'y a pas assez de travail dans les exploitations agricoles. Pourquoi se priver de l'un ou de l'autre par simple caprice ? Certes, nous n'en sommes pas encore tout à fait là, mais je crois que nous pourrions vivre bientôt en bonne intelligence dans ce village et devenir amis. »

Sur ces mots, elle se leva brusquement et laissa pantois le docteur Trébise.

« Il faut que je file. Vous connaissez mes nouvelles obligations de mère, et vous savez à quel point elles sont encore plus exigeantes que nos petites affaires. J'espère sincèrement vous avoir apporté du réconfort, et contribué à lever certaines incertitudes sur votre avenir. Soyez confiant. À bientôt, n'est-ce pas ? »

IV

Le temps de l'oubli

Allongé sur le dos, les yeux perdus dans l'obscurité, Lucien ne trouvait pas le sommeil et faisait défiler ses souvenirs. À ses côtés, Hélène dormait d'un sommeil fragile. Par moments, gagné par la somnolence, il avait l'impression que son corps se mettait à flotter et que son esprit s'en allait vagabonder dans les gorges du fleuve, survolant d'abord la source des Fontanilles, puis allant rôder, tel un fantôme, jusqu'au mas des Euzes. Cette étrange vision revenait de plus en plus fréquemment au cours de ses insomnies qui persistaient depuis maintenant un mois, au moment où la construction du barrage et l'abandon du canal avaient été définitivement arrêtés.

Ces nouvelles avaient été accueillies dans la liesse par l'ensemble du village, car la population considérait ce projet comme une chance extraordinaire. Il fournirait de l'emploi bien au-delà du village, attirerait de nombreux travailleurs qui ne manqueraient pas de faire prospérer le commerce local.

Par ailleurs, toute cette activité enrichirait les finances de la commune, déjà soulagées par l'abandon du projet de canal. Et pour finir, d'ici un an ou deux, les rues du village seraient éclairées à l'électricité, et les premières ampoules brilleraient dans les foyers. Quant à l'alimentation en eau potable, il s'avérait qu'un forage, effectué par des pompes de grande puissance fonctionnant à l'électricité, constituait une solution moderne et efficace, que bien des communes plus importantes enviaient déjà.

Mais Lucien ne parvenait pas pour autant à partager l'enthousiasme général. Il se tenait le plus souvent à l'écart des conversations. Il se repliait progressivement sur les travaux du domaine et évitait, même avec Hélène, d'aborder le sujet, lui laissant régler toute seule les affaires de la coopérative. Il constatait douloureusement que leur accord n'était plus aussi parfait qu'autrefois. Il se sentait responsable de la mort des Fontanilles qui, après avoir été défigurées par de premiers travaux auxquels il avait souscrit, allaient bientôt être noyées sous plusieurs mètres d'eau. Et, de ce massacre, il concevait jour après jour du ressentiment envers les habitants du village. Il les accusait d'avoir voulu égoïstement satisfaire leurs besoins. Il se sentait également trahi par le destin. Il avait cru qu'avec Hélène, il réussirait à faire profiter à tous de la source, mais en préservant le site car il lui était passionnément attaché depuis l'enfance. Il y avait vécu des moments si forts ! Les événements étaient en train de gâcher sa vie, et peut-être même de briser son bonheur.

Alors que les pensées les plus sombres l'assaillaient sans répit, Hélène vint doucement poser sa tête sur son épaule. Elle lui souffla, comme s'ils venaient d'en parler depuis des heures :

« Je sais que tu es profondément blessé par ce qui va arriver, mais ne t'est-il jamais venu à l'esprit que c'était juste au fond ? »

Les yeux dans le vide, Lucien perçut douloureusement la question, et lui répondit avec émotion :

« Je ne te comprends pas. »

Posant la main sur son épaule, elle ajouta :

« Souviens-toi de ce que disait ton grand-père. Les Fontanilles ont toujours été une richesse offerte à tous, mais dont personne n'a su profiter. De mémoire d'homme, elles ont toujours attiré la convoitise et suscité des conflits. Nous aussi, nous sommes tombés dans le piège, et même si nous avons toujours voulu agir dans l'intérêt général, nous avons fini par nous perdre en querelles, qui n'ont engendré que de la haine. Cette vérité n'a jamais changé au cours du temps, le grand-père t'avait mis en garde. En revanche, ce qui a changé aujourd'hui, c'est que le projet qui se réalise bénéficiera réellement à tous, et que la disparition de la source éteindra les conflits qui s'étaient allumés à cause d'elle. Je ne veux voir dans ce pied de nez du destin qu'une aventure qui nous aura permis de nous connaître. Mais rassure-toi, je ne compte pas laisser notre bonheur s'engloutir en même temps que les Fontanilles… »

Tournant doucement le visage de Lucien vers le sien, elle ajouta :

« Dis-moi que les eaux du barrage n'engloutiront que des souvenirs… »

Pour toute réponse, Lucien la serra contre elle et, pour la première fois depuis longtemps, retrouva ce long frisson qui l'avait tant surpris lors de leurs premières étreintes.

Épilogue

Mars 1963.

La luxueuse automobile s'arrêta sur le petit belvédère qui surplombait le barrage. Un couple en descendit, accompagné par un adolescent qui tenait une petite fille par la main. L'homme, vêtu d'un élégant pardessus et d'un chapeau à large bord, laissa glisser son regard sur l'eau verte de la retenue. À l'endroit où les pentes abruptes de la gorge rejoignaient le miroir d'émeraude, il se mit à fixer intensément une zone plus claire, une sorte de passage tracé au milieu de la bruyère. Il s'attacha alors à la suivre du regard, semblant la deviner sans aucune peine, même au-delà du point où elle était submergée. Quelques instants plus tard, comme s'il était arrivé au bout de son cheminement imaginaire, son regard se figea sur un point invisible et il resta longuement immobile, le regard vide, serrant seulement plus fort la petite main qui s'était glissée dans la sienne.

Table des matières

Première partie
LE SANG DE LA TERRE

I Le mazet 11
II La source 17
III Le village 37
IV Le fleuve 57

Deuxième partie
LE HASARD DES DESTINS

I La dispute 63
II L'invitation 83
III La mort du grand-père 107
IV L'aveu 113
V Les élections 123

Troisième partie
LE VENT DE LA VIE

I La poignée de main ... 141
II Vivre… enfin ! ... 151
III Le départ ... 163
IV Un nouveau maire ... 173
V Le chemin d'eau ... 185

Quatrième partie
LE TEMPS DU PARTAGE

I Aimer ... 203
II Haïr ... 217
III Rire ... 229
IV Donner ... 237
V Savourer ... 253

Cinquième partie
LA VALSE DES INNOCENTS

I Le tir aux pigeons ... 267
II La défaite de la confiance ... 283
III L'amour blessé ... 295
IV Au bout de la folie ... 307

Table des matières

Sixième partie
D'UNE RIVE À L'AUTRE

I	La fin d'une légende	321
II	Une vie s'annonce	335
III	Vers la lumière	351
IV	Le temps de l'oubli	365
	Épilogue	369

Dans la même collection

Les textes de la collection Terre de poche nourrissent la mémoire collective à travers des histoires fortes, des récits de voyage, des documents historiques ou des chroniques intimes.

ALIA Josette
Le Pensionnat

ANGLADE Jean
Le Pain de Lamirand
Les Mains au dos
L'Ivraie et le Bon Grain
Le Pays oublié

BATUT Maryse
Les Monvalan

BICHELBERGER Roger
Les Années buissonnières

BORDES Gilbert
Le Chat derrière la vitre

BOUCHET Maurice
Les Souliers ferrés

BOUDOU Josette
Le Printemps d'Antonia

BOURGEADE Justin
Tintinou, paysan

BOUSSUGE Micheline
Adieu lou païs

BOUTET Gérard
La Belle Ouvrage
Les Forestiers
Nos grands-mères aux fourneaux
Mémoires de femmes
Métiers insolites
Saisons paysannes

BRIAND Charles
La Batteuse

CABROL Laurent
L'Enfant de la Montagne noire
Les Disparues de la Saint-Jean
Le Crime de la Noël

CALLEROT Geneviève
Les Cinq Filles du Grand-Barrail

CAPPEAU Marie Nicole
Le blé germe en hiver

CHALEIL Léonce
Léonce, la mémoire du village

CHAMOUX Simone
La Passe-Vogue

CHANTELAUZE Jean-Louis
Clémentine

CHAUSSIDIÈRE Patrick
Pauvre Bougre

CHAUVIGNÉ Jean
Le Secret de Marie

CLÉMENT-MAINARD Michelle
La Fourche à loup

COATMEUR Jean-François
Des croix sur la mer

COMBE Rose
Le Mile des Garret

CORNAILLE Didier
Les Gens du pays

DECK Olivier
La Neige éternelle

DIMITRIADIS Dicta
Le Nid de la hulotte

DODANE Michel
Les Enfants de la Vouivre

DUFOUR Hortense
Le Bois des abeilles

ÉVRARD René
et VIELZEUF Aimé
Comme le scorpion sous la lauze

EXBRAYAT Charles
Rachel et ses amours

FABRE François
et RICHARD Jean
La Bête du Gévaudan

FABRE Jean-Luc
L'Été des Fontanilles

FEUILLERAT André
La Clef des champs

FOURNIER LA TOURAILLE Jean-Pierre
Le Troisième Prétendant

FRONTENAC Yvette
L'Étoile rousse

GARDI François
L'Atelier du vannier

GÉRAUD Roger
Le Pré derrière la grange

GIMBERT Yveline
L'Ombre des chênes

GLEIZE Georges-Patrick
La Vie en plus
Le Forgeron de la liberté
Un brin d'espérance

GOURGAUD Joseph
La Vallée des forges

GREMBERT Francis
Le Dernier Regain

GRIFFON Robert
Le Dernier Forgeron

HEURTÉ Yves
Le Pas du loup

JEURY Michel
La Classe du brevet

JUDENNE Roger
La Maison d'en face

JULIEN Henri
La Bâtisse aux amandiers

LABORIE Christian
Le Chemin des larmes

LARDREAU Suzanne
Orgueilleuse

LAURENT Jean-Paul
La Ferme aux loups
L'Autre Montagne

LAVAL Henri
Le Chemin des souvenirs

LE ROY Eugène
Jacquou le Croquant

LIMOUZIN René
Les Cèpes de la colère

LOUTY Pierre
Léonard, le dernier coupeur de ronces
Les Fiancés de la Briance

MALAVAL Jean-Paul
Les Encriers de porcelaine
La Rosée blanche

MALROUX Antonin
La Dernière Estive
Le Soleil de Monédière

MAMÈRE Noël
Les Forçats de la mer

MARCON Christian
Le Refus

MAURY Martial
Le Secret des Restiac

MAXIMY (DE) René
Le Puits aux corbeaux

MAZEAU Jacques
Mensonges
La Ferme d'en bas
La Rumeur du soir
La Dénonciation
Le Retour de Jean

MOUCHEL Jean
La Robe bleue d'Hélène
Le Fils d'Hélène

NÉDELLEC Gérard
L'École de monsieur Paul

NIGREMONT Georges
Jeantou le maçon creusois

NIQUET Gilberte-Louise
Le Destin des Vanbergh
Les Enfants du beffroi

PALET (DE) Marie
Le Sentier aride
La Tondue
L'Enfant oublié
Retour à la terre

PERRÈVE Paul
Les Galoches rouges
La Burle

PEYRAMAURE Michel
Le Bonheur des Charmettes
Le Château de la chimère

PRORIOL René
Antoinette

PUIJALON Bernadette
Le Moulin des retrouvailles

RABUTEAU Pascal
Les Faveurs de Sophie

REY Georges
Le Bal des sabots
La Montagne aux sabots

RIBES Georges
Les Gens de la vallée

ROSSET Jean
Les Porteurs de terre

ROUANET Marie
Nous les filles

ROUANET Marie
et JURQUET Henri
Apollonie

ROUIL Jacques
Les Rustres

ROUQUET Jean
L'Enfant de la Borie

SAND George
La Mare au Diable

SELO Joël
Les Vieux Démons

SORDELLI Jean-Claude
Le mal rôde

SOYEZ Jean-Marc
La Tuile à loups
Au café de l'Église

STEVENSON Robert Louis
Voyages avec un âne dans les Cévennes

TISSERAND Pierre
L'Arbre au pendu

TOUPET Armand
La Bouzoute

VALETTE Paule
La Meule éclatée
Les Jours derrière la montagne

VAN DER MEERSCH Maxence
L'Empreinte du dieu

VENTRE Julien
Julien, berger des collines
Julien des collines

VERDIER Henri
Les Lentilles vertes

VERRIER Michel
Là où les chèvres sont pires que les loups
La Taille de la Saint-Vincent
Les Vignes du bout du monde
La Ferme des Pitaval

VIGOULETTE Daniel
Les Ombres du Léman

VINCENT Claude
Les Roses de l'hiver

VITTÉ Louis-Olivier
La Servante
L'Enfant de la rivière